ROLAND BARTHES

ÉCRITS SUR LE THÉÂTRE

罗兰·巴特论戏剧

[法] 罗兰·巴特 著
让-卢·里维埃 编选
罗湉 译

生活·讀書·新知 三联书店

© Édition du Seuil, 2002
Simplified Chinese Copyright © 2020 by SDX Joint Publishing Company.
All Rights Reserved.
本作品简体中文版权由生活·读书·新知三联书店所有。
未经许可,不得翻印。

图书在版编目(CIP)数据

罗兰·巴特论戏剧/(法)罗兰·巴特著;(法)让-卢·里维埃编选;罗湉译. —北京:生活·读书·新知三联书店,2020.11
(2024.6 重印)
(法兰西思想文化丛书)
ISBN 978-7-108-06982-5

Ⅰ.①罗… Ⅱ.①罗…②让…③罗… Ⅲ.①巴特(Barthes, Roland 1915-1980) – 戏剧评论 – 文集 Ⅳ.① I565.073-53

中国版本图书馆 CIP 数据核字(2020)第 202530 号

责任编辑	吴思博
装帧设计	康　健
责任校对	张国荣
责任印制	李思佳
出版发行	生活·讀書·新知 三联书店
	(北京市东城区美术馆东街 22 号 100010)
网　　址	www.sdxjpc.com
图　　字	01-2018-7530
经　　销	新华书店
印　　刷	北京建宏印刷有限公司
版　　次	2020 年 11 月北京第 1 版
	2024 年 6 月北京第 2 次印刷
开　　本	880 毫米 × 1092 毫米　1/32　印张 11.25
字　　数	223 千字　图 14 幅
印　　数	5,001-6,000 册
定　　价	68.00 元

(印装查询:01064002715;邮购查询:01084010542)

"法兰西思想文化丛书"编委会

（以姓氏笔画为序）

王东亮　车槿山　许振洲　杜小真

孟　华　罗　芃　罗　湉　杨国政

段映虹　秦海鹰　高　毅　程小牧

"法兰西思想文化丛书"总序

20世纪90年代,北京大学法国文化研究中心(前身为北京大学中法文化关系研究中心)与三联书店合作,翻译出版"法兰西思想文化丛书"。丛书自1996年问世,十余年间共出版27种。该书系选题精准,译介严谨,荟萃法国人文社会诸学科大家名著,促进了法兰西文化学术译介的规模化、系统化,在相关研究领域产生广泛而深远的影响。想必当年的读书人大多记得书脊上方有埃菲尔铁塔标志的这套小开本丛书,而他们的书架上也应有三五本这样的收藏。

时隔二十年,阅读环境已发生极大改变。法国人文学术之翻译出版蔚为大观,各种丛书系列不断涌现,令人欣喜。但另一方面,质与量、价值与时效往往难以两全。经典原著的译介仍有不少空白,而填补这些空白正是思想文化交流和学术建设之根本任务之一。北京大学法国文化研究中心决定继续与三联书店合作,充分调动中心的法语专家优势,以敏锐的文化学术眼光,有组织、有计划地继续编辑出版这套丛书。新书系主要包括两方面,一是推出国内从未出版过的经典名著中文首译，二是精选当年丛书中已经绝版的佳作，由译者修订后再版。

如果说法兰西之独特魅力源于她灿烂的文化，那么今天在全球化消费社会和文化趋同的危机中，法兰西更是以她对精神家园的守护和对人类存在的不断反思，成为一种价值的象征。中法两国的思想者进行持久、深入、自由的对话，对于思考当今世界的问题并共同面对人类的未来具有弥足珍贵的意义。

谨为序。

北京大学法国文化研究中心

目 录[1]

前言 …………………………………… 1

我素来爱好戏剧 …………………… 14

国立民众剧院的《洪堡亲王》 …… 19

《浪子》 …………………………… 30

古代悲剧的力量 …………………… 33

天主教的阿莱城姑娘 ……………… 46

唐璜的沉默 ………………………… 52

编者按 ……………………………… 58

---

[1] 由于版权原因，法语版原著中有十篇文章未能收入此中文版，包括：《布莱希特的戏剧》(*Le théâtre de Baudelaire*)、《阿达莫夫与语言》(*Adamov et le langage*)、《布莱希特的革命》(*La révolution brechtienne*)、《戏服之弊病》(*Les maladies du costume de théâtre*)、《如何再现古风》(*Comment représenter l'antique*)、《盲目的大胆妈妈》(*Mère courage aveugle*)、《为何种戏剧打头阵？》(*A l'avant-garde de quel théâtre?*)、《布莱希特批评之任务》(*Les tâches de la critique brechtienne*)、《心急如焚》(*Vouloir nous brûle*)、《论布莱希特的〈大胆妈妈〉》(*Sur La Mère de Brecht*)。——译者注

唐璜	62
《理查二世》的结局	67
阿维尼翁·冬季	75
《吕布拉斯》	80
佩利雄先生在莫斯科	85
一个优秀的小剧场	88
没有观众的悲剧	94
成长的戈多	99
了不起的戏剧	103
不自相矛盾的演员	107
论民众戏剧的定义	111
怎样甩掉他	114
社论	118
大罗贝尔	123
说说《樱桃园》	128
今天的民众戏剧	131
先锋戏剧的疫苗	138
《麦克白》	142
为何是布莱希特？	145
《涅克拉索夫》，评论界的判官	150
《尤利乌斯·恺撒》与《科利奥兰纳斯》	159
《高加索灰阑记》	162
幕布之争	166
马里沃在国立民众剧院	170

《今天》(Aujourd'hui) 注评 …… 173

三人中最幸福者 …… 178

《女店主》 …… 182

《今天》或《朝鲜人》 …… 186

"被译介的"布莱希特 …… 189

关于《朝鲜人》 …… 197

《投机商》 …… 200

布莱希特、马克思与历史 …… 204

灵魂附体的演员神话 …… 210

悲剧与高雅 …… 214

《缎子鞋》 …… 219

《鞋商的假日》 …… 223

《大胆妈妈》的七帧经典剧照 …… 229

《三个火枪手》 …… 245

《阳台》 …… 249

评述 …… 252

法国先锋戏剧 …… 273

希腊悲剧 …… 283

叹为观止 …… 313

狄德罗、布莱希特、爱森斯坦 …… 316

布莱希特与话语：对话语性研究的贡献 …… 327

论罗兰·巴特与戏剧的文章简目 …… 342

罗兰·巴特戏剧评论目录 …… 343

前　言

20世纪50年代，罗兰·巴特撰写了八十多篇剧评，散见于各家刊物，譬如《新文学》[1]《法兰西观察家》[2]，尤以《民众戏剧》[3]上的数量为多。那个时期同时也是《零度写作》(*Dégré zéro de l'écriture*, 1953)、《米什莱》(*Michelet*, 1954)与《神话学》(*Mythologies*)发表的时代。《神话学》最早刊登于《新文学》，其中部分文章在1957年结集出版。这部专著的特点在于研究对象庞杂、思路缜密。该书出版时，戏剧的地位仍旧重要。此后的岁月

---
[1]《新文学》(*Les Lettres Nouvelles*)，法国文学刊物，1953年由莫里斯·纳铎 (Maurice Nadeau) 和莫里斯·萨耶 (Maurice Saillet) 创办。——译者注
[2]《法兰西观察家》(*France-Observateur*)，创立于1954年，是态度激进的左派时事周刊，发行量达到十万份。1964年刊物因为资金困难而改版为《新观察家》(*le Nouvel Observateur*)。——译者注
[3]《民众戏剧》(*Théâtre populaire*)，1953年创刊，1964年停刊。罗贝尔·瓦赞 (Robert Voisin)、罗兰·巴特、吉·杜穆尔 (Guy Dumur) 等人先后担任杂志主编。——译者注

中，罗兰·巴特不再频繁光顾剧院，也几乎不再撰写剧评，尽管后来他宣称戏剧"或许"在其作品中位居中心，并且收官之作《明室》(*La chambre claire*，1980）还会再次论及戏剧。因此，我们从这本文集中可以读到的，是成形过程中的思想之基础，是对法国戏剧重要阶段之见证，是对于戏剧艺术本体之深刻思考。

50年代的戏剧

年轻观众罗兰·巴特曾经是卡特尔[1]剧场的常客。卡特尔可称是同仁会，汇聚了两次世界大战之间的四位知名导演，包括巴蒂、茹威、庇托耶夫和杜兰[2]。他开始写作时，戏剧发展正处于重要节点。事实上，战争结束时，20世纪上半叶那场改变了戏剧艺术，尤其影响到俄罗斯、德国与法国的伟大美学运动将会与一种戏剧政治理念相结合。尽管曾经给多位欧洲导演艺术先驱带来启迪，这种戏剧政治理念却仍未寻找到合适的长期接棒者：即民众戏剧，或者借用19世纪末斯坦尼斯拉夫斯基（Stanislavski）的说法，一种"人

---

[1] 四人卡特尔（Le Cartel des quatre），成立于1927年，成员包括巴黎四位著名导演与剧院经营者，即巴蒂（Gaston Baty）、茹威（Louis Jouvet）、庇托耶夫（Georges Pitoëff）和杜兰（Charles Dullin）。协会成立目的乃是联手互助，摆脱林荫道戏剧的唯利是图，寻求更为自然的表演方式，使先锋戏剧更具观赏性。——译者注

[2] 参看本书第14页。

人可及"的艺术戏剧。"二战"之后，各国政府考虑重建、开放或重组一些重要戏剧机构。原先法国的戏剧生活几乎全部集中于巴黎，1946年各省组建了"戏剧中心"，1947年创办了阿维尼翁戏剧节，1951年成立了国立民众剧院。1947年，英格兰创办了爱丁堡戏剧节，意大利建起米兰小剧院[1]，纽约则组建了演员工作室[2]。1949年，柏林剧团在民主德国成立，如此等等。地方分权、创办国立剧院与大型戏剧节，尽管美学在发展、体制在改变、剧团在更新，大体看来，当时形成的戏剧格局同现今并无二致。[3]

在那个年代，《民众戏剧》杂志是戏剧生活的重要参与者，罗兰·巴特则是杂志创办人之一。正如历史学家马可·贡索里尼所言，《民众戏剧》发展成了一份"传奇性"杂志[4]。

---

[1] 米兰小剧院（Piccolo Teatro），1947年由保罗·格拉希（Paolo Grassi）和戏剧导演乔尔焦·斯特雷勒（Giorgio Strehler）在米兰建立。剧场虽然只有500个座位，但两位创始人明确意识到戏剧在民众生活中的重要性，把剧院建设成为民众服务的戏剧组织。——译者注

[2] 演员工作室（Actor's Studio）是1947年在纽约成立的职业演员训练场所。它曾对20世纪50年代的美国戏剧电影产生很大影响。——译者注

[3] 关于这个问题，参看罗贝尔·阿比拉舍德（Robert Abirached）主编的四卷本《戏剧的地方分权》（*La décentralisation théâtrale*），Actes Sud-Papiers出版社，1992—1995年。

[4] 马可·贡索里尼（Marco Consolini），《民众戏剧，1953—1964，一本介入性杂志的历史》（*Théâtre populaire, 1953-1964, histoire d'une revue engagée*），IMEC出版社，1998年。罗贝尔·瓦赞任杂志主编，罗兰·巴特、吉·杜穆尔和莫尔文·勒贝斯克（Morvan Lebesque）负责组稿，后来加入者特别包括贝尔纳尔·铎尔（Bernard Dort）与让·杜维诺（Jean Duvignaud）。

早期的杂志编辑一律支持让·维拉尔[1]的大胆举动,支持既面向大众又有极高艺术要求的戏剧抱负。刊物的选篇始终贯彻着戏剧应当兼顾"先锋"与"民众"的原则,这便解释了刊物中逐步阐发的戏剧美学为何从未与"社会学"脱节:戏剧是从整体角度理解的,包括舞台与观众席,演员与观众。

如今很难分清货真价实的创造、唯利是图的取巧以及追逐时髦的学院风。因此我们现在难以想象,在那个充满论争的年代,争论有时会达到白热化程度,两种戏剧理念会针锋相对,而艺术斗争向来都是政治斗争。《民众戏剧》以及在多篇社论上署名的罗兰·巴特鼎力支持让·维拉尔、阿达莫夫、贝克特等"先锋派"年轻作者,反对法兰西剧院[2]。在他们看来,法兰西剧院就是陈腐守旧派的代表。从1954年开始,他们与国立民众剧院疏远了。主要原因在于,巡回演出期间柏林剧团推出了《大胆妈妈及其孩子们》,他们由此发现了布莱希特。"在《民众戏剧》历史中,这次演出一直是至关重要的,它是中心点,是无穷思考的对象。"[3]

---

[1] 让·维拉尔(Jean Vilar, 1912—1971),法国当代杰出导演、剧作家、戏剧人,1947年创办阿维尼翁戏剧节,1951—1963年担任国立民众剧院的负责人。——译者注
[2] 法兰西剧院(La comédie-Française),1680年在路易十四授命下建立,合并了当时巴黎最受欢迎的莫里哀剧团和勃艮第府剧团。这是唯一一家具有官方色彩,拥有自己常驻剧团的剧院。法兰西剧院以演出古典主义戏剧经典剧目闻名,政府一度赋予他们垄断相关剧目的权利。——译者注
[3] 马可·贡索里尼,《民众戏剧,1953—1964,一本介入性杂志的历史》,第43页。

将这些文章集结成册的目的并不是，或曰不仅是为一个逝去的时代提供见证，而是重新唤起戏剧的"好斗"意识。作为戏剧的继承者，我们常常是麻木而健忘的。文集的另一个目的在于，让读者看到一种卓有见识的批评，了解其形式与根源，并提醒读者，戏剧的功能是介入重大社会议题。

篇目待定

编辑这本书的想法始于70年代末。身为学生，我参加了罗兰·巴特在法国高等研究实践学院开办的研讨班，并组织了一个戏剧研究小组。小组不仅有演出，还出版了杂志《另一个舞台》(*L'Autre Scène*)。罗兰·巴特剧评的严密逻辑与介入力量令我深受震撼。这些剧评当时散见于报纸杂志，昙花一现，很快就被人遗忘了。它们成文于20年前，见证并伴随了早期地方分权，在意识形态方面与民众戏剧运动关系密切。在1968年5月风暴之后的法国，在后戴高乐时代的法国，在戏剧走出剧场、格罗托夫斯基教学与生活剧场[1]实验广为传播的艺术运动时代，这些剧评仍保持着新鲜

---

[1] 生活剧场（Living Theater），1947年成立于纽约，是一个追求自由的实验剧团。创始人为先锋导演朱迪丝·马利纳（Judith Malina, 1926—2015）及画家、戏剧家朱利安·贝克（Julian Beck, 1925—1985）。生活剧场的作品深受阿尔托（Antonin Artaud）与史诗剧的影响，对戏剧形式的创新进行探索，对于50年代乃至今天的戏剧都产生了重要影响。——译者注

饱满的力量。在我看来，它们并非对那个年代的见证或是对罗兰·巴特思想发展的见证，而是另有深意。因此，将这些文章编辑成册乃是一种手段，目的是表明它们的一致性，重新激发它们的批判效力。还有一点令我颇为好奇，作者依然健在，却已经封笔：罗兰·巴特写过很多剧评，看过很多演出，投入过戏剧生活，然而从60年代初开始，一切都戛然而止：他不再去剧院，戏剧也不复为写作对象。我想，通过编辑这本文集，也许能够揭开这一现象的谜底。什么样的激情会在中断之后仍然继续？事实上，尽管他曾经掉头而去，戏剧却始终位于中心位置。1975年，他在《罗兰·巴特论罗兰·巴特》[1]中写道："全集的交汇点或许就是**戏剧**。"[2]什么事物会在消失后继续存在？其中的问题远远超越了戏剧范畴：这本文集是某种人类体验的有待破解的谜题。所以我向罗兰·巴特提议出版这本书。他表示同意，态度一如既往地和蔼，也怀有几分疑虑：他有感于一位年轻学生对其旧文充满兴趣，却并不太想旧事重提。他认为这些文章受到时代局限，很难想象它们对下一代读者还会产生新的影响力。与《民众戏剧》主编罗贝尔·瓦赞的通信证实了他的矛盾情绪。"有位学生建议我编一本文集，"巴特写道，"我放手让他去做。"而瓦赞回复道："他说得不错，这些文章比今天写

---

[1] *Roland Barthes par Roland Barthes*, Éd. du Seuil, 1975, p.179; *Œuvres complètes*, tome IV, Éd. du Seuil, 2002, p.749.

[2] 原书中首字母大写的单词，译本中都用中文黑体标注，如：Théâtre 写作**戏剧**。——译者注

的更切合现实。"巴特很难想象，这些自己看来陈旧过时的文章还能焕发生机。这种矛盾情绪在文集编纂过程中不免有所流露。由于体量原因，我们无法将每篇剧论尽皆付梓，因此必须有所取舍。我把首次筛选的篇目交付他过目。有时候我很难理解，为何他会删去一些我认为极其重要的篇目。某些保留意见是比较容易理解的：有些是出于意识形态的考虑，更多的是为了文体风格。有时他觉得文章过于直接地涉及他知识结构中的萨特主义或马克思主义，这时他就会作意识形态的考虑，倘若某个废弃不用的词汇再次出现，他便会考虑文体风格。特别是文本中会出现一些"口诛笔伐"的词汇，令他实难忍受。他交给我的卡片中记录了一些他重读这些文章时的随感，其中时常可见这类妙语："对资产阶级纠缠不休"；"太道貌岸然了，侠客"；"我就反感这样：口诛笔伐"；"富人，金钱（哪儿来的这些词？）"。有些批注涉及文章的"年代"："时代的二手资料""老是谈维拉尔，没人知道他了"；"整篇文章都太过时……/站不住脚/——要想追求不朽，就不能再版"。成熟后的巴特很难忍受青年巴特："没有任何有个性的主题/卖弄辞藻，情绪激动""不招人待见，问题就在这儿。"

审校旧文的时候，他正在撰写《明室》。那是一本谈摄影的书，其中既有昔日思考戏剧时最犀利的洞见，也有反思生平经历获得的最新体悟。过去的文风让他难以忍受，而他正在撰写一本各个角度都富于新意的新书，因此他把旧文排到了新书之后。我们达成协议，等新书出版之后再敲定最终篇目。他的犹豫或可另作解释：关于摄影的书是针对[1]死亡的思考，而旧文汇编，作为一本"文集"，就好像一部遗著，一本身后书。针对死亡的书属于在世的年代，只能在生前出版，因此两个计划彼此难以兼容，《明室》出版于1980年1月，只有读完它，才能看清楚这一点。同年2月，罗兰·巴特在法兰西公学院门口被一辆自行车撞倒，并于1980年3月26日去世。《戏剧杂谈》的出版计划暂时搁浅，出版社认为巴特持保留态度，所以这本书不应出版。

直至眩惑

故而这本书可谓双重意义上的旧作：出版文集的计划产生于二十年前，这些文章距今则有四十多年之久。然而，在审校、筹备文集的过程中，我深感这些文章锋芒无损，并且懂得了在戏剧中，到底是什么在建构并维护着今天所有观众、演员、导演或剧作家的关系。自50年代起，戏剧发生了转变，然而阅读这样的批评文章，看它如何评论一场维拉尔导演而我们无缘观看的伟大演出时，我们收获的远不止一点印象，还能据此推断出某些标准，正是它们建构、改变了我们的判断与趣味。这种体验类似于阅读狄德罗的《沙龙随笔》(*Salons*) 或波德莱尔作品，抑或是莱辛或瓦尔特·本

---

[1] 原书中凡以斜体表示强调或引用的单词，译本中都用仿宋体标注。——译者注

雅明的文学批评。

除每篇文章各有千秋之外，文集还有一层更为普遍的含义。这与我上文指出的谜题有关，即回避的态度。对戏剧本身而言，这种置之不理、自愿放逐的姿态告诉我们什么呢？"我素来爱好戏剧，如今却极少去剧院。便是我本人，对这种转变也感到好奇。"1965年罗兰·巴特在一篇文章中写道："对戏剧的见证"。[1] 他的回答十分符合当时的情形：经历过"布莱希特的眩惑"之后，戏剧便显得无趣而乏力了。贝尔纳尔·铎尔[2] 再次提到这番解释，他认为，《民众戏剧》的同道之所以纷纷离去，是因为理想戏剧（一种乌托邦戏剧，布莱希特的演出一度与之接近）与现实戏剧彼此错位。他还提出了另外一种假设，却点到即止，没有深谈："或许巴特的终极梦想是将演员逐出戏剧：演员呈现的身体对他的吸引过于强烈，令他感觉不自在，产生'一种既眩惑又恶心的复杂感觉'。"[3] 铎尔把这种矛盾情绪与巴特当演员的亲身体验联系起来。他还是年轻学生的时候，参加了索邦大学古典剧团，在埃斯库罗斯的《波斯人》中扮演过大流士。这次经历只留下一份简短的记述，证明巴特感觉颇为别

---

[1] 参看本书第14页。
[2] 贝尔纳尔·铎尔（Bernard Dort, 1929—1994），法国学者，戏剧理论家、作家、戏剧人。——译者注
[3] 贝尔纳尔·铎尔：《巴特：戏剧这一行》("Barthes: le corps du théâtre")，载《艺术报》（*Art Press*），第184期，1993年10月，收入《对话观众》（*Le Spectateur en dialogue*），P.O.L. 出版社，1995年，第143页。

扭[1]，铎尔则从中看出某种"原生情景"。

关于他的"态度转变"，让-皮埃尔·萨拉扎克[2]提出了另外一种阐释。他沿着作品的内在逻辑指出，对演出的研究，尤其是对布莱希特演出的研究，已经使戏剧性这一核心概念具有自身的运作功效与能力，在此之后，这个概念不再需要现实的戏剧。萨拉扎克还推测，自传主题在巴特作品中逐渐浮现，他从历史、政治与符号层面的思考转向了对记忆、主体性与想象物的研究，代表了从史诗（即戏剧）向叙事的过渡。因此他的早期作品充斥着布莱希特，后来便换成了普鲁斯特。

还有一种解释是菲利普·罗热[3]提出的。他指出《悲剧与高度》[4]是《神话学》在《新文学》连载的最后一篇文章。这是一次反对马尔罗文化政策的冲锋："该政策将他授予戏剧的'使命'全部收归国有，导致他的公民戏剧梦想彻底作罢。"[5]巴特冷落了戏剧，因为他期待的戏剧与戴高乐共和国所承诺的崭新戏剧并不合拍。即便后来巴特会否采用此文本

---

[1] 让-皮埃尔·萨拉扎克（Jean-Pierre Sarrazac）：《回归戏剧》（"Le retour au théâtre"），载《巴特的历程，交流》（*Parcours de Barthes, Communications*），第63期，Seuil，1996年，第11—23页。
[2] 让-皮埃尔·萨拉扎克（1946— ），法国学者、导演、剧作家 ——译者注
[3] 菲利普·罗热（Philippe Roger，1949— ）法国历史学家、文学批评家，18世纪专家。——译者注
[4] 参看原书第238页
[5] 菲利普·罗热：《马克思时代的巴特》（"Barthes dans les années Marx"），载《巴特的历程，交流》（*Parcours de Barthes, Communications*），第63期，Seuil，1996年，第61页。

仍未可知，想对"文化国家"思想进行考古学研究的人都应当以之为参考。

除了心理、生平、知识与政治范畴的阐释之外，我们还可以补充一点：戏剧本身是否存在某种因素，可能导致他的背弃？选集中有一篇好文章，标题为《阿维尼翁·冬季》[1]。巴特在文中对教皇宫荣誉中庭（阿维尼翁戏剧节的核心区域）进行了思考。当时庭院处于空置状态，夏季热闹的戏剧活动都已离去："这个地方简单、清冷、自然，闲置，人家总算能在那里安排活计，容纳出其不意的演出，这演出没有题材，没有声音，也没有默契。这个地方要求我们别把人当作智障儿童，嚼碎了食物去喂他，要把人当作成年人，把演出交给他来完成。"[2] 巴特一直偏爱介入性戏剧理论，因为它们给（就像他常说的那样）"有责任感的"积极观众留下了一席之地。儿童/成人的对照关系为他的要求提供了合适的表达模式，该模式也出现在许多文章中。但是"成人"这个词到底何意？有一篇文章的标题正是《成长的戈多》，其中存在这样一种观念：现在《戈多》可谓尽人皆知了，在这种情况下，戏剧即便不必夸张地朗诵，至少也要大声宣读，如庄严的话语一般（这丝毫不妨碍它通俗易懂）投向观众。看看大结局吧。这个结局充满大胆的哲思，它直接把观众带入了认知的撕裂。"什么时候！什么时候！有一天，难道这还不能满足你

---

[1] 参看原书第238页。
[2] 参看原书第42页。

的要求？有一天，任何一天。有一天他成了哑巴，有一天我成了瞎子，有一天我们会变成聋子，有一天我们诞生，有一天我们死去，同样的一天，同样的一秒钟，难道这还不能满足你的要求？……她们让新的生命诞生在坟墓上，光明只闪现了一刹那，跟着又是黑夜。"这正是莎士比亚式独白的语调，演员们对此了然于心：他们意识到，观众范围越来越广，要求日益开放的思考。《戈多》开阔了，坚实了，《戈多》成年了。[1]

什么是成年？成年就是了解我们的道德观，学会在生活中对于迫在眉睫的毁灭既不抗拒（从容不迫，仿佛我可以永生不朽）亦不恐惧。戏剧是一种哲学性体验，即便在生命露出消极面的时刻，它仍然是鲜活的。或许，由于逐渐被死亡所替代，生命反而愈发鲜活。因此成年就是感受并认识这种体验范畴的能力。于是戏剧具有了一种秘仪般的作用，并且一旦从中获得教诲，人们便可全身而退。因此，看似矛盾的一切就易于理解了："全集的交汇点或许就是戏剧。"倘若戏剧遭到抛弃之后仍然存在，那是因为它的哲学跨度使"成年"变得切实可靠、一劳永逸。戏剧是一位师长，他会离开，但不会被遗忘。

戏剧历久而弥新，与道德体验关系密切，巴特在最后一本著作中对此有清晰的表述："（我觉得）**摄影**之所以跻身艺术之列，并不由于它接近**绘画**，而是由于接近戏剧。[……]倘若我觉得照片更接近**戏剧**，那是通过一种独特的

---

[1] 参看本书《成长的戈多》一文。

媒介（也许只有我能看见）：死亡。我们了解戏剧与**死亡**崇拜之间的本源关系：早期演员通过扮演**死者**而与社群脱离，所谓上妆，就是使自己看起来像一具跨越生死两界的躯体：图腾戏剧中涂白的上身，中国戏曲的勾脸，印度卡塔卡利舞用米糊制的妆容，日本能剧的面具。而我在**照片**中同样看出这种关系，人们努力将它构思得极为生动（渴求'栩栩如生'，不过是在神话中否认死亡带来的不安感）。**照片**仿佛一场原始的戏剧，一幅**活生生的画面**[1]，即涂脂抹粉、毫无表情的面孔的具象画，我们从中看到了那些亡灵。"[2] 这把关键的钥匙终将打造成形，而此时它已然初具雏形：最后几篇提及戏剧的长文都是摄影评论。[3] 就像所有伟大作家一样，罗兰·巴特的早期文章提纲挈领，却不为人知。因此，即便本集选文大多涉及过去某个具体日期的演出，那些演出是我们看不到的，但其中的深刻主题却直指戏剧本质。因而读者需要从具体个案中汲取教诲，领会这些文章为何既非"现实"亦非"过时"，而是不合时宜。

让-卢·里维埃[4]

---

[1] 生动的画面（Tableau Vivant）是法国戏剧美学概念，最早由狄德罗提出。在他看来，生动的画面就是设计安排一位或数位演员摆出具有表意性的姿势，并保持不动，令人想到雕塑或绘画。——译者注

[2] 《明室》(*La Chambre claire*), Editions de l'Etoile、Gallimard、Seuil, 1980年, 第55—56页；《全集》(*Œuvres complètes*), 第五卷, *Seuil*, 2002年, 第813页。

[3] 参看本书第229、252页（第53、56篇）。

[4] 让-卢·里维埃（Jean-Loup Rivière, 1948—2018），法国剧作家，戏剧理论家。——译者注

我素来爱好戏剧……

我素来爱好戏剧,如今却极少去剧院。便是我本人,对这种转变也感到好奇。到底发生了什么?什么时候发生的?是我变了,还是戏剧变了?我不再爱戏剧了,还是用情过深?少年时代,14岁的年纪,我已经是"卡特尔"演出的常客。我经常去玛杜兰剧院和工间剧坊看庇托耶夫和杜兰的戏(茹威和巴蒂的戏看得少些)。我喜爱庇托耶夫的剧目,迷恋杜兰的表演,因为他并不"化身为"角色:是角色充满了杜兰的气息,无论演什么,杜兰总是那一个。另外我看出庇托耶夫和茹威有一样的特长:两人都是**朗诵派**(diction)演员,不是说他们拿腔作调,而是他们都说一种语言,奇特而富于感染力(这一点在茹威的电影中依然明显),它的构成特点既不是情感充沛,也不是使人如闻真声,不过是清晰中洋溢着激情罢了。倘若一位演员的表演方式既热情又清晰,我会很欣赏他以同一种方式扮演所有角色。我不喜欢演员隐匿自我,这或许是我与戏剧分道扬镳的起因。除了让·维拉尔,我在之后的任何人身上都没再见过朗诵派表演的影子。

1936年,我同几位索邦同学组建了古典剧团,演出了《波斯人》。集体的——或许说友好的更为恰当——经历胜过了戏剧探索,大概就在那段时期我极少去思考戏剧。疏离经年之后(战争、疾病、出国),我与罗贝尔·瓦赞、贝尔纳尔·铎尔、吉·杜穆尔、让·杜维诺[1]以及莫尔文·勒贝斯克一道筹办了《民众戏剧》杂志,恢复与戏剧的积极联系。这样一来,我们就有机会提出大量问题,既有理论方面的,也有对法国本土演出的定期评论:剧院管理、观众构成、戏剧艺术、剧本选目、演员技巧。这些在杂志创始之初已经考虑在内,最初是受到国立民众剧院早期探索的启发,柏林剧团在巴黎的演出则使一切都豁然明朗。一旦幡然醒悟,便势不可挡:从此我对法国戏剧视而不见。我意识到其他剧院与柏林剧团之间并非程度差距,而是本质差距乃至历史差距。由此产生出我个人体验的根本特质。见识过布莱希特之后,我不再爱好任何有瑕疵的戏剧。我认为,就是从那时起,我不再去看戏了。

这样做似乎有些走极端,既缺乏理性,也没有建设性。借口某件事难以尽善尽美,就转身而去,这样做不甚妥当(至少大家都这样讲)。我知道,对于今天的某些作家与剧团而言,一味回避有欠公允。然而也要明白,布莱希特的尽善

---

[1] 让·杜维诺(Jean Duvignaud, 1921—2007),法国戏剧批评家、社会学者。——译者注

尽美揭示出我们的戏剧是多么软弱乏力。令人尴尬的是，布莱希特的戏剧成本高昂，舞台表演精益求精，反反复复地排练，演员拥有职业保险，这对于保证他们的技巧何其重要。这样的戏剧仅凭私人经营是难以实现的，除非获得大量观众的支持。无论如何，四年前的法国条件尚未成熟。任何法国导演，无论他如何才华横溢、意志坚定，也无力收回成本。作家布莱希特固然可以在我们的舞台上演出，他的剧本却相当朦胧。布莱希特主义是一种真正的文化，背后需要一整套政策支持：追随布莱希特主义不能靠碰运气，也不能靠匹夫之勇。身为批评者，我只有一而再再而三地表达不满，其实并不针对任何具体演出，而是针对我们戏剧艺术本身的结构。

故此必须回头谈谈布莱希特的妙处，似乎正是因为他，我才会一反常态地冷落戏剧。大家一方面期待出现某种受到马克思主义启迪的民众戏剧，另一方面要求艺术对其符号进行严格规范，简而言之，人们希望戏剧艺术处于政治思想和"语义学"思考的交叉点之上，这样一来，几乎无须解释我们为何喜爱布莱希特了。我并不打算谈这些浅显的道理。我会停留在个人见证层面，孤立地谈谈我对于布莱希特戏剧艺术的迷恋，并且不吝于强调某个貌似微不足道的因素：优雅。在革命戏剧中，却偏好某种与"品位"一样同属资产阶级的价值，这未免显得不着边际甚至无聊浅薄。然而我恰恰觉得这二者的结合至关重要：政治戏剧摒弃了一切小资产阶级的审美价值，却把它最为庸俗的形式保留下来。何谓庸俗？大家并不怎么关心，它是一种次要价值，含义混乱，就像附庸风雅之辈激烈排斥的一切价值那样，人们对它也采取无聊的避讳态度。

而我认为，庸俗乃是重要的谜题。庸俗、优雅：从词源本身而言，这些词都与阶级现象有关（服装之优雅可追溯至资产阶级的衣着必须从众的时代，于是他们试图用细节来显得与众不同）。或许由于这个原因，人们怀疑两者之间的对立属于唯美主义层面。而在我看来，将某种分裂的价值输入"民主的"艺术，这是绝对必要的。没有冲突的历史或历史运动是不存在的。没有任何作品通篇不见任何矛盾。将生生不息的"优雅"胚芽（无论其内容如何）植入一场政治的、"民众的"演出，在我看来这恰恰是一条政治的、"民众的"准则：首先因为"分裂的"形式造成作品的内在张力，否则"什么都不会发生"；其次因为这个问题关系到我们整个大众文化；再者我认为，明确定义"庸俗"二字在今天成为可能：是今天，而非昨天，因为我们可以借助结构分析提供的方法，将庸俗定义为语义机能失调，定义为蹩脚的符号搭配。我确信，不久之后，品位不会再被视为神秘而过时的优雅，而会被确认为编码的技术性问题（古典时代其实已然如此）。

我认为，这便是布莱希特的"优雅"背后的意义：它不是指色彩精细或动作优美（这在其他当代作品中也能看到），而是指一种极为清晰、适度的"编码"，它使演出变得精美绝伦、充满张力。这种卓越的平衡感终于解决了政治含义与挑剔形式之间的矛盾，使二者彼此成就。面对这样的平衡感，任何演出在我看来都有所欠缺了，总之，准确而言，任何演出都不免失败了。缺憾不是偶然形成的：它取决于一种曲意迎合的美学，该美学与我们的戏剧经营结构休戚相关：比方说，一位演员被迫接受了一套培训、技巧与实践，那么如今除非机缘巧合，他是无法摆脱庸俗的：在我看来，与电影相比，尤其与最新的电影相比，戏剧演员的表演极为夸张，简直老掉了牙。

关于布莱希特及其戏剧艺术，我的看法恐怕有些异想天开；不过也不妨说我的看法是理想主义的，这样一来，它就可能吸纳某些新事物。如何造就一种既亲民又严苛的艺术？人们一直认为这个矛盾是无法解决的。布莱希特，他解决了这个矛盾。遵循规则，穷尽手段：弃我国戏剧而去时，我从中看到了太多烦冗规定，以至于再也无法获得快感，这亦是布莱希特的谆谆叮嘱。

——刊于《卓识》[1]，1965 年 5 月

---

[1]《卓识》(*Esprit*)，法国思想性刊物，创刊于 1932 年，创始人为穆尼耶（Emmanuel Mounier）。杂志力图在马克思主义与个人主义之间找到第三条道路。"二战"后，刊物有鲜明的反集权政治的特点，对法国"第二左翼"的产生起到推进作用。——译者注

国立民众剧院的《洪堡亲王》

我打量着《洪堡亲王》[1]的舞台,那里空间开阔,四面敞开,好似阴暗的教堂大殿,有闪烁的微光、各种面孔或是旌旗掠过。我不由得想起其他布尔乔亚剧院。它们像外省宅邸一样门户森严,既像糖果盒又像监狱。在那里,舞台与观众面面相觑,大家别无选择,只能保持亲密的面对面状态,仿佛身处家庭密室之中。我坐在观众席顶楼,从夏悠山顶俯瞰,瞧见一片场地深嵌于夜色之中,清冽的穿堂风吹得烛火摇曳,有些时刻,我能感受到金戈铁马之风或是冷峻宫殿的寒意。这浓浓的夜色并不像平时那样画在布景板上,而是由真实的空间厚度造就。我感到悲剧击中了它的本质意义,即建构关于来临的具象表现。

---

[1] 1951年第五届阿维尼翁戏剧节之时,让·维拉尔将克莱斯特(Kleist)的《洪堡亲王》(*Le Prince de Hombourg*)搬上舞台,此后定期演出。这次演出标志着维拉尔与钱拉·菲利普合作的开始。在这次戏剧节之后,法国政府建议维拉尔筹建后来位于巴黎夏悠山的民众剧院。1951年9月1日,维拉尔被任命为第一任剧院负责人。

反观我们的布尔乔亚剧院，它一直将舞台的封闭奉为圭臬，舞台设计得好似精巧的盒子，可以精打细算地（暂时地）卸下一面壁板，我想这绝不是偶然的。布尔乔亚剧院舞台以正面示人，这个特点具有双重功能：1. 将未可知的空间遮蔽，空间都用来安装机械设备、准备与维护机关装置，也就是说，用它制造的符号取代奥妙空间的开放形象，用机械装置取代神秘事物；2. 总把人表现得像是遭到了曝光，他三面受困，正面的遮挡被掀开，满足观众的好奇，仿佛被打破的密室。

现代剧院全部由志得意满的资产阶级设计、建造。无论在哪座剧院，观众都感受不到大型民众表演，即体育场和赛马场竞技所提供的高视角俯拍运动。当初封闭舞台的原因不会被遗忘：很显然，那是要保护人的某种本质主义形象：这就如同我们的古典主义文学——无论其画卷有时是多么雄浑壮阔——始终不过是对遭到偷袭与示众的人类本质的亵渎，同样地，资产阶级舞台在不停地揭示秘密，即三面布景板从暗影、神秘之物与潜在之事中逐出的秘密。只有在一个没有边缘地带、没有阴影、没有后部的必然空间，在一个与实证主义哲学的洛克时代一样完善而专断的空间，这种揭示才具有合理性。

我们很清楚，这样的空间绝对容不下悲剧，世界各国的悲剧家向来都只为开放的空间写作。在开放空间内，舞台后侧与两翼本质上具有一种模糊性，否则任何恐惧、任何高贵都无法成立。与各种资产阶级正剧相反，悲剧的功能不是确定将秘密公之于众，而是把观众带入某种不可逆转的绵延的厚度之中。悲剧，它意味着显然无法弥补之事。资产阶级的大幕，官方剧院的深红色厚重帷幕，重现了家庭充满伪善的封闭空间，将家庭的秘密永远带入虚无，为社会假象所消弭的某个时间的虚无，而悲剧呢，只有时间在这一点上发生改变，只有不再可能将时间排除在外的时候，悲剧才会停止。如今悲剧的这一原动力依然存在——在民间层面——却不复在剧院中出现，而是在体育赛事、竞技场、体育馆、赛马场，在任何地方，只消那里的开放空间意味着对绵延无法弥补的消耗。这里完全无须大幕、布景支柱、庭院与花园，因为体育时间——或曰悲剧时间——一旦被耗尽，什么都无法再消除一个地方裸露的样子，那里永远发生过什么。

《洪堡亲王》对开放舞台的努力做了很好的总结，我们知道杜兰为此在法国付出了很多心血。随着时间逐渐拉开，在卡特尔四人组的创作中，若论坚决抗拒资产阶级戏剧，似乎杜兰走得最远。更有甚之，几乎可以说，由于卡特尔四人组对戏剧的悲剧意义（以及戏剧的流行意义，其实是一回事）理解角度不同，他们的行动无非都在尝试两种观念，将戏剧空间打开或将其封闭。比方说，大家记得巴蒂处心积虑地把舞台封堵、分格，隔成方块，把它变成封闭巢室的组合体，这些巢室明亮却不敞开。巴蒂的舞台永远是电梯或囚室，仿佛蜂巢或空间的细网。关键在于人们既无法进入也无法逃出。人身陷其中，永无脱身之日。杜兰则相反，舞台空间本身不过是质疑而已。说起空间的模糊性，最重要的个案或许就是《各执一词》[(*Chacun sa vérité*)，工间剧坊]的演出了。按照逻辑，这部戏具有一切必要的元素，足以把禁区以及由镜面构成的既可怕又有趣的囚禁中的某种经过美化的要素表现出来，杜兰给这部戏设置了一处中央出口，一条铺满黑白地砖的上行宽廊，那些假定的疯子（斯彭萨及其岳母）忙着通过它进进出出，威胁、躲避，每次都沿着这条神秘的通道，将出发或身体走出舞台的相应符号带给观众。在舞台上，二二并非得四，一个苏也未必是一个苏。

维拉尔通过露天方式（戏剧节的方式）获得大众认可，似乎他所思虑的不外乎是戏剧空间。我不知道他是否真的宣告过演出比剧本更重要[1]。假如表演不再只是对文本的解读或是在某个长方形范畴内安排某些动作的橱窗设计工作，而是必须成为空间的深刻建构，那么这句话是符合逻辑的。我们常常听人讲（戏剧艺术中也有第三方存在），一流的导演手法不落形迹，完美地服务于剧本。反之必须强制接受的——至少悲剧中如此——是戏剧场所与该剧之间某种显著的关联性，就是说，从某种角度而言，该场所应该是分隔开的，应该独立存在，看上去具体有形、不同寻常，向各种不在场的情境开放，无论其存在方式是在前部还是在侧翼，两者皆可，在这种方式的启发下，会安排一连串人的行动，它们首先是纯偶然的。

因此，如此优越的空间根本不需要实物墙，不需要根

---

[1] 维拉尔将导演视为简单的阐释者，认为剧本是导演工作的中心。1946年他却说过："近三十年真正的戏剧创作者不是剧作家而是导演。"[参看《论戏剧传统》(*De la tradition théâtrale*)，Gallimard，1963年，第77页]

据情节设计的幼稚布景：第一次开演时，维拉尔的剧场就未设布景。我并不认为必须将之视为主张零布景的表态，看作是冉森派除却铅华的禁欲态度，看作是与夏特莱或大歌剧院的巴洛克写实风对抗的极简风。本质上布景并不介入空间，它是内容提要，属于阐释剧本的具体材料，它是情境所投射的知识符号，是用于说教的配件，并无奇效。因此唯有从清除布景入手，空间才开始被感知，并且更多借助逐步推进的关系（悲剧是重大事件的降临），而非借助画布的关系，空间渐渐与戏剧话语联系在一起。唯有自由的空间能够真正保留自由行动的能力；在被推翻的布景上方，夜色、战争、城池及选帝侯的宫殿渐渐侵入《洪堡亲王》，仿佛门户洞开，穿堂风涌入，它比任何描述都更令人信服地揭示出大自然、季节、气候以及当日的天气。

　　维拉尔一直坚持严格限定布景的职能。他从不要求用布景表现空间，因为那样徒劳无功。倘若他使用某种物品、一棵树、一个屋顶、一把宝剑，那纯粹是为了便于理解，因为该物品必须给予某种含义，如同一种表述完整的要旨。故而布景不再从空间上局限戏剧行动；布景是戏剧行动的表现符号，一种深思熟虑的有效符号。因此《洪堡亲王》里的树（倒是相当美观，令人想起阿尔布雷特·丢勒[1]的名画《纽伦堡磨坊》中的那棵树）丝毫没有营造出旷野的幻象，也不

---

[1] 阿尔布雷特·丢勒（Albert Durer, 1471—1528），德国画家，工素描、雕版，对几何与透视理论亦有所长。——译者注

表现大自然的鬼斧神工，相反从功能性而言，它是一种概念，一种树的笼统概念。这含义如此之清晰，令人印象深刻，如醍醐灌顶，而它借此找回迷惑人心的途径。

故而舞台的边界与布景毫无关系。布景具有理解功能，舞台空间具有咒语功能，它不是某人搏斗挣扎的地方，而是某物进入的必经之处。在悲剧演出中，舞台后侧及周边都无须圈出一个活跃的中心，相反却需要时刻充当暗藏危机的外延边界。每部悲剧都是一次天神报喜，舞台在物质层面应该是开放的，以便重大事件可以从远处进行评判，并且，未经宣布之前，一切消息似乎都在悲剧性延迟中郑重其事地延宕。在悲剧性延迟中，缺少的只是词语的认定，厄运就无法被确定。无论在《熙德》（Le cid）还是《洪堡亲王》中，舞台后部都无限延展，所有消息与悲剧的传递者都从后部以外的地方疾走或飞奔而来。舞台后部装饰简朴，这里透风那里挂着毡子，它以未知的面目潜入战争或城市，它是可怕消息之所在，而一切悲剧话语无非都是在倾听与肯定那些消息。

倘若围墙有必要存在——有时这是必要的——那么它绝不会设在舞台边界，而是位于舞台中心。《洪堡亲王》中，维拉尔竖起一座斜面高台或让人传递咖啡，这个物品比密不透风的布景更可靠地围出圆圈，舞台立刻围绕它封闭起来。这套技巧与巴蒂的手法正相反。巴蒂的方法仍旧被人套用，对他而言，围墙只能由隔板密密围筑。这里却反其道而行之，舞台中心时有时无，根据它的变化，舞台深处的无尽夜色时而蔓延时而消散。空间完全不按建筑方式打造；它是由围绕空间的运动本身构成的。宽阔的斜面在《洪堡亲王》的舞台上形成一块空地，本身毫无意义；它只是一种平庸无奇、意图不明的潜在性。演出不在于将它设计出来，而在于能够使舞台深处产生模糊底片般的空间，使裙袍、火把、旗帜与棺椁得以极具表现力地流动。

《洪堡亲王》中令人印象深刻的是剧中物质材料的柔软与灵活，它轻盈又结实，随和又固执。《洪堡亲王》中存在着一种形体美，它得以实现的前提条件简单却坚决，即舞台空间永久性开放，普通观众离得再远，角色也要恢复绝对自然的人类身高。在宽敞而流动的氛围里，演员的身体既不抬高也不缩小，我认为这样的成功个案在戏剧中是非常罕见的，通常戏剧中的身体会异于常态，它被直立的平面包围，失去了正常距离，不得不在中间肆意动作。似乎身体的自由能够使演出流畅，这种自由被视为演员不可或缺且最为重要的天赋。尤其是文本，它同一种与环境相称的人性联系在一起，失去了其他大部分演出所具有的极端化与反社会的特性。在这里文本不过是一种正好能听懂的语言。

吉什亚[1]设计的戏服也体现了这种造型美。法兰西剧院——这是典型的小资产阶级剧院，因为不演先锋剧——发掘服装的性感装饰风格，《洪堡亲王》则呈现出精确的服装（代数意义而非建筑学意义上的精确）。奇装异服不可取。演

---

[1] 吉什亚（Léon Gischia，1903—1991），新巴黎画派画家，曾为维拉尔的国立民众剧院设计了很多舞台布景。——译者注

员、剧本、空间、运动，对这一切而言服装必须自然合体，似乎毫不刻意。它应该像是始终附着于身体之上的美丽肌肤。如今，没有比缝制华美戏服更普通的事了。大幕拉开，观众目眩神迷，鼓掌喝彩，随后戏服要接受演出的整体考验，服装的气度，与情境的配合，看其动态之美而非静态之美，这些都属于服装的灵气。吉什亚的服装就有灵气，也就是说它们虽有冉森派之简朴，颇具军旅之风，实则比人们想象的更为先锋。

革新性在于尊重服装的工具作用，即便是戏服或17世纪的服装也一样。我们稍微想象一下那种欢乐风格，它也许使法兰西剧院或者女神乐园剧院[1]的服装师急不可耐地要把某个世界装扮得兼具军旅风、贵族风和路易十四风格：满眼皆是天鹅绒、花边、羽毛、头发和金属配饰！在这里则相反，和空间一样，简约并非道德立场，它构成服装的中性状态，它使舞台摆脱一切多余的意义，把一切封闭的物（布景的正面或服装的亚洲风格）从观众眼前挪开。封闭的物都极为自私，有可能迷失在娱乐中或是与戏剧行动无关的领悟。

在这个意义上，我们可以声明——也必须声明——演出的造型艺术比剧本本身更重要。克莱斯特的《洪堡亲王》不过是一个剧本。维拉尔的《洪堡亲王》则是一场演出，这意味着由于资产阶级对文学的尊崇（需要提醒一下文学一词几乎可以追溯到大革命时代吗？），文本被推上神坛，但演出绝非围绕

---

[1] 女神乐园剧院（Le théâtre des Folies Bergère）是巴黎著名的剧场，始建于1869年。那里主要上演音乐喜剧、音乐剧及各种音乐会。——译者注

着神化的文本，把各种意外事件与道具集中在一起，而是对某个历史行动有敏锐的观点，这个历史行动迫使观众的各个感官接受其造型美，并将它平分到文本、空间、仪态、运动中。

显而易见，这是古代悲剧的概念，想通过后世所谓的舞台演出为埃斯库罗斯"效力"是十分可笑的，因为埃斯库罗斯本人就长于构思并运用音乐、舞蹈与文本。整个古代戏剧都只是演出罢了，因此这个词在古代并无价值。对于《洪堡亲王》来说它也近乎无效，因为舞台并不像花托一样乖巧地托举神圣的文本，相反，它成功置身于词语中间，这些词语终于不再是难解的密码，而是恢复了语言的自然状态：与其说《洪堡亲王》被搬上舞台，不如说在某个夜晚，剧场的仪式空间中聚满了普鲁士-勃兰登堡的军人，他们在两场战役的间隙争论着规章问题。

这种空间优势也许是所有民众剧院的共同特点。称之为非资产阶级剧院更为恰当，因为历史不容许赋予"人民"的概念某种恒定的内容，至少在审美上如此。雅典人民与塞纳省人民也许毫无关联；与历史相符合的看法是，如今法国"人民"大部分由中产阶级构成，他们的审美标准是属于小资产阶级的，也就是夏特莱剧院、歌剧院、女神乐园剧院、轻松歌剧院[1]的审美标准，这一整套故步自封，重舞台机关、

---

[1] 轻松歌剧院（La Gaîté Lyrique），始建于18世纪中后期，从民间风格的集市戏剧脱胎而来。其建制与地址几经更替。罗兰·巴特撰写本文时，轻松歌剧院经历了相对辉煌的时期，很多演出都颇受欢迎。1963年剧院因经济困难而关闭。——译者注

好赝品的审美观,也是维拉尔作品主要排斥的。维拉尔的戏剧只有在理想中才是大众化的,而且条件是——这是决定性的——他与古典意识形态的忠实奴仆,即资产阶级剧场的封闭空间彻底决裂。从社会学角度而言,由于长期与社会决裂,他做不了其他事,唯有投入先锋事业。主动声援先锋艺术的既有中产阶级的知识分子,也有资产阶级的贫穷分子——所以毫不附庸风雅。此外,人们应该从"先锋"中领会出新意:不容置疑的是,与其说今天的先锋还同20世纪20、30年代一样,是离经叛道的探索实验,不如说它在从事广受公众支持的研究。同30年前相比,公众的无政府主义倾向有所缓和,心态则更为开放,因为破产后的资产阶级在加速分化,中产阶级明显上升。反观今天的电影、文学,晦涩的先锋性不复存在,却转而拥有了一批忠实的拥趸,这也证明了上述观点。

维拉尔戏剧之所以深孚众望,多半归功于他的意图,而不是他的社会学意义。与资产阶级艺术相反,这是一种从舞台到剧本的关系,而资产阶级戏剧中,舞台素来只是剧本的附属品。回顾各个时代(至少是创作悲剧的时代)的悲剧学说:舞台是个变换的空间,它好似祭坛、断头台、体育馆、魔术画,如此等等。简言之,舞台是一个创造的场所,而这甚至是造物主的定义。当代神话学中,只有一种场所具有同等力量:拳击场。出于同样多的理由,资产阶级正剧的封闭式舞台与拳击场大相径庭,与维拉尔的开放空间同样泾渭分明。对于资产阶级正剧,应当将包裹其外的幕布、布景与家具统统剥除,这好比在另一方面,作者竭力将遮蔽了金钱秘密或隐疾的"外衣"——剥去,这些外衣包括夫妻、家庭、社会与道德之中的虚情假意。

资产阶级演出始终在拐弯抹角。它会说:"出事了,去查清楚",而悲剧演出始终暗藏危机;它会说:"要出事了,你们都已知悉。"前几天,我再次观看了索邦大学古典剧团表演的《波斯人》。演出自然颇多瑕疵,但它在废墟中投射出古代戏剧艺术令人赞叹的身影。看完那部戏之后,我毫不怀疑,在这次四面敞开的《洪堡亲王》演出中,我看到了一种来自最伟大传统的精练而活泼的悲剧,因为构成悲剧的并非面具、抑扬格或是厚底靴,而是呈现厄运征兆的宽阔空间,厄运或许来自神祇、自然或是历史,但绝不会来自其他人。在一切真正意义上的悲剧中,"心理分析"仅仅围绕着戏剧仪式偶然出现。倘若《洪堡亲王》是一场准确有力的演出,那正是因为维拉尔敢于使用情境、物品与身体的绝妙外在性,体现一位胡思乱想、自吹自擂的王子的内心斗争。

——刊于《新文学》(主编莫里斯·纳朵[1]),
1953年3月

---

[1] 莫里斯·纳朵(Maurice Nadeau, 1911—2013),法国作家、文学批评家,曾担任多份文学杂志的主编。——译者注

《浪子》

若想了解导演在戏剧演出中所占的确切比重,最好去一趟喜歌剧院[1],那里刚刚上演斯特拉文斯基(Stravinski)的晚期作品《浪子的历程》(The Rake's Progress)。经过导演路易·穆西(Louis Musy)的精心处理,这部绝妙的歌剧被缩制得仿佛印第安希瓦罗族人敌人的头颅。[2] 瓦科维奇[3] 的舞美设计为这场平庸乏味的演出平添助力。歌剧演员力不胜任,这一点实属世代相传,也可谓民族特性。歌队表现得忽而似饶舌门房,忽而似地痞无赖,要么死气沉沉,要么竭

---

[1] 喜歌剧院(Opéra-Comique):喜歌剧产生于18世纪初,脱胎于喜剧芭蕾(comédie-ballet),是对白与歌唱交替出现的剧种。喜歌剧未必是喜剧。文中所言喜歌剧院始建于1714年,历史上曾几经重组,20世纪后成为法国政府支持的戏剧机构。——译者注
[2] 据说希瓦罗人会用特殊的方法缩制敌人的头颅,并举行仪式,使干瘪头皮困住敌人的灵魂,不再兴风作浪,以免死者的灵魂会报复杀害自己的人。——译者注
[3] 瓦科维奇(Georges Wakhévitch, 1907—1984),法籍俄裔舞美师。曾为众多电影、戏剧、歌剧与芭蕾演出设计舞台布景。——译者注

力扮成滑稽的自大狂。穆西充分发扬了法国歌剧的致命风格，也就是浮士德风格。看完《浪子》出来，不得不承认对法国人而言《浮士德》一直代表了本土歌剧的最高境界：它就是**法则**，除它之外，没有任何作品值得称道，甚至都可有可无。《浪子》效仿了《浮士德》的整套幼稚手法，有人看后感到宽慰，有人则为之错愕：歌者身处前台，大声向观众倾诉对恋人（他或她）的万般柔情，罔顾恋人就近在身侧；假金币、假废墟、假坟墓（市政厅市场买的铲子倒是真的），淳朴的妈妈从硬纸壳灌木上采摘的假花、活板门、升降梯、柱子里的魔鬼，整套巴洛克风格表现得克制、谨慎而明智，也就是说并不奏效，因为显然过于造作了，没有说服力，又过于软弱乏力，无法吸引人。这是个昙花一现的梦，是精彩演出的惨淡符号，而非精彩演出本身。第二场痛饮狂欢的那场戏还算过得去。其中合唱队队员十分道貌岸然，让人相信他们的放荡仅限于修辞层面。他们坚持认为男人就该弯曲双臂，举起空酒杯啜饮，女人就该挺起胸脯原地转圈儿，害羞地躲开胖老头子们假模假式的亲吻。他们固执地认为，这场戏实属败笔，就好像有些戏要靠流浪汉风格博喝彩一样。疯人院里，安娜哼着催眠曲把发疯的浪子哄入睡。一群看门人仿佛在8月的某个周日趿拉着旧鞋在大门旁边踱步，催眠曲一旦成为在这群人里奏响的浪漫曲，这岂不成了与伟大崇高绝缘的符号吗？在维也纳，同样的场景似乎引发观众抽噎，哭泣。不管怎么说，这是希腊的伟大传统。不，在歌剧院，观众既不会哭也不会笑，这也绝对不是他们花钱买票的目的：花钱是想看魔鬼坠入活板门或是大门自动打开——观众花钱买的是巧妙的换景装置，他们对激情无动于衷。法国歌剧的唯一可取之处，就是给勒内·克莱尔[1]提供了绝好的戏仿主题：至少在这里，我们会微笑，也会恢复些许身为法国人的自信。

——刊于《民众戏剧》，1953年5—6月

---

[1] 勒内·克莱尔（René Clair, 1898—1981），法国作家、导演、电影人，1960年当选法兰西学士院院士。——译者注

古代悲剧的力量

圣路易认为眼泪是天赐圣物,他祈求上帝恩赐他一滴泪水,不仅落入心田,也流上面颊,滑落唇边。圣路易的祈祷落空了。自从古典时代起,人们就不会哭泣,也不敢再哭泣。这种务必隐藏痛苦的伪英雄主义思想与号啕痛哭的古典戏剧精神背道而驰。季洛杜(Giraudoux)去世的时候,在巴黎剧场可曾见到有人泣不成声?而演员们身着丧服登台宣告埃斯库罗斯去世的时候,雅典观众可是痛哭流涕。茹威的盛大葬礼举行之时,我去了圣·叙尔皮斯广场:那里人如潮涌,可人家不是来哭灵的,而是为了到场的演员能瞅自己一眼或是索个亲笔签名:猎奇取代了悲痛。

如今我们吝惜泪水。为谁哭,为什么哭?说到底我们不认为还有什么值得为之哭泣。国王必须一再提醒普赛克[1],父

---

[1] 普赛克(Psyché),希腊神话人物,以少女形象出现的人类灵魂化身。丘比特爱上她,将她藏在宫殿中,每天夜间来与她相会,但是要求她允诺永远不看他的脸。一天夜里普赛克忍不住点燃油灯,看到丘比特的真容。丘比特被惊醒,认为妻子背叛了诺言,愤而离去。——译者注

亲还是有权为女儿哭泣的。我们最温情的悲剧家莫里哀也表达过这种诉求，他认为哭泣更多意味着对人的"真性情"的宣泄，而非动人心魄的众生哀呼。在古代，众生哀呼有其使命，这就是给予意外变故一个具象的名字。古代观众天生爱流泪，这跟咱们浪漫主义半神经质、半浮夸的个人情感骚动毫无共通之处。现代戏剧中，只有两种状态下可以动情：要么是伪斯多葛派那干巴巴的、一本正经的争吵，与其说流露出痛苦，不如说表现出克制；要么就是双眼泪汪汪，手帕捂住抽泣，简单说就是某种情感，它通过表现悲惨遭遇，好歹能打动普通观众，只是因为个体间存在差异，感动程度各有不同罢了（整个电影放映厅都被《相见恨晚》[1]中情侣的遭遇感动了）。

而古代悲剧能使全场观众为之悲痛。厄运仅仅发生在国王、英雄和神祇这些上等人身上，围观群众却个个捶胸顿足。现代人如果碰巧也动了情，那总归是源于内省：悲剧与观众自身的婚姻或家庭生活遭遇有相似之处，他才会哭泣；戏剧的使命不过是以枯燥乏味的方式表达他可能遭遇的不幸，绝不会把观众带入深层的幻象，让他体会在个体经历缺失时，处于纯粹状态之下的不幸，而这才是悲剧关键且必要的本真状态。

---

[1]《相见恨晚》(*Brève rencontre*)，指的是大卫·林恩（David Lean）的电影作品（*Brief Encounter*，1945年），根据诺埃尔·考沃德（Noël Coward）与西莉亚·约翰逊（Celia Johnson）、特瑞沃·霍华德（Trevor Howard）的戏剧作品改编而成。

人们反复强调亚里士多德的悲剧净化说,却没有充分考量这套理论的难点何在。关键在于借助极具普遍性的剧情,即丝毫不迎合每位观众,不考虑他们能否在悲剧主题中看到个体的相似之处,从而获得真正意义上的身体蜕变。我这里说到的是埃斯库罗斯和索福克勒斯的戏剧,他们作品中的虚构情节对重要的伦理思想与公民思想,比如人类的首个审判机构(复仇三女神)提出质疑。欧里庇得斯已经具有心理学色彩。心理学是极端反悲剧的力量,它侵入戏剧,在观众心中掀起激情层面的情感,而不再是道德层面的情感。这种情感会在 17 世纪的伪悲剧中再次出现,而我们知道,他们主要模仿的对象就是欧里庇得斯。不过,假如希腊悲剧回归最初的纯粹状态,那么齐声哀哭不亚于观众的最高修为,是观众在自己的身体近乎崩溃之时,接受思想或历史之分裂的能力。

从演出角度而言,如今只有一类活动排除了个体激情,这就是体育。大型足球赛事的观众当然不会哭,他们的状态接近于一种释放出来的集体骚乱,不再假装正经;观众乐于让自己的身体投入他们所观看的较量中去;怠惰、矜持的资产阶级戏剧观众仅仅通过目光体验演出,经常是吹毛求疵或昏昏欲睡,体育观众正相反,他们能借助肢体的外在动作全情投入:狂喜、愤怒、期待、意外,人类的所有基本肢体动作由此发展为一种叙事,它更接近一个重要的道德论题(对精彩绝伦进行经验性示范),而非资产阶级戏剧中那些无聊问题,譬如戴绿帽子的内在合理性。然而可叹的是，对现代体育的赞美却暴露了它与古代悲剧之间的差距：体育只能激发对力量的崇尚，而埃斯库罗斯（《奥瑞斯忒亚》）或索福克勒斯（《安提戈涅》）的剧作在观众心中唤起真正的"政治"情感，使他们为那些被野蛮残暴的宗教或者冷酷的公民法所困的人物感到痛心疾首。

克洛岱尔是这样定义古代悲剧的：在棺盖未严的坟墓前久久地哭喊。坟墓是希腊戏剧主要的物，也是它的核心、起因、中心点。在现代戏剧中，床笫取代了坟墓，哭喊演变为在妻子没关严的床前发生的一系列闲扯与误会。两种物，两样空间：露天剧场是开放、自然、与天地共生的空间；资产阶级剧院是封闭、隐秘、住宅式的空间。直到最近的戏剧节，还有人认为露天的戏剧力量是次要的、装饰性的，而事实绝非如此。关于阿维尼翁戏剧节，吉·杜穆尔曾经指出，自然场所不仅仅为演出提供背景（小资产阶级观众总是迷恋歌剧院式的舞台艺术，人们总爱这样讲，以便吸引他们）。它构成了演出的独特性、难得的脆弱性，并且添加了一个重要元素，使演出愈发令人难忘。观众是血肉之躯，他的感觉多来自感官而非大脑，在演出的分分秒秒，他都敏锐地接收到从微风与星辰中产生又弥漫开的神秘与叩询。这一点并非无关紧要，甚至至为关键。大自然使演出进入另一个世界，将其置于宇宙之中，忽隐忽现的浮光从舞台掠过。观众沉浸在户外复杂的多音部交响曲中（日落西山，晚风吹起，倦鸟飞去，市镇喧闹，凉风习习），导致不可重复的重大事件的奇妙独特性在悲剧中获得重现。露天的力量与其脆弱性有关：户外演出不再是某种习惯或者本质，它像昙花一现的肉体一样脆弱，无可替代，却又转瞬即逝。由此产生撕裂人心的力量，还有焕然一新的效果，使舞台不再蒙垢，演员不再装腔作势，服装不再矫揉造作，并将这一切合成一束大胆的光，这光束如此之美，人们以为无缘再见这美如此有序地出现。

过去还有一种时间同样独特，它与转瞬即逝的空间彼此呼应。我们知道，悲剧演出曾是真正的宗教仪式，每隔一段时间就会在固定日期重新举行，并在庄严的圣诗应答轮唱之后进入高潮。圣诗轮唱将公民的时间、日常劳作的时间悬置，让位于悲剧时间。在悲剧时间里，城邦以歌队的形象出现，面对的是神祇和英雄等高贵人士。在这一点，现代性再次减弱了与日常时间断裂的能力，但并未完全废弃。如今有按周计算的时间，有安息日电影时间或主日比赛时间，但无论如何都不再用戏剧来标明**节日**。这一功能的丧失具有决定性的影响，进一步将戏剧推向了资产阶级娱乐功能。娱乐安排在周几都无妨，与实际时间的度量毫无关系；然而，人类的时间绵延与机械方式相去甚远，它只存在于连续的苦行与节日当中，还是体育完美地恢复了古人举办年度演出的创意。

如今——国家或宗教的——节日失去了现实的群体意义，沦为休假的借口，最多纳入休闲社会学范畴。而法国杯这样的体育现象，用预选赛制占用了法国人许多周日，以微弱却可靠的方式延续古代盛大的悲剧**节日**。我很清楚这种对应性只流于形式，我知道在现代国家，组织社会性的体育赛事，是为了把人们担心会用在别处的力量引向一种无害活动。意味深长的是，与周末节日有关的一切内容向来仅仅被看作以休闲为属性（休闲部，休闲社会学）；人们早就剥夺了它的积极效力，使它落入消遣娱乐的行列。人们从未把它看作群体通过艺术或竞技逐渐了解人类境遇的运动，而是宁愿把它视作一种逃避、一个梦境、一壶鸦片，目的是在两段劳作之间占据人的意识。只有真正的民众戏剧能够恢复古代悲剧的双重功能，它既是**节日**又是**感知**，既是辛苦劳动时间的正式结束，又是意识的唤醒。

——◆——

希腊悲剧与现代体育还有一个共同的要素：符号的外在性。以兰开夏式摔跤为例：姑且不论比赛中有关激情的内容，你们如何解读它？情绪激动的符号更甚于激动本身。摔跤手摆出各种心情（痛苦、喜悦、狂怒、报复、从容），所有表达都是特意挑选的，以便众多看客能够瞬间读懂，所有动机都一览无余。这里没有任何生活中的模糊性，你们不会对任何手势或模仿产生误读。摔跤手的全部技巧就在于让人立刻明白他分享了怎样的心理情节，他的每个动作都臻于极致，极度外在化，绝不含糊或保留，是为精神活动配制好的养料，以至于比赛可以作弊，却不会错过它的主要职能，也就是表演一场竞技，不是真刀真枪地比赛：真实在这里并不比在戏剧中更重要。因此，与表现暴虐的感知性悲剧相比，兰开夏式摔跤比赛的暴虐成分也许更不合逻辑，普通观众被推到全知全能的地位，像天神般俯瞰一个由纯粹的、不可逆转的符号组成的世界。

老实说，这也是希腊悲剧的基本功能之一：失败的摔跤手蜷成一团，表情痛苦，向围坐的看客展示寓意着饱受凌辱的面孔。把古代面具放在摔跤手的头侧，面具固定表达某种情绪，还负责告诉民众-观众，这个被面具抬高及指示的人才是**痛苦**的真正"具体实质"之所在。两者的同一性是毋庸置疑的。在演出的虚构性之上，观众摆脱了世界的模糊性，享用清晰的符号，心理学遭到废弃，因为摔跤手或悲剧演员借助表演，使内心活动完全浮在表面，集中于一处供公众直接解读，不留任何褶皱或沟壑，以便隐藏生活中难以言喻的内容。雅典的阳光或"共同性"的反射体，它们有同样的外科手术功能，即在脸部显眼的褶皱中置入一种内在性，这种隐藏的内在性没有任何戏剧效力，因为戏剧只供人消受可见的东西，总是使用单一的符号、名称或姿态表现激情的戏剧艺术才是最伟大的。

正如兰开夏式摔跤那样，模仿惟妙惟肖，导致格斗的真实性失去意义，戏剧亦然，符号的外在性导致真实性不值一提。我在某个巴斯克小村落（我承认是在济贫院里）看过一场戏，那是我见过的最为反戏剧的演出。按照剧情，一位女演员要在舞台上掐死一只母鸡，她诚意满满，当真在观众面前把鸡杀死了（说实话，我看得出导演的苦心，走偏的苦心，看得出初民"夸富宴"[1]的痕迹：咱做事儿不含糊）：这个"实打实"的动作丝毫无助于戏剧效果，家禽的垂死挣扎被刻意拖延了很久，却仅仅在舞台上形成一段死寂的时间，就像演员忘词儿一样令人尴尬。因为真正的戏剧行为总是联系着两端，一端是意图明晰，一端则是它与其他情节的（紧凑）关系。悲剧面具的基本动机已经预设好，省得再对符号（那只不愿就此送命的母鸡）进行反复琢磨，为对抗的激情之间的辩证留下高度发展的自由：激情已经一劳永逸地确定了，它们只管对抗就行。这种紧张激烈的形式赋予体育比赛或悲剧演出一种真正领悟的喜悦，实现了在瞬间领会各种关系，而不是看到具体事物，这就是文化的原本定义。

除面具之外，古代悲剧还拥有另一类强大的符号：音乐。不过，倘若以为将正剧和里拉琴结合便足以重建悲剧，那可就错了：如果这样做，产生的将是歌剧，它与悲剧演出恰好背道而驰。我们知道希腊悲剧的音乐具有道德教育的特征，谓之曰"风气"（ethos），即音乐的功能是迫使人瞬间领悟它所要表达的情感。我们也知道，与我们的现代音乐不同，这种必不可少的伦理特性（根据悲剧的阶段，分为**激**

---

[1] 罗兰·巴特写作"podlach"，通行拼写是"potlatch"。这是北美夸求图印第安人以炫耀财富为目的的公开仪式。"夸富宴"由美国人类学家博厄斯（Franz Boas）最早提到并加以描述，后来由本尼迪克特（Ruth Benedict）进一步加以解释。在夸富宴上，主人大宴宾客，故意当众大量毁坏个人财产并慷慨馈赠，目的是让受邀宾客蒙羞，证明主人的财富和高贵的地位。对于夸求图部落显贵而言，这象征着权力、财富，也用来确定部落内部等级秩序。——译者注

动、沉重、焦虑、欢乐、庄严等）并非都源自作曲者的主观意图（我们可以列举无数的乐曲片段，听起来既可以像狂喜也可以像哀痛），而是说在古希腊，激情的意义绝非无的放矢，调式本身（与面具一样）具有固定的传统意义，清晰易懂，不会延缓也不会含糊。按照惯例，这种调式表达焦虑，那种调式表达快感，这种极为清晰的符号工具巩固了悲剧行动的精神本质：激情并不通过含糊的渲染，而是借助特定的音阶来呈现，音阶则受到音调顺序的严格规矩限定。文艺复兴时期的佛罗伦萨音乐人[1]对这些里拉琴伴奏的谱曲配词法颇有兴趣，好在他们没有尝试带入形而上色彩。悲剧的"情绪"[2]概念，即音乐、舞蹈和诗歌神奇地融为一体，这是一种纯粹的浪漫主义概念。美则美矣，但尼采所言酒神精神与日神精神之对立实在大可商榷：尼采心目中的悲剧与埃斯库罗斯不同，却与瓦格纳式一致，即与悲剧背道而驰，因为在尼采式悲剧中，音乐元素成功地吞并了其他所有符号。而最异想天开的事，莫过于相信不同类别的激情[3]可以融为一体：在任何文明的（这里不包含任何价值判断）艺术中，理

---

[1] 1573—1587年，在佛罗伦萨巴尔迪伯爵家中，以作曲家卡·奇尼、加利莱伊等人组成的艺术小组，自称"佛罗伦萨伙伴"。他们研究古希腊音乐，提出恢复古代音乐与戏剧、诗歌结合的形式。主张突出曲调，对位声部只作伴奏，促成了歌剧体裁的诞生。——译者注
[2] 原文为德语 stimmung，意为情绪、心境（感谢李亦男老师提供帮助）。——译者注
[3] 原文为 pathos，即希腊文中的 πάθος，意为痛苦、激情、情感。——译者注

解力都是情感的初始条件。

高博[1]本人也成为这种形而上幻想的牺牲品,他要求仿效古人,创造出抒情性的合成作品。这个想法尽管令人钦佩却有失理智,它仍然吸引着最有头脑的现代戏剧人:如今任何悲剧都配有"背景音乐";然而我们的西方音乐,悲怆动人有余,道德意味不足,无法融入悲剧情节:或是不得其法,或是格格不入。古希腊悲剧的所有力量之中,音乐的历史或许最为悠久,故而最为脆弱,而人们总是信誓旦旦要第一个将它复原。然则这许多尝试永远无法突破复原的限制或幕间曲的局限。最好的办法是清醒地为它送葬,如今它与悲剧的生命力已经毫无关系了。

———— ◆ ————

本质上讲,这种力量素来只是一种伟大的公民意识;尽管神话都是虚构的,希腊戏剧,至少埃斯库罗斯与索福克勒斯的戏剧,却首先都是社会戏剧。每次借助诸神的传说,质疑的却是城邦的前途以及通过伟大的政治创制权决定自身命运的权力:《乞援者》无他,不过是对战争与和平的讨论;《奥瑞斯忒亚》探讨的是可无限逆转的野蛮刑法,其存在足以打破人类早期的仲裁制度;《安提戈涅》讨论血亲法则与公民法则的冲突;《俄狄浦斯》探讨的则是一切道德

---

[1] 高博(Jacques Copeau, 1879—1949),20世纪上半叶法国极为重要的知识分子、艺术家,在戏剧领域的成就尤为卓越。——译者注

污点仅仅在社会中才具有现实性的观点。这些戏剧的共性其实是就罪行提出疑问。但这里所说的既非心理上的恶,亦非形而上的恶,而主要是政治上的恶:罪恶感的起源既不是意识,也不是宗教法,只有城邦遭到毁灭的威胁时,罪恶感才会应运而生:奥瑞斯忒亚犯罪是受到神的指令,而神的"社会性"弱于人,奥瑞斯忒亚的个人"心理状态"并不受罪行困扰;然而鉴于古代律法主张无休止的部族世仇,他的罪行便有可能破坏社会的基本关系;罪行无关紧要,关键在于它会导致社会分裂。同样,宽恕并非神明的恩赐,而是公民陪审团的睿智决定,是雅典娜,这位最民主、最仁爱的雅典之神,包含私心的姿态。

因此希腊悲剧实质上是政治历史剧。政治历史的自我形成过程中,人类完全处于支配地位,因为他们通过批判行为,通过首先意味着有效判断的"智慧",可以随时中断历史,改变其方向,使它更人性化,避免陷入倒退的禁忌,落入藐视人类而建立的危险法律。关于这一点,最为典型也最为震撼的莫过于《乞援者》中老国王的沉思。他集贤明审慎于一身,无处求助,无可躲避,独自权衡战争与和平。人类最美妙的大合唱莫过于此,他深思熟虑,因为独力承担责任而卓越不群。

对于纯粹的人类议决的关注,这可以说是古代歌队的主要职能。在希腊悲剧层次分明的人类学中,在这个民众、人君与神祇互相对话的三重世界中,人人都在讲述自己的独特处境。人类的权力,尤其是话语,掌握在民众-歌队手中。人们常说，每一幕的情节都与歌队无关，歌队只是对各幕情节发出抒情的反响，其实远非如此。歌队掌控话语权，他们解释、澄清那些看似暧昧不清的事，替演员的肢体表演理出易于理解的因果顺序。可以说歌队给演出带来悲剧维度，因为歌队独自掌握了全部人类话语，他是不可多得的**评述**，有赖于他的言语，重大事件才不致沦为野蛮粗鲁的动作；得益于人类特有的联系能力，言语编织出因果链条，把悲剧建构为被人理解的**必然**，也就是为人思考的**历史**。

而这种希腊悲剧歌队竟至彻底消失。我们的戏剧、我们的体育、我们的生活完全可以从古代伟大的戏剧艺术中吸纳部分形式。歌队却杳无踪影了。它被一种特有的西方价值扼杀了：心理学把人类大脑变成一个装满奇思异想的盒子，使戏剧沦为出乎意料的谜题，将观众贬为小说读者。在那里，除了演员没有任何人类，观众沉默不语，成为被动的观看者，听任他人为自己揭示激情的秘密。在古代，歌队只是观众在空间上的延展，观众本人沉浸在悲剧每一幕的情节里，一直评论不休，每个人在理解不顺畅时便倏然停顿；悲剧辐射到每一层座席，观众群则通过反作用力，把自己的解释与悲剧的情节发展糅合在一起，仿佛这是一份郑重其事的人性馈赠。大家知道，与之相反，我们的林荫道剧院不再具有集体性质，只有一帮窥视者罢了。

毋庸赘言，作为代价戏剧完全丧失了公民维度。让·杜维诺注意到，尽管我们的历史、政治斗争乃至文学都使我们自信擅长构想充满激情的公民意识，城邦在我们的舞台上却几乎一直处于缺席状态（或许高乃依的作品除外）。只不过，17世纪的伪悲剧使戏剧再次偏离其悲剧职能；古典主义的本质主义替代了具有伟大道德观念的戏剧创作，须知这些道德观念本身足以为群体所理解并激动地接受。终至一天，任何革命（尤其是浪漫主义革命）都无法干扰心理剧的伪普世性，无法让大众喜爱的歌队从严丝合缝的坟墓中现身。

——刊于《民众戏剧》，1953年7—8月

天主教的阿莱城姑娘[1]

空洞之外蒙一层上等牛皮，只不过做出一面好鼓。克洛岱尔的《克里斯托夫·哥伦布》[2]在玛里尼剧院[3]的演出便大致如此：鼓声喧嚣、节奏分明，却几乎听不出抑扬顿挫与轻重缓急。要知道这个空洞并非毫无来由，抒情诗也没有失去理智，它知道自己的虚空要往何处去。最终目的是心虔志诚地把输入黄金与输出基督混为一谈，把商业征战转化为天主教扩张，进而转化为基督教会合一运动。

哥伦布信奉天主教的证据？他的姓名就是证据：他是

---

[1]《阿莱城姑娘》（Arlésienne），是法国作家都德的剧本，作曲家比才为之配乐。由于剧中阿莱城姑娘并未真正出场，所以通常被用来指代一个不可见的、幽灵般的人物。——译者注
[2] 这部剧应德国导演马克斯·莱因哈特（Max Reinhardt）所邀创作，初时构思为歌剧，克洛岱尔请达律斯·米约（Darius Milhaud）作曲。歌剧于1930年创作于柏林，话剧则于1935年由雷诺-巴洛剧团（Compagnie Renaud-Barrault）上演。——译者注
[3] 玛里尼剧院（Théâtre Marigny），位于香榭丽舍大道和玛里尼大道的交口处，建成于19世纪上半叶。

基督的洁白信鸽。[1]克洛岱尔能够在玛里尼剧院演出,运气真是不错:换作其他任何地方,至少在并非人人信奉天主教义的地方,有人或许会向他索要其他证据,以证明主人公姓名的含义,解释演出为何始终在殷勤地重复这个造作的词。有人会说:荒唐!诗意的缩写足矣,要什么证据与史实呢。是的,或许如此;可能在信徒看来人名的隐喻足以说明问题。可是对不信教的人来说这还不够,他想要了解更多真相,这些词源学证据(波朗[2]曾用一首即景诗加以揭示,我还没有读过)并不令人满意,他非常希望这么多美妙诗行(唉,正所谓美妙的诗节)能往空洞里放入些许真相。作为文学爱好者,他的要求并不多:他信心十足,反应灵敏。他习惯以自由精神来评判诗人的创作。他只是要求布施少许逼真性。否则他会感到愤怒,因为文学总是撒谎却不受惩罚。他会宣布(因为傲慢使人不逊),无论如何克洛岱尔笔下看不出**历史**上哥伦布的影子,他塑造的哥伦布简直是胡编乱造。

胡编乱造是出于私心。优美的文字、动人的演出、往来的人群、感恩赞歌、帆船、结局的留白,这一切都在为秩序的永恒神话提供担保:一位得意扬扬的上帝,人家让他胡言乱语,阐释其意志,仿佛自己是上帝的授权代理人;敌对的诸神则遭到戏仿、丑化,从孕育他们的美妙而深刻的艺

---

[1] 哥伦布全名 Christophe Colomb,"Colomb" 的拼写近似于白鸽(colombe),而 Christophe 则包含了基督一词(Christ)。——译者注
[2] 让·波朗(Jean Paulhan,1884—1968),法国作家、批评家,《新法兰西杂志》创办人之一。——译者注

中被人盗走；只有欧洲派来奴隶贩子和传教士的那天，一位赤身裸体的美洲女人才能侥幸活命。而经过一番溢美之词，奴隶制也被粉饰成不无裨益的小小伤痛而已。这番漂亮的道德说教（正如作者署名时所写，发布于布朗格城堡[1]）若是被剥除华丽的辞藻，大意基本如下：我说得越多，上帝才越有存在感；忍受痛苦吧、卖苦力吧、让别人贩卖关押自己吧，这便是良好的秩序。

然而说得再天花乱坠也无法掩盖欺骗。有时必须记住，语言即便改变不了思想，至少也能改变选择。抒情表达无论多么眉飞色舞，也掩饰不了心智的愚蠢与内心的冷酷。其他人尽可以玩味克洛岱尔《克里斯托夫·哥伦布》的细节，尽可以承认它情节空洞、滑稽幼稚以及成见深重，同时作为补偿，又对它的形式顶礼膜拜，对它的演出赞不绝口。而我，我要对文本说不。尽管某些部分还算精彩，某些意图值得称赞，某些独到之处令人难忘，这个不字却毒蚀了我所能想到的一切长处。

让克洛岱尔给餍足的天主教充当官方供货人吧，没人会持异议，就让他满足于资产阶级的饱食终日吧：他绝不会感到孤单。可是让-路易·巴洛呢？[2]他在玛里尼剧院的舞台上

---

[1] 1927年克洛岱尔买下布朗格城堡（Le château de Brangue）作为夏天避暑之地。1936年从外交官位置退休之后，作家选择定居此地直至终老。——译者注
[2] 让-路易·巴洛（Jean-Louis Barrault, 1910—1994），法国著名演员、导演、剧院经理人。——译者注

大声引用上帝的话，然而玛门[1]必定身在剧院，玛门窥伺着让-路易·巴洛。看到《饥饿》[2]的导演与这部餍足的剧作搅在一起，不免有些讽刺。巴洛在工间剧坊（令人赞叹地）导演汉姆生[3]作品的时候，他会得到让-雅各·戈蒂耶[4]的"好"评吗？不管怎样，现在他得到了，然而这份金灿灿的礼物（好像抵得上足足一百万的广告）却有点臭烘烘的：从今往后，对于戈蒂耶的"好"评，我们可以用雅里[5]谈论荣誉军团勋章的一句话来评价：拒绝它不算什么，关键得配不上它。

而巴洛的演出看得到玛门的影子，看得到金钱，也可谓奢华。应该说是低调的奢华，类似爱马仕的陈列橱窗。这有点像圣奥诺雷街区[6]与玛里尼剧院做了邻居。趣味高雅的特质构成某种微妙又明显的"夸富宴"，演出借此表达对金钱的谄媚；他们将巴洛克式的富丽堂皇都付之一炬，却总要

---

[1] 玛门（Mammon）在古迦勒底语中的意思是财富。在《圣经·新约》中是钱和贪欲的化身，耶稣用这个词来指责门徒贪婪。——译者注
[2] 这是挪威作家克努特·汉姆生（Knut Hamsun）写于1890年的作品。1939年4月，《饥饿》由让-路易·巴洛在夏尔·杜兰（Charles Dullin）所经营的工间剧坊执导上演。
[3] 克努特·汉姆生（1859—1952），挪威作家，1920年获得诺贝尔文学奖。主要作品有《大地的成长》《神秘的人》《饥饿》等。——译者注
[4] 让-雅各·戈蒂耶（Jean-Jacques Gautier, 1908—1986），法国记者、小说家、戏剧批评家、电影人。他是龚古尔文学奖获得者、法兰西学士院院士。——译者注
[5] 阿尔弗雷德·雅里（Alfred Jarry, 1873—1907），法国著名诗人、小说家、戏剧家。其代表作为《乌布王》。——译者注
[6] 圣奥诺雷街区（Faubourg Saint Honoré），位于巴黎第八区，是奢侈品牌云集的富有商业区。——译者注

残留一缕尘烟，一抹似有若无的表情与语气，以便说明演出成本之高昂。

总之，对于玛里尼剧院的《克里斯托夫·哥伦布》，可说话的无非如此：这是有钱人的演出。我并不是说要以资金短缺来衡量才华。问题在于所谓财富应当显得更为巧妙、含蓄，它不是幕布与灯光的绚丽，而是那种吸引观众蜂拥而至的富丽，它在剧场安顿其心理满足、成见、良知与假象。归根结底，无论大家如何敬佩巴洛，无论他面对观众如何我行我素，有句话却必须要说：经验、努力与才华超过一定水准之后，戏剧的评价不再看舞台，而是看观众。这种辩证法切实有效，任何导演都难以回避。因此他的演出、天赋、努力乃至诚恳与某个既定社会阶层的观众是一致的。他们同他一道闲逛，甚至一道娱乐、异化（我还是更多地指由富足而非贫穷造成的异化）。在戏剧与观众之间，导演不再重要，他可以被任何一方吞并、装扮、任命或认同，被带入他们的罪恶感。而在故弄玄虚的社会秩序之下，在玛里尼剧院演出克洛岱尔就好比在奥德翁剧院[1]演出《阿莱城姑娘》，这是准备实施最卑鄙的勾结，即某种意识形态与其受益者沆瀣一气。这桩投机事件中还剩下多少巴洛的影子？

总之（这或许是《克里斯托夫·哥伦布》的深刻教训）在戏剧界，设立剧评家排行榜是一个错误。给导演颁个奖

---

[1] 奥德翁剧院（Odéon），始建于1782年，位于巴黎六区，法国六大国立剧院之一。——译者注

项，对文本表达不满，给音乐发个奖，给演员评个并列第一，这些都是自我欺骗。既然戏剧是浑然一体的（这岂非巴洛本人的看法？），那么最好有勇气偏向于整体批评。我很想把巴洛从这座金色神庙中救出来，向他保证，我从别人那里了解到他的创举（每天在正厅前座保留一定数量的便宜座位），这个行动与他的导演手法一样，具有纯粹的戏剧性，我想请他赶快把玛里尼小剧场建好，他或许可以在那里组织类似这样的异教徒之夜，诗人们在那里会表现得高贵慷慨。不过首先要甩掉克洛岱尔，拒绝为这种刺眼的蒙昧主义服务。克洛岱尔总要摆出道貌岸然的样子。面对这层厚厚的外罩，蒙在人们天真地概称为真理与公正之外的这层奢华外罩，人们最终会说：必须在戏剧中恢复不信教的思想。

——刊于《新文学》，1953 年 11 月

唐璜的沉默

> 了解一个男人有两种方法:或是通过
> 历史与碑文,或是通过回忆与暮年。
>
> ——佩吉《克里奥》(*Clio*)[1]

很奇怪,人们急于要我们相信,莫里哀的唐璜是一位有时代特色、地方特色,在特殊时机下产生的无神论者。除了把这位唐璜看作是罗克劳尔[2]、吉什[3]、奥庇茹[4]、冯塔

---

[1] 佩吉(Charles Pierre Péguy, 1873—1914),法国作家、诗人。——译者注
[2] 应指罗克劳尔公爵(Gaston-Jean-Baptiste duc de Roquelaure, 1617—1676),面貌丑陋,但在那个时代以勇敢、乐天与睿智著称。——译者注
[3] 应指吉什伯爵(Armand de Gramont, comte de Guiche, 1637—1673),路易十四的兄弟菲利普·德·奥尔良的宠臣之一,与其夫人亦过从甚密。他是大仲马《三个火枪手》三部曲后两部(《二十年后》《布拉热洛纳子爵》)中的人物原型。——译者注
[4] 应指奥庇茹伯爵(François-Jacques d'Amboise d'Aubijoux, 1606—1656),他在政治上激烈反对黎塞留,参加了1642年5月5日的阴谋,后被迫流亡英国。他与多位贵妇保持情人关系,其中包括波兰王后。——译者注

耶[1]等17世纪怀疑派领主们的综合体之外,其他想法一概不可多言。可人们又往往言之凿凿,说古典戏剧的典型人物永恒不朽,悭吝人、多情人和嫉妒狂们不受时代局限,人人都有权在这典型人物的描绘中看到自己的时代。然而,一旦涉及无神论者,剧评家们又涨红着脸大谈审慎的相对性:他们说莫里哀并没有描写无神论者,只是某种无神论者的变体,这在某个时代曾经很流行,那时候人们喜欢突出反差。

这番批评言论的道理很好理解:在资产阶级的良知里,一切具有时代特色的都不可信。因此要让无神论者具有时代特色,额外给他添些不名誉,这样一来,潜在的恶魔莫里哀的形象就会扼杀在胚芽状态,因为人们清楚地嗅到,甚至不用追随唐璜,把唐璜创造出来,这本身就带有地狱的气息,这意味着把一位彻底、坚定且沉默的无神论者变为活生生的存在。(不过较之唐璜的绵延性,结局的雷击到底何意?)

所以我们想方设法让唐璜不存在,用成规习俗与逸闻奇谈来压制他。在书本和教材中,我们尽量少谈那个剧本,总是推说它下笔匆忙,缺乏条理,不过是逸闻奇谈,宣布莫里哀反对唐璜的玩世不恭以及斯嘉纳赖尔[2]的言不

---

[1] 应指冯塔耶子爵(Louis d'Astarac, marquis de Marestaing, vicomte de Fontrailles et de Cogotois, 17世纪初—1677),大领主,法国投石党人。——译者注
[2] 斯嘉纳赖尔(Sganarelle),莫里哀《唐璜》中的人物,唐璜的男仆。——译者注

由衷[1]。在舞台上（尤其对那些恪守资产阶级戏剧性的法国人）我们呈现一位"文质彬彬"的唐璜，他的懒散做派并非毫无根据，这有助于削弱唐璜的无神论，聪明地代之以好说话的不可知论。我担保什么也拦不住这位唐璜去参加十一点钟的弥撒，对法国观众来说这才是重要的事。

维拉尔却反其道而行之：只要让唐璜逃离逸闻奇谈的炼狱，给予他生物学层面的坚实可靠就够了。每天晚上两千观众目瞪口呆地看到迎面而来一位无神论者。这位无神论者终于是我们所需，涉及我们自己，我们倾听其言谈，有感于他的现代性，唯有共谋形成时他才会存在，这是与观众自身记忆的共谋，不是与角色起源的共谋，尽管人们竭力要求的是后者。

因此维拉尔强势推出了这位无神论者。通过什么方式？首先借助气质类型赋予他一种绵延性。维拉尔的唐璜是生硬、冷酷、犀利的，他精力充沛，多血质，他是**火**的化身；对他而言，遭雷劈不过是回归本质元素而已。他的影子斯嘉纳赖尔则是黏液质，表现为爱说话、爱流汗，好像还有其他什么东西，莫里哀这样说。就维拉尔和索拉诺[2]而

---

[1] 我希望，至少关于这种敌视，人们可以通过温柔而纯洁的皮埃罗（剧中真正敌视唐璜的人），向我们展示一个真正反唐璜的形象，一个理想的亲切随和之人，其有分寸的话语有助于建立幸福的爱情结构以及言语的真正动机。法国传统上把皮埃罗塑造成粗鲁的乡巴佬，布盖（Bouquet）在阿维尼翁、达拉斯（Darras）在巴黎分别打破了这一传统，赋予剧本真正的结构。（罗兰·巴特原注）

[2] 索拉诺（Daniel Sorano, 1920—1962），法国演员，1952年进入国立民众剧院开始与维拉尔的合作。1953年在《唐璜》中扮演斯嘉纳赖尔。——译者注

言，角色在生物学层面的统一性本身就证明了两个角色的绵延性，因为这意味着，在一切深刻的戏剧性之中，角色并不像有些人反复唠叨的那样，依靠心理分析而存在，角色是通过生物组织而存在的。演员的关键素质就是营造其生物组织：无论他是肥胖、蜡黄、胆小，汗津津还是暴烈，把人的物质状态抛上前台，也就是惹得我们犯恶心，这就是坚实的戏剧：我们自己会给演员做补充，我们对自己身体的强烈厌恶与眩晕感都与之贴合，我们走出了阅读与文字（法兰西剧院）范畴，进入了肉体范畴与记忆范畴。

维拉尔在其中加入了我们自身的衰老，这种历史厚度使我变得比莫里哀更为老练：他的唐璜被抹却了地方特点，代之以某种结晶体，其中浓缩了吉什和马尼岗（Manicamp）之后的一切无神论者。怎么做到的？他把唐璜塑造为沉默寡言的人。扮演这个角色时演员还能做到更加沉默吗？这样做很有必要，而且，既然戏剧中有夸张法——运用得如此频繁——那么也应该有曲言法。因此维拉尔是沉默寡言的唐璜，正是建构出唐璜无神论的维拉尔，他的沉默使观众内心饱受震撼。我没看过茹威扮演的唐璜，故不做评论。之前看过的唐璜都是厌世的学究，致力于强调无神论的否定性论据，表达方法夸张而无力。总之，他们把自己当成了勒南[1]

---

[1] 勒南（Ernest Renan, 1823—1892），法国作家、语文学家、哲学家、历史学家。——译者注

或法朗士[1]，用沙龙里自命不凡的语气谈论二加二等于四的问题。

维拉尔的沉默有本质的不同，这是一个人的沉默，此人并非满腹怀疑，而是心如明镜。与其说他的唐璜丧失信仰，不如说他内心笃定，这是沉默不语的笃定，因为自觉合情合理且强有力，曾经提出世界上存在理性，这种理性与上帝如此格格不入，以至于奇迹本身仅仅是暂时的未知，而不是永恒的奥秘。在这位唐璜身上（说到这里，里尔大学教授安托万·亚当[2]先生该战栗了，他会祈求伟大的神明千万别怀疑唐璜是萨德主义者）已经有萨德的影子，这位萨德或许极少表明想法，却满怀对虚无的认识，他迷恋罪恶，那是他迈向孤独的第一步。我甚至相信只有凭借这种萨德主义，才能构思剧本，才能将开头两幕并入最后一幕，才能将唐璜主义与无神论建构为同一存在方式中的两个不同时刻。

我并不怀疑，国立民众剧院的《唐璜》[3]广受欢迎要归功于这种清晰感。维拉尔清晰地提出了无神论思想，一种在莫里哀身后世代相传的无神论。评论《洪堡亲王》的时候我曾说过，维拉尔如何擅长让舞台摆脱资产阶级属性。他的

---

[1] 法朗士（Anatole France, 1844—1924），法国第三共和国时期最重要的作家，文学批评家。——译者注
[2] 安托万·亚当（Antoine Adam），法国文学史家，文学批评家。——译者注
[3] 《唐璜》是维拉尔在国家民众剧院执导的作品中演出场次最多的一部（12年间上演233次）。

《唐璜》表明他对戏剧性有更为深刻的认识，因为维拉尔的成功之处在于让神话与文化彼此交汇：戏里的唐璜饱含了观众的全部历史，整个衰老过程以及祖先特质。这种祖先特质导致莫里哀之后又出现了萨德，使我们的身体成为真正的历史的托管者，而非经过考古复原的观众。维拉尔由此说明，完整的戏剧绝对不止舞台空间与时间这两个维度，还有民众的记忆维度。民众来这里要看自己的无神论者，维拉尔让他们看到了，这意味着**演出**大功告成。

——刊于《新文学》，1954年2月

编者按

如今人们越来越多地以人民的名义发言。人民"生产一切,只需静止不动就足以令人生畏"(米拉波语[1])。人民头上围绕着大批能言善辩的讼棍,他们慷慨地为之提供代言、动机与权力,趁机从客户身上轻易地抽取道德担保。社会制度、政党、媒体、文学、美学,谁不自称属于民众?一个世纪以来,风向变了,而良知显然站在这边。

《民众戏剧》希望更多地发挥作用,哪怕因此心理上会略感不适。置身事外倒是令人心安,但杂志并不想一味保持不明朗的态度。杂志尝试逐渐接近民众戏剧理念,力图按照我们时代提供的具体经验去影响它,并且为了局部定义的行之有效,自愿放弃对它进行整体定义的光荣使命。

第一步要看清哪些是我们不能妄求的。应当打开天窗说亮话,我们没有权力在某一群体尚未存在的时候,就提前

---

[1] 米拉波(Le Comte de Mirabeau,1749—1791),18世纪末法国资产阶级革命的著名政治活动家,擅长雄辩。——译者注

规定该群体的戏剧特性。我们并不像19世纪那样，把人民看作一种永恒不变的概念，认为无论历史如何抉择，人民的本质都不可动摇。恰恰相反，我们反对继续传播那种人民即万灵丹，人民即禁忌的神话，似乎只要打着人民的旗号，一切审美无能症都能不药而愈。人民总是处于**历史**之中，造就人民的永远是**历史**。**历史**在不同时代赋予这个词不同的含义，有时人民即城邦，有时人民指资产阶级，还有些时候人民就是无产阶级大众。

我们法国社会的分歧十分明显，社会阶层分裂严重，制约着社会经济结构，在这种时候，关于群体戏剧的定义，我们如何能妄求一蹴而就？我们不能比历史走得更快（当然，我们希望历史走得更快些），不能替未来开空头支票，不能告诉某一社会中的戏剧，它在经济上的和解应当早于文化上的和解：你会变成那样，你会运用这种语言，你会使用那种空间，采用那些理念。

我们相信社会秩序的形成比文化秩序更早，外延更广。我们相信我们的斗争只能够并且只应当为戏剧自由做铺垫，而戏剧自由完全取决于社会自由。我们相信不能对二者做任何预测，但至少我们应当在戏剧界除尘涤垢，把不断抬头的一己之见、鱼目混珠以及庸碌无能的阴影驱除，把推销这些的剧院扫除干净。

确实，我们的社会陷入分裂，经济受到制约，神话专制擅命，由于当下的种种异化状态，我们无力预测真正的民众戏剧会有哪些具体形式。然而同样是这些不幸的状态，既然由我们亲身经历，至少使我们明白什么是伪戏剧，并且使我们从社会弊端的基础出发，有力而坚定地确认什么是我们不想要的戏剧。

为我们所不齿的戏剧是拜金的戏剧；在那种剧院，票价高昂，也就是仅仅根据财富多少来选择观众；在那里，穷人（劳动者）被赶得远远的；在那里，布景与服装华而不实，打着"法式优雅"的虚伪旗号，要求一套利欲熏心的经营方式，靠着虚假的富丽堂皇与视觉欺骗，把前厅软座卖出上千法郎的价格；那里上演的剧目，主题从来都是小人物的特殊遭遇，人物心理状态与**历史**的悲剧性毫无关系。

这种拜金戏剧的名字就是资产阶级戏剧。进一步细究法国资产阶级的现状，执着于细节，强调它不再是百年之前的样子，这样做其实大可不必。或许在经济层面确实如此。在文化层面则不然：除了先锋派，即国立民众剧院、几所外省戏剧中心以及几位知识分子在小剧场的尝试之外，我们并没有当代戏剧。我们的剧场绝大多数陈旧不堪，私人开办，跟不上时代，完全落入传统资产阶级意识形态的窠臼：那里的观众或许不再取决于年金多少，却一定还是取决于收入基数。观众们去那儿寻找能带来慰藉或疏导的神话，用以安抚恐惧或排解内疚之情。他们会得偿所愿的，因为付了足够的钱。那里的剧场空间仿佛特别设计的审讯室或密室，封闭、沉闷、缺氧，不适合表演悲剧。在那里，观众饱足怠惰，他花钱是为了让人帮自己毫无痛苦地摆脱内心某些琐碎阴影。

修建、经营资产阶级剧场是为了让特权阶层心安理得，显然不会缺少资产阶级政府的支持：只有一座新剧院从政府资助中分得了一杯残羹，这就是国立民众剧院，它获得的资助大约为资产阶级戏剧庙堂（法兰西剧院与歌剧院联合体）的 3.5%；即便是这份资助，据知还是靠着软硬兼施（严苛的项目书、媒体造势、有损信誉的威胁）才获得特批：显然这是意外之喜。

目前资产阶级戏剧普遍志得意满，所以我们的首要任务只能是破坏性的。我们只能设法确定，民众戏剧是扫清了资产阶级管理结构，摆脱了金钱及其假面具束缚的戏剧。因此首先要了解我们反对什么。我们反抗的目标远大，不会为细枝末节操心。但是，倘若这个时代乏善可陈，受到各种倒退势力的支配，这难道要怪我们吗？面对神话大行其道，我们只有尽力打破神话作为回应。

——刊于《民众戏剧》，1954 年 1—2 月，
文章发表时未署名

唐 璜

把维拉尔的演出与法兰西剧院的《唐璜》官方版本略做比较，便可理解国立民众剧院的《唐璜》为何获得成功。到目前为止（我没看过茹威版《唐璜》，故保留意见），总有一种**资产阶级**的方式来排演《唐璜》，这套方式依赖的无非是学校里教的几条公理：《唐璜》的剧本是急就章，粗制滥造；《唐璜》讲究舞台机关布景；《唐璜》的无神论纯粹是时代产物，灵感来源于17世纪自由主义者的无神论；斯嘉纳赖尔和乡下人皮埃罗都是怪诞荒唐、幼稚滑稽的人物，除了说几句俏皮话，他们存在与否无关紧要。

这些公理自然不是无缘无故形成的：它们（互相配合，可见怀有私心）的目的无非是削弱剧本，淡化唐璜的无神论色彩，并且用所谓的结构松散来掩盖角色描写的地方色彩、幕间短剧的外在特点以及配角的滑稽喜感。这是因为唐璜面对的观众向来迟钝守旧，只有当无神论既造作又过时，被沙龙怀疑论者的玩笑或者故作风雅的低语所掩盖的时候，简言之，当它随时会信誉扫地的时候，他们才能容忍无神论演出。

维拉尔却反其道而行之：他的《唐璜》终于回归莫里哀，成为一部强烈而饱满、一气呵成、大胆出色、坦率而硬气的好剧，一部真正为人们所骄傲的杰作。从唐璜-阿纳托尔·法朗士与德·卡亚维夫人[1]**高雅地谈论二加二等于四的沙龙**（法兰西剧院版），我们终于来到了真正的前台，这里没有装饰、开放、庄重，迎面而来的是一位敢作敢当的彻底的无神论者（国立民众剧院版）。

一切戏剧性元素都有助于形成丰富的含义：人们以为这个剧本的创作初衷是展示舞台机械装置：维拉尔没有保留任何机械装置，一切都变得更有意味；森林、宫殿、骑士石像的显灵、唐璜之死，这么多明确的地点与事件都具有严格的戏剧功能，不复为娱乐或猎奇。摆脱了护墙板、活板门、仙女棒[2]之后，这部戏终于不再幼稚，演出变成熟了。

对乡下人皮埃罗这个人物的看法同样如此。在此之前，我见过的皮埃罗都纯属跑龙套角色（这向来是诟病《唐璜》粗制滥造的证据），他没有多少人情味，更像一台专门用来讲方言、挨耳光的粗劣装置。随着让-皮埃尔·达拉斯[3]的

---

[1] 德·卡亚维夫人（Madame de Caillavet, 1844—1910），法国沙龙贵妇，阿纳托尔·法朗士的情妇与知己。——译者注
[2] 仙女棒（Feux de Bengale），一种手持烟花。——译者注
[3] 让-皮埃尔·达拉斯（Jean-Pierre Darras, 1927—1999），法国戏剧演员、导演。1953年在阿维尼翁戏剧节维拉尔导演的《唐璜》中扮演乡下人皮埃罗。——译者注

出现，另一个皮埃罗产生了，他在剧中显然是唐璜的对立面，因此构成第二个极端。夹在唐璜干巴巴的沉默与斯嘉纳赖尔令人生厌的唠叨之间，达拉斯的皮埃罗以一种动人的方式斗争，以缔造语言的某种社会作用。千万不要被他的方言迷惑：这种朴素的语言是一种理想的语言，它的动机极为真诚，因此战胜了爱情的诡计。这个皮埃罗仿佛在马里沃这个词出现之前就反对马里沃了；他在剧中代表了莫里哀心中的全部人性与梦想。而他在当时遭受的社会不公同样在他身上刺下烙印：忘恩负义、突然袭击、绑架，老爷们对农民可以为所欲为，农民也没有理由代表理想的社会性。

维拉尔还有其他贡献：他把斯嘉纳赖尔与唐璜组合起来。一般来说，这两个角色各行其是，一个扮演高贵、冷漠的爵爷，另一个扮演小丑白痴。然而斯嘉纳赖尔与唐璜其实互为重影，甚至可以说你中有我，我中有你；他们彼此依存，两者之间显然彼此友爱又互相轻视；这让我想起加缪《局外人》中的一组角色，老萨拉玛诺和他的狗既互相憎恨又把生活寄托在彼此的目光里。维拉尔和索拉诺把两个角色巧妙地联系在一起。怎样联系呢？让他们在同一方面，即脾气秉性、内在性格方面截然相反，因此斯嘉纳赖尔一直是唐璜的身体后盾。维拉尔淡漠、安静、简练、大胆，是一击必中的类型；索拉诺汗津津、絮叨、胆小（莫里哀语）、怯懦又虚伪，属于黏糊糊的类型。以这样的方式彼此交织之后，两个角色都有新发现，据我所知不曾有过的特点：肉体的绵延性，他们存在着，他们引导观众从追求消遣转向了确定无疑。

要想创作伟大的作品，以上种种都不可或缺；剧本的伟大完全有赖于唐璜的无神论。我认为，唐璜的无神论第一次被强加于人，被抛到观众面前，使观众再也无法回避，再也无法愉快地躲进民间故事、逸闻八卦或是笑话里。出乎意料的是，舞台上出现了一个逻辑清晰、有血有肉的持久的无神论者形象。他是否讨人喜欢显然不重要，莫里哀怎么想也不重要。无神论者存在着，他一直都在；任何一位夏悠宫[1]的普通观众都无法回避他；这个人物自始至终没有惺惺作态，观众情不自禁地被他吸引。

与此同时，作品的整体结构得到恢复。资产阶级演员保留唐璜在民间故事中的模糊性，因此他们无法将剧本的前后两部分衔接起来：唐璜在前两幕中自炫姿容卓绝，后三幕中则摇身化作无神论者。前后之间是什么关系？有人批评剧本前后不协调，这样做无济于事：剧本就是如此。维拉尔重新为人物安排了连贯的推动力，赋予他某种萨德式的深刻：言简意赅，表情严肃，沉默寡言——在演员把浮夸当作拿手好戏的艺术中，这一点诚为可贵——上述种种使我们不得不接受这样一位唐璜，他不信上帝并非出于做作的怀疑主义，而是基于深刻的决心：这位唐璜是位孤独的人，他的每个姿势、每句话都像是为终极自由进行的练习。因此多情的唐璜与无神论的唐璜彼此融合，两者的方式是统一的，他

---

[1] 夏悠宫（Le théâtre national de Chaillot），国立民众剧院所在地。——译者注

们都是这样的人，为非作歹足以使他明白自己无可救药地孤独而自由。

在莫里哀笔下也是这样吗？当然不是。但戏剧不是博物馆，如果说我们比莫里哀更老练，如果说 1665 年之后，从萨德到萨特，无神论的新形式层出不穷，这都不是我们的错。维拉尔为他的唐璜增加一个常为戏剧忽略的新维度，这就是观众的记忆，佩吉谓之曰年岁渐长。或许，国立民众剧院之所以广受欢迎，除了天赋、才智与趣味的投入之外，还有演出与观众之间记忆的一致性。在夏悠宫，莫里哀与观众都不孤独。

——刊于《民众戏剧》，1954 年 1—2 月

《理查二世》的结局

　　同历史上每艘著名的船只一样,国立民众剧院这艘方舟承载着各个物种与未来大陆的可能性,它既脆弱又执着,以一己之力维持着民众戏剧的未来(即摆脱了资产阶级的管理结构)。因此,虽然维拉尔最近把理查二世的角色交给了杰拉·菲利普[1],而后者的表现不尽如人意,我却丝毫无意针对他。假如真像大家饶有兴味地所言那般,问题仅仅出自演员之间的竞争(两位都是名角儿),那么谁占上风我并不在意。

　　可另一件事却关系重大:一位演员天赋过人,既有良知又刻苦,社会反响出色,具有积极的社会效用,乃至举国上下都关注他的才华,那么他的社会意义就不可低估了。我们知道杰拉·菲利普在法国演员群雄谱中地位超然:大部分(尤其是年轻一代)明星依赖的是小资产阶级群体的支持,杰拉·菲利普的支持者却更为广泛,既有普通老百姓,也有

---

[1] 杰拉·菲利普(Gérard Philipe,1922—1959),法国"二战"后明星级的戏剧、电影演员,国民偶像。——译者注

知识群体。别指望一位知识分子认可"让·玛莱"[1]的神话，也别要求一位看门人接受演员布兰[2]的神话：法国社会在这一点上是充满分歧的。然而在面对杰拉·菲利普时，社会分歧缩小了：他的神话更为复杂，或者说更加宽泛；他能够同时惟妙惟肖地化身为卡里古拉[3]、郁金香芳芳、情魔[4]和熙德，而上述重要形象在这位法国当代年轻人身上融为一体。

这个神话的完美结合体却受到了威胁：国民偶像杰拉·菲利普正在变成特殊的演员。怎么回事？《理查二世》有助于我们去了解。

通俗戏剧的推动力源自观众的惰性：功夫全仗舞台，只有花了大把银子的才是好演出。一种伪劳动经济学大行其道：既然付了钱，作为交换，观众要求尽量多地消费劳动，自己却什么也不做。观众安于一时的清闲，自诩目光"炯炯"，他清楚只有舞台变成奴颜婢膝之地，他才能彻底大权

---

[1] 让·玛莱（Jean Marais, 1913—1998），法国著名演员、导演、作家及画家。50年代之前曾与导演让·科克托（Jean Cocteau）在戏剧上有密切合作。后来在包括雷诺阿在内的诸多法国著名导演的作品中饰演重要角色。——译者注
[2] 罗歇·布兰（Roger Blin, 1907—1984），法国著名演员、导演，曾将贝克特的多部作品搬上戏剧舞台，导演过热内的戏剧作品，并执导过七十多部电影。——译者注
[3] 卡里古拉（Caligula）：加缪剧本《卡里古拉》的主人公。这部四幕悲剧以古罗马时代为背景、以著名暴君卡利古拉为主人公，是加缪最著名的剧本之一。——译者注
[4] 《情魔》（*Le diable au corps*）是法国导演克洛德·奥当-拉哈（Claude Autant-Lara）拍摄于1947年的电影。——译者注

在握：他要求目力所及都是热忱。因此一切都是为了迎合观众的惰性，令他每分钱都花得放心：舞台装饰繁冗细致，以繁复来证明大把银子没白花。在编排方面，则让人物更加躁动，就好像只要演员不停移动，在舞台上四处乱走，根本不管这些运动是否有必要（想想歌剧院），那么演员即便做的是无用功，至少让观众-上帝愉快地看到了他们在加班劳动。

演员本身根本逃脱不了小资产阶级戏剧严酷的劳动法则：人家要求他把角色彻底吃透，每个意图都要绝对清晰、分明，以至于不费吹灰之力就能一目了然。角色的心理活动总是一览无余，向观众一句接一句地展开，层层剥皮，细细拆分，切成小块，压碎装罐，仿佛加工儿童食品或营养品，用奶嘴或吸管就能吃下去。当然，把角色碾碎仍旧是为了说明投入的劳动成本：演员非常清楚，所谓"自然而然"其实由过多的符号构成：一望即知他相当卖力，对于每个要表达的意图，倘若没有用台词或肢体表露出自己的刻苦用心，他是不会放手的。这些都可以从演员这行的两类怪胎中观察到：反差表演[1]及其必然的变体，也就是蹩脚的表演。

而确切来讲，杰拉·菲利普的理查二世几乎集中了小资产阶级角色的一切托词借口，因为关键在于让观众免受思考之苦，所以他开场就向观众介绍理查二世。角色符合莎

---

[1] 反差表演（Rôle de composition），意指演员扮演与自己外形、性格反差极大的角色。——译者注

士比亚戏剧的一切重要常规惯例：在法国，这位剧作家以糅合各个剧种，与古典主义者背道而驰而著称。所以我们塑造的国王由两个互不相同又彼此碰撞的部分组成，以便人们容易理解这种糅合。他在幕间休息之前是一位滑稽国王，到了幕间休息之后则是一位悲剧国王。不过特别要小心，别让角色沾上任何模棱两可的性格，否则会造成困惑。如果说国王具有双重性，既可恨又可怜，既惹是生非又遭人耍弄，既通晓命运又沦为其猎物，至少我们要尽量表现他的双重性，使最懒惰的观众也看得懂。我们要将他的双重性一分为二，分为两个单一体，先展示国王-小丑，再表现国王-可怜虫。这样一来，我们便跟学校灌输的莎士比亚戏剧观（多个剧种杂糅）相契合，又没有勉强观众忍受含糊不清之苦。含糊不清实在是悲惨的，它给悲惨命运涂上了自己独有的嘲弄色彩。

而这位滑稽小丑一旦被分隔出来，杰拉·菲利普似乎刻意为之驱魔，小丑的战栗不安可能造成预期观众的不适，于是被一笔勾销。事实上，他的理查二世没有人们熟悉的滑稽相。这也说得通：一位国王-小丑未免让人觉得怪异。应当做到让观众内心遭受冲击，甚至道德感被刺痛，却不会让他们无所适从：我力所能及的无非是设计一位平庸的国王，而绝不是突破常规界限，进入智者的属地，并迫使人承认，国王们的独特并非约定俗成，而是处境使然。

因此，莎士比亚深思过人类的"困惑迷惘"，而这些精彩的思考都杳无踪影了。维拉尔正是这位困惑迷惘的国王,无论是胜是负,他从未失去自己神秘的那面,用沉默与秘密将演员塑造为典范形象。菲利普不遗余力地贴近我们,打破角色的沉默,把前台空间压缩至脚灯处,取消所有退路,这意味着不让人去思考。他用一整套肢体表演来强调台词,延长它,唯恐观众没有听懂。破天荒头一次,演员在夏悠宫一边模仿一边说台词,风格与马赛喜剧(Comédie marseillaise)近似,每个字的含义都清晰无比。

还有另一种变异:绵延的理念全然消失了。在沉沦与灾祸这两套方案之间,菲利普选择了后者,因为它更易让观众丧失兴趣,而他显然不想要观众保持关注;可是显而易见,贯穿整部悲剧的应当为前者。《理查二世》的故事讲的不是君王如何祸从天降,而是他漫长的沦落过程。关于这一点,存在着两种彼此对立的戏剧:悲剧与情节剧,维拉尔的《理查二世》与菲利普的《理查二世》。悲剧永远在讲述沦落,厄运徐徐揭开面纱,因为真正的悲剧不是人物被打垮,而是他身不由己地认知自身的沉沦,一切台词、一切技巧都围绕这沉沦展开(参看《波斯人》或《俄狄浦斯》)。《理查二世》恰恰如此,志得意满的国王逐渐地认知厄运的走向。因此,重要的是这种认知是可以推论的,重要的是放肆恣意的国王渐渐被死亡的寒意浸透骨髓,重要的是每遭受一次命运的打击,倒霉国王的形象就凸显一分,残暴国王的形象也愈发鲜明。

因此,随着时间推进日渐堕落的理念(不可能有更为精妙的绵延理念)成为悲剧的重要推动力。杰拉·菲利普似乎曾想用灾祸来替代这种共识。然而这种做法完全是情节剧式的。新版理查在第一场战役中就被砍掉了小丑头饰，他毫无过渡地从插科打诨转向长篇大论。一切宿命都有绵延性，维拉尔的版本本该使菲利普表演如何目睹厄运由远及近，而不是表现自命不凡的布里丹[1]忽遭牢狱之灾。他的理查二世更接近雨果风格，而非莎士比亚风格（连服装都如此）。而我们知道，雨果尽管满口普世主义宣言，他的正剧却是为资产阶级创作的。

杰拉·菲利普的失策（我所说的失策指一贯讨好某个特殊观众群）在于，意图的表达过度重视字面含义。他的台词无一不精彩，观众可以立刻明白他的意思。比如在开头，不会有人看不懂理查是凶手莫布雷的同谋。这一点维拉尔其实没有明确地指出来。然而很明显，说到底《理查二世国王的悲剧》[2]不是心理时刻的汇总，也不是局部真相的集结。相反应当隐去某些细节，以便整体意义得以浮现。维拉尔懂得以退为进，为了保持悲剧一气呵成，他擅长在清晰的意图之上表现出绵延的内聚力，而非情节的内聚力。尽管有时朗诵技巧或声调抢了台词的风头（人们对此颇多批评），却唯有他的台词可与希腊行吟诗人无所不能的咏唱相媲美。这台词仿

---

[1] 布里丹（Jean Buridan，1292—1363），法国哲学家，主要成就在于证明了在两个相反而又完全平衡的推力下，要随意行动是不可能的，人称"布里丹的驴"。——译者注
[2]《理查二世国王的悲剧》(*Tragédie du roi Richard II*)由维拉尔担任导演，杰拉·菲利普担任主演，在第一届阿维尼翁戏剧节进行了首演。

佛吐出的咒语一般，能够逆着事件的真相，呈现理念的真相，能够逆着时刻的特性，发出成熟并瓦解了的总体时间的忠告。

然而以字正腔圆替代咏唱，这是小资产阶级演员的基本功能。悲剧表演天赋不过是记性好罢了（咏唱是能力，不是时刻的积聚），直到新秩序中，只有来自民间的大众或有教养的小众拥有这种记忆力。杰拉·菲利普创作理查二世却既非为前者亦非为后者，而是为了第三种阶层，一个垂涎他人劳动的阶层。他为这个阶层打造了一位纠缠于无数细节真相的国王，这样做使得懒惰的观众产生无数次理解剧本的快感。而这种技法跟某种戏剧很合拍，因为其剧目单上没有悲剧，都是些"心理剧"，这便是林荫道戏剧，是饱食终日的资产阶级独有的戏剧。菲利普是从真正的悲剧《熙德》起步的，因为在那部戏中他重咏唱而非分析。他似乎在舞台上经历了资产阶级化的各个阶段：罗朗萨丘[1]这个角色在文本中已经不再纯粹，该剧本可谓最可悲的浪漫主义作品之一，菲利普的表演则像是在对白中道出了真相；理查二世从头到尾遵从一种新标准：句句取悦观众。按理说，照此势头，他接下来会走向林荫道戏剧，在那里兜售让·科克托[2]、

---

[1] 罗朗萨丘（Lorenzaccio），法国浪漫主义戏剧家缪塞的社会历史题材悲剧《罗朗萨丘》中的主人公。该剧取材自意大利16世纪的历史事件。——译者注
[2] 科克托（1889—1963），法国著名诗人、画家、戏剧家、电影人，20世纪最伟大的先锋艺术家之一。1954年当选为法兰西学士院院士。——译者注

德瓦尔[1]或卢森[2]的奇思妙想。

按照目前状态,他扮演的理查二世只会给国立民众剧院造成损害,把来自民间的观众群与小资产阶级观众群混为一谈,这是很可悲的。菲利普走向资产阶级化的背后,埋伏着伺机而动的一派人马,他们主张的是平庸与视觉幻象。这股势力很强大,稍有疏忽便会乘虚而入,带来恶疾。受到菲利普唯美论的压力,维拉尔的编导已经有所让步,允许多插几幅旗子,采纳蜜糖底色配以佛罗伦萨蓝,文艺复兴时代的胡须,服装则服从个体造型的需要。剧团其他成员接受的是庄严动人的悲剧训练,他们跟不上节奏,无精打采,面对新巴洛克风格感到无所适从,被迫跟随年轻大腕的谐趣,不敢复古:伟大的遗产就这样付诸东流了。

——刊于《新文学》,1954年3月

---

[1] 德瓦尔(Jacques Deval, 1890—1972),法国戏剧家、电影人。——译者注
[2] 卢森(André Roussin, 1911—1987),法国剧作家,提倡打破法国戏剧中心化状态,推动戏剧走向外省。——译者注

阿维尼翁·冬季

几天前我还在阿维尼翁。当地正在筹办"民众戏剧之友"的一处分部。路过教皇宫时，我看了里面一眼。众所周知，那里就是维拉尔在戏剧节演出时的庭院。天气欠佳，一言以蔽之，这座庭院灰暗清冷，有着积尘的地面，校园式的树栽，高大的木门，以及冬末稀稀拉拉的游客。

然而，在这个凛冽的傍晚，面对着空寂而平淡的场所，我却好像将这些看得更为清楚：民众戏剧是一种赋予人信任的戏剧。这是人道主义者过时的浮夸之词吗？不尽然。以开放的舞台为例。这意味着把定义悲剧场所的权利交给观众自身，意味着终于由人来设计演出，而非技术人员，除此之外它还能作何解呢？

面对裸露的、冷硬的宫殿庭院，我想到了富人的剧院，想到了女神乐园剧院的旋转舞台，想到了夏特莱宫的舞台装置，想到了歌剧院的空中芭蕾，想到了法兰西剧院的甜点，想到了所有资产阶级的舞台，有多少次，在欢庆金钱与偷情之奥妙的仪式中，它们将自己出卖。在那些剧院里，观众没什么可想象的，一切都烹饪就绪，他们只需全盘接受。幕后艺术家、服装师、舞美师、头套师傅以及极度肉感的身体（演员们）替观众把所有脑力活儿都咀嚼了一遍。

服装？这是一门关于历史符号的真学问：国王总有四五样标配，假发意味着时代，深色天鹅绒代表叛徒的灵魂。演员？他绝不省略任何一望即知的事，一切意图都大白于天下，任何秘密在对话中都无处隐藏，被表演出卖干净，按照严格的仪式展示得一清二楚。

——◆——

至于演出场所，同样由技术人员大包大揽，观众只得袖手旁观：他们不承担任何选择的责任，剧场已经大功告成，早就设计完工，几乎一成不变，无外乎三幅彩绘布景板，小心立起的深红天鹅绒隔板。观众的目光根本不需要找寻、构思与建构戏剧：它出场时已经涂脂抹粉，冗饰着老式护壁板，凡认为不体面的地方都谨慎地隔离在外，因为这是孕育假象的地方。技术人员是演出之父，观众则是孩童：他只需用慵懒、安逸的目光扫视这个小心翼翼封闭起来的空间，这里到处严丝合缝，没有任何黑洞可借来逃脱、战栗或遐想。

人在此中到底作何用？他是一种客体，一种喜欢卖弄风情的惰性物质，他忍受着演出，而他那令人赞叹的人所固有的能力，即亲自建立自我献祭场所的能力被窃取了。

因为封闭舞台废除的是劳动，是自由。我绝对没有在这里玩文字游戏。维拉尔的戏剧艺术确实将很多东西交由观众来做，观众能够如此轻松地加入对话（我听说有些观众代表以压倒性多数选出了《唐璜》，一部严酷、冷硬、无情节、无女性、无明星的剧作），那绝对是因为观众来自民间，为数众多，或许成分复杂，却胜在清新，其中许多人是第一次看戏。

非常重要、非常关键的是，人-观众担负起造物主的职能，他们仿佛上帝面对混沌一般对戏剧说：这里是白天，那里是夜晚，这里是悲剧性事件，那里是普通的阴影。观众的目光必须锐利如剑，人要用这把剑将戏剧与他处、尘世与前台、自然与话语划分开。但是这两个空间也要互相对抗，不情愿地彼此交融，迟迟无法互相剥离，彼此割裂，黑暗的边缘地带应当不断蚕食中央的光明，啃咬它，吞噬它，演出自始至终都应当使人感觉到演员空间的脆弱，它遭到威胁、震慑，几乎被令人生畏的他处攻陷，只有人类眼神中的坚忍能够与之抗衡。

演出便是如此，它是剥离，它是割裂不断失败的焦虑与荣耀，它是两个空间的彼此抗争，是一个清晰空间的诞生，在这清晰的空间里，在依旧模糊混沌的区域之外，一切都可以理解了。

这正是开放舞台、即兴舞台所向人呈现的：夜色之中，他的目光，唯有他的目光能够击败这黑暗。人应当在风中自由地描绘自我献祭的场所，若拿走这夜色、这石块、这风，你们就取消了祭仪，取消了人同他的演出。伟大的戏剧必有一处"露天"的空间,悲剧张力从来少不了这脆弱的旷地。旷地的边缘在他处翻动,仿佛凌乱的卷边从四处涌来。

封闭的舞台只是一盏灯笼:在那儿,待在黑暗里的是你们:无论你们是花钱享受前排贵宾席还是因为拮据缩在后排廉价座椅,总归都逃不开装置、灯光、才情、绘画、假绸料与心理暗示,你们迷失在黑暗里,远远瞧见前方有个天堂般的奇妙世界,可你们无份参与,只能眼馋而已。开放的舞台则不然,它是占卜师的领地,而你们就是先知、圣人、命运的主宰,在这潜在的空间中,要由你们为疑思勾画出域界。

在阿维尼翁的冬季,这不过是个庭院。在阿维尼翁的夏季,这就是戏剧。两者之间是什么?季节更替,果树竞相吐蕊,我看到罗讷河谷已然百花繁茂。我还看到"场所-演出"在升级,亦即"人-观众"的攀升之势。从冬季到夏季,一年一度,这是维拉尔赋予观众的权利,让他们亲身创作戏剧演出。

因此一切都萌芽于"阿维尼翁-冬季":从虚无,从石块,从静谧,从一棵树开始,而今建起成熟的剧场。阿维尼翁提供给维拉尔的不是特权场所,不是充满灵性的奇妙古迹。幸亏如此:这个地方简单、清冷、自然、闲置,人家总算能在那里安排活计,容纳出其不意的演出,这演出没有题材,没有声音,也没有默契。这个地方要求我们别把人当作智障儿童,嚼碎了食物去喂他,要把人当作成年人,把演出交给他来完成。阿维尼翁是民众戏剧的必由之路,因为阿维尼翁这里没有欺骗，一切都归还到人的手中。某个冬日，只需穿过将戏剧节庭院关闭在内的厚重木门，就会明白那些人在戏剧中同样独一无二，明白他们无所不能。

——刊于《法兰西观察家》，1954年4月15日

《吕布拉斯》[1]

在瓦雷里看来,文学评论唯一的作用无非是讲讲某位作者的作品是否符合其初衷。那么《吕布拉斯》就不符合,它没有信守序言中的承诺。

序言中详述了在充满分歧的社会中民众戏剧的定义是什么:雨果并没有强迫广大民众忍受某种特征鲜明的戏剧,他提出,一部作品在社会学层面可具有多重功能,以便同时取悦不同层面的观众:至少在充满分歧的社会中,民众戏剧首先是一种共生性戏剧,其中人人都能为自己所属的集体心理找到呼应。

因此在雨果看来,《吕布拉斯》关系到三类观众:女人、思想者、老百姓。这些(显然从心理角度而不是社会角度划分的)群体都应当在剧中为各自的思想意识找到精神食粮。对女人而言?这是爱情故事。对"思想者"而言?这是

---

[1]《吕布拉斯》(*Ruy Blas*),法国浪漫主义作家雨果的名剧,出版于1838年。——译者注

性格喜剧。对老百姓而言?这是历史正剧。

可是应当承认,《吕布拉斯》不但完全没有将剧种糅合,而且每个剧种单独看来都完成得不充分。爱情、人物、历史在《吕布拉斯》中都表现得不尽如人意。

吕布拉斯和西班牙王后的情感或许算是一段爱情故事,但绝对不是爱情悲剧。而我们身处剧场之中,因而要求看到激情的内在变化,我们希望(因为这是所有悲剧的首要法则)激情在眼前有机地发展,希望它或者愈演愈烈或者日渐颓败,总之希望眼见它焦灼不安,看到狂热或倦怠在整个过程中产生的无穷力量。然而剧中的爱情是一成不变的,不过是两种状态的并置,既富丽堂皇又死气沉沉。《吕布拉斯》不是正剧,更不是悲剧,也不算历史剧:这算是一桩个案。如今我们也会见到类似的故事,但不是在戏剧中,而是在通俗杂志、八卦画报和情感专栏里。我会在那些地方读到吕布拉斯的爱情遭遇,却不会在国立民众剧院舞台上看到。"身为仆人,我爱上了王后。该如何自处?"——"您千万别服毒自尽",卡特琳娜·格里夫人会回答说,而这是仅有的答复。雨果,他呢,想由此写一部剧。只是那属于难以捉摸的戏剧,算不得悲剧。

作者还有一重抱负:《吕布拉斯》要写成伟大的性格喜剧,对人性做出深刻告诫,类似莫里哀的作品。不幸的是,萨吕斯特[1]、恺撒、吕布拉斯都不算典型人物,不过是随便安

---

[1] 萨吕斯特(Don Salluste),雨果剧本《吕布拉斯》中的虚构人物。——译者注

个名字。他们缺少什么？还是缺少发展变化，缺少绵延性：他们原地不动，满足于不断道出自己的身份，到处喋喋不休：我是**反派**，我是**丑角**，我是**群众**。阿巴贡当然也是一个名字，可至少这个名字危害性很高，它与其他人产生关联，以求通过偏激的原则摧毁整个社会，毁灭家庭、爱情，毁灭自然（或**历史**）中一切日常、现实的结构。因此身为其他人、现代人，我们看《悭吝人》时简直觉得就是发生在身边。然而《吕布拉斯》才问世一个世纪就已经落伍了。也许纯属我个人吹毛求疵，但我每次看《吕布拉斯》都会忍不住嘲笑它。这部戏顶多算是戏仿剧，我觉得它不应当在（演出莎士比亚、莫里哀和克莱斯特的）国立民众剧院上演，倒不如让韦达利[1]来演好了。

要说历史正剧（一个伟大王朝的陨落），它也没好到哪儿去。序言解释得很清楚，一旦出现两种廷臣，王朝就会危在旦夕：一种是玩弄权谋者（唐·萨吕斯特），第二种是挥霍无度者（唐·恺撒）。前者好比枯枝，无可挽回地宣告王权的终结；后者构成某种介于贵族与人民之间的过渡形式，他们既是终结也是萌芽。这些内容在序言里写得很清楚，在剧本中却丝毫没有表现。只有在恺撒正式拥抱吕布拉斯，拍拍他后背的时候，才能看出两者的亲近；萨吕斯特的阴郁只

---

[1] 韦达利（Georges Vitaly，1917—2007），法国演员、导演和剧院经理人。曾执导奥迪贝尔蒂（Audiberti）、史哈德（Schehadé）、阿哈巴尔（Arrabal）和尤奈斯库的作品。

能通过深色服装和低沉的声音来表现：吕布拉斯惊心动魄的转变，如同米什莱和莎士比亚笔下所写，改变了**历史**事件与人物命运，这些在剧中却毫无体现。人物的历史角色全靠扮相，演员的个性塑造全靠靴子、假发或天鹅绒戏装，这个讯息可不好。吕布拉斯得穿上号衣才能表示仆从身份？唉，事情不会如此简单吧。假如主人公也有仆人的"灵魂"呢？或许悲剧就要开始了。

对雨果的剧本持保留态度，这样做似乎有点故作姿态。我并非不清楚这个名字所承受的政治困境。这一切不能迫使我改变态度，不会因为特别崇拜这位诗人，就同样敬仰他的戏剧声望，这样做未免失当。

更何况《吕布拉斯》的失败并非没有危害。这部剧会导致外行观众分不清戏剧的外部符号与戏剧本身，比如情节与悲剧，服装与人物，逸事与历史。它还可能迎合观众的喜好，像小品、精彩片段、书生气的大段独白、小道具、生动画面、反差角色，总之这些代用品最终构成毫无担当的戏剧，适合满足伪儿童，而不是成年人。

《吕布拉斯》在国立民众剧院的编导、排演与介绍集中了多方的才智，这就像是好心地将一件遮羞长袍盖在空洞的剧本上。但是我直言不讳：我对如此卓越的才华并不满意。在我看来，把《吕布拉斯》交给国立民众剧院上演，这是做无用功。除非（难能可贵的）维拉尔的每个动作，每一刻的努力确实都是斗争的一部分，那么这份无用功还算有意义。

因此我觉得《努克雷阿》[1]的失败也比《吕布拉斯》的成功更光彩。

——刊于《民众戏剧》,1954年3—4月

---

[1] 这是亨利·毕希特(Henri Pichette, 1924—2000)的剧作,1952年5月由杰拉·菲利普出演,反响不佳。右派借此对国立民众剧院加倍挞伐。此外,这篇文章亦是首个信号,指出《民众戏剧》和国立民众剧院拉开了距离。而后者的剧目将越来越多地受到该杂志的质疑。

佩利雄先生在莫斯科[1]

应当把推敲资产阶级概念的事儿留给经济学家和社会学家来做。从文化层面来讲,资产阶级的确存在着,代表着部分神话、形式与群体,它们既牢靠又明确,一贯为权力的利益提供服务,因为它们是权力不在场的证据。

然而法兰西剧院从构成上讲就属于资产阶级:不仅它的观众、经营理念、演员如此,连艺术都是资产阶级的,同样遭到民众与先锋派的唾弃,局限于招徕观众或更新形式,对文化需求和民主政体的需求置若罔闻。

其剧目表的古典部分当然还是有全民性的。不过即便在这一点,法兰西剧院也是有阶级特性的。比如说,看看他

---

[1] 1954年4月7—8日,法兰西剧院在苏联(莫斯科和列宁格勒)进行官方巡演,剧目包括《悭吝人》《贵人迷》《熙德》和《胡萝卜须》。本文将佩利雄(Perrichon)等同于法兰西剧院,他是拉毕什剧本《佩利雄先生的旅行》(*Le Voyage de Monsieur Perrichon*, 1860)中的主人公,对自己的财富地位十分自豪,既天真又滑稽,后来成为暴富资产阶级的原型人物。

们如何费心地给唐璜去势,如何腼腆地用其他角色的无聊对话与粗俗笑话来掩盖人物的无神论精神。就我而言,我认为巴洛导演的马里沃以及维拉尔导演的莫里哀与《熙德》要强得多。强得多:这是依据生动性标准而言的,生动乃是法兰西艺术之所长,在国外最受重视。

派这家特殊剧院全权代表法兰西前往苏联,这相当反常,但丝毫不令人惊讶。法兰西剧院早已被选定,因为它是官方剧院——或者更确切地说是政府剧院。这种选择属于某种政治秩序的一部分。该秩序虽然整体上令人愤慨,但至少也有它的内在逻辑。

这种反常的做法多少有点自欺欺人,因为人人都假装相信这次政治之旅具有文化内涵,相信我们确实给苏联展现了一个完美剧院,那里的戏剧艺术朝气蓬勃,表现出全体法兰西人民的特质。从这点来讲,真是大言不惭,滥竽充数。国民的自卖自夸很少会达到如此无耻的地步。

莫斯科之旅对法国资产阶级而言绝非反思的契机,截至目前,他们只是借此吹嘘自己的戏剧,把他们的授权代表(格调高雅的演员和剧评家)吹捧为拯救世界的解放者。可是谁真会以为尧奈尔[1]或者布莱迪夫人[2]能够囚禁权力的幽灵,说服苏联转身投靠法兰西呢?别忘了那不过是资产阶级

---

[1] 尧奈尔(Jean Yonnel, 1891—1968),法兰西剧院演员。——译者注
[2] 布莱迪夫人(Béatrice Bretty, 1893—1982),法国女演员,曾长期任职于法兰西剧院。——译者注

的法兰西罢了。

除非……除非那里是极乐世界，一切都完美无缺，除非面对着建立在极端表现主义艺术基础之上，充斥着假奢华与道具，既远离民间艺术之纯真，又没有成人世界之成熟的资产阶级戏剧，今天的俄国人仍旧能处之泰然。在看过《大合唱》[1]中歌剧腔的蒙古人、硬纸板搭的花哨背景、演员瞪得溜圆的眼睛、乱蓬蓬的假胡子和彩绘布景之后，人们多少有理由想一想，这两种艺术是否本为同宗，阔别多年，于平行轨道上各自发展之后，又再次聚首。因此我不太反对这种说法：法兰西剧院是"进步的"剧院，在宾主尽欢的气氛中，学院派艺术严重的蒙昧主义使本不该对立的双方愈发亲近。

结论是什么呢？让政府去交流"他们"的戏剧吧，这样做未必徒劳无益，总归比互换外交公函要强。但是应当期待，向苏联介绍完从法兰西学士院到萨沙·吉特里的《凡尔赛》[2]这些政府艺术之后，厌倦了抵抗运动的法兰西可以派几位游击队员去苏联，这些人往往身怀绝技。应当为这一天的到来努力工作，筹建一种新戏剧。

——刊于《法兰西观察家》，1954 年 4 月 29 日

---

[1]《大合唱》(*Le Grand Concert*)，指维拉·斯陀耶娃（Vera StroIeva）制作的苏维埃纪录片，主题是莫斯科大剧院。
[2] 萨沙·吉特里（Sacha Guitry, 1885—1957），法国戏剧家、演员、导演、制片人。《假如凡尔赛对我说过》(*Si Versailles m'était conté*) 是创作于 1954 年的名剧。——译者注

一个优秀的小剧场

巴洛应当在小玛里尼厅[1]演出克莱斯特的《彭忒西勒亚》[2]。可他没有,这只是个梦想。人们谈论的不再是克莱斯特,而是禹果·贝蒂[3]。竟然从克莱斯特沦落到贝蒂!我在外省看过他的《无辜的伊莱娜》(*Irène innocente*),导演是达斯德[4]。那部戏散发着"腐臭味",看完之后满脑子都是资产阶级新式情节剧最讨厌的陈腔滥调。

也许应当跟无可救药的巴洛果断道别,任凭他去走奥德翁式[5]的优雅路线,要找一个比他那里要求更严格的先锋

---

[1] 1954年,巴洛在玛里尼剧院里开设第二个小型戏剧厅,称之为小玛里尼厅。——译者注
[2]《彭忒西勒亚》(*Penthésilée*),德国戏剧家克莱斯特出版于1808年的作品,讲述阿玛宗女王热恋阿喀琉斯的悲剧。——译者注
[3] 禹果·贝蒂(Ugo Betti, 1892—1953),意大利诗人、戏剧人。继皮兰德娄之后意大利极为知名的剧作家。——译者注
[4] 达斯德(Jean Dasté, 1904—1994),法国演员、导演、剧院经理。——译者注
[5] 奥德翁国立剧院(le Théâtre National de l'Odéon),位于巴黎六区,巴黎六大国立剧院之一。——译者注

剧院：比如说在里昂，罗热·普朗雄[1]每晚都要演出阿达莫夫的一幕剧和一部克莱斯特的喜剧。普朗雄的成功让观众也与有荣焉。而同样是那位克莱斯特，巴洛似乎想用票房更好的禹果·贝蒂替代他。不过里昂剧院（La Comédie de Lyon）也是个小剧场，这更值得称道，它的条件有限，那里没有备用大厅，演不了成本高昂的神秘主义机械装置剧（譬如克洛岱尔的《哥伦布》）以补偿实验性剧目带来的风险。普朗雄的剧场面积小？但不管怎样，那里座无虚席。资金的确是匮乏，但阻碍不了好戏的创作。有津贴？也许有，不过方式得法：小部分来自国家和市政府，大部分来自观众和当地批评界。当地批评界完全不排斥先锋派，巴黎批评界就未必如此了——确切地讲，至少那些跑剧场的剧评家未必能做到。简而言之，这个剧场在运行过程中好评如潮，却又资金匮乏，这种状态或可作为优秀剧场的第一特性。

他演什么戏？什么都有，由于观众说一不二，让人很伤脑筋，平日我们最为头痛。那好！首先，普朗雄的最大功劳就是剧目表。寸步不让？话说得有点满，普朗雄本人不会夸这个口。《卡图什历险记》（*Les Aventures de Cartouche*）肯定不算好剧，至少这部劣质作品也没把自己当回事。它毫不经意地自我嘲笑，就凭这点可以算作道德剧。如果连禹

---

[1] 罗热·普朗雄（Roger Planchon，1931—2009），法国著名戏剧人，国立法兰西剧院的代表人物之一，维拉尔的继承者，积极主张戏剧活动向外省推进。——译者注

果·贝蒂、加布里埃尔·马塞尔或者《吕布拉斯》都能把人逗笑，那我觉得这部剧肯定更加实至名归了。

不过重要的是普朗雄终于能演出并指定自己喜欢的剧作了。我不相信他从未牺牲过任何一点戏剧理想。他管理剧目的方式似乎颇具大智慧，也就是富有胆识，为达目的不惜代价。很明显，普朗雄喜欢的都是上乘之作。我从他的剧目表中摘录了这些剧本，仅仅跟未来数月的演出有关：目前正在演出克莱斯特的《破瓮记》、阿尔都尔·阿达莫夫的《塔拉纳教授》；里昂戏剧节将会推出：马洛的《爱德华二世》和布莱希特的《四川好人》。我们感觉到，这些作品的创作年代、影响力和艺术风格虽然千差万别，它们却拥有关键的共同点：都是所谓永恒的革命性戏剧。

———◆———

普朗雄的**排戏**方式（某些蹩脚戏的制造者在舞台上滥竽充数，从他们嘴里说出导演这个词，真是糟蹋了）令人想起杜兰在工间剧坊的时期。重点在于，两种方式都使戏剧行动显得异乎寻常地切实可靠。问题在于朗诵技巧：作品像装了弹簧一样不断从身体内部喷吐而出。这种戏剧饱受损耗，消瘦而不满足，人们却可以用它来对抗令人腻烦的戏剧。在令人腻烦的戏剧中，舞台的物质性、道具的视觉效果以及演员的散文腔都令导演心情舒畅，甚至反复排练，深信舞台假象自然会营造出幻象。

在普朗雄所属的戏剧派别中，导演的创作更重视节奏而非场景。场景的绵延恰恰造成一种焦虑,而焦虑威胁到物品与身体过于真实的存在。时间的理解应当是一切伟大戏剧的动力,关于这点,没有比阿达莫夫《塔拉纳教授》更合适的例子了。毋庸置疑,普朗雄找出了这部短小精悍的独幕剧的秘诀。这是一个暴露真面目的故事:受人尊敬的塔拉纳暴露出(这个词义是双关的)露阴癖和剽窃者的面目。然而普朗雄看得很明白,恐怖感只能来自节奏本身,一旦节奏错了,这部戏就沦为侦探喜剧或者皮兰德娄式的梦幻剧。

《塔拉纳教授》既非前者亦非后者:剧中戏剧行动的绵延应当经过精心掐算,类似脱衣舞表演或是方糖受潮后消解(地理学家把这种特殊的潮解现象称作喀斯特地貌,用词不算考究,却难以替代,其隐喻性极为丰富)。普朗雄是这样处理的:他的塔拉纳将必要的恐惧感加之于观众(剧场鸦雀无声,可以感觉出来),因为观众就像古代宣告重大灾难的信使,中了某个时间的圈套,目睹着时间前进。塔拉纳没有被摘除面具,而是渐渐被剥除蔽体之衣:应当把那种风化剥蚀的特殊性表现出来,即在舞台上呈现一种(发自肺腑的)感觉,这与伟大的"心理"剧中常见的蹩脚表演毫不相干。这是普朗雄的成功之处。

必须说一下,塔拉纳的扮演者是里昂演员亨利·卡里亚丹(Henri Galiardin),他演技惊人,对人物的塑造打破了惯有的表演规则。对于那些再现人物"心理"的演员,我越来越不以为然,随便哪个蹩脚演员都能演出来。我越来越欣赏那些能够领悟角色的内在脾性,表现出其纹理一致的演员,譬如在让·维拉尔扮演的冷硬的唐璜,或是索拉诺扮演的腻腻歪歪的斯嘉纳赖尔。卡里亚丹扮演塔拉纳的时候,在身边营造出某种浸润着丑事的寂静。他的表演无人能及,至少我认为如此〔不过还是充满信心地等待雅克·莫克莱尔[1]吧,近期他会在作品剧院(Théâtre de l'Œuvre)的周二场扮演塔拉纳〕。

说到剧团的其他成员,普朗雄就没那么走运了。这是个好剧团,其努力有目共睹。他们热爱自己从事的工作,不像小剧场有时流行的那样表演随便而怠惰,他们在艺术中投入了激情,这是其他规模相当的巴黎剧团应当借鉴的。然而剧团的表演与普朗雄的风格并不总是合拍,表演的成熟度参差不齐。类似的表演错位——不过仅限于《破瓮记》的几处情节里——令人尴尬,特别是它与编导的严密构思背道而驰。

有朝一日请普朗雄去巴黎演出?这很值得期待。年轻的法国戏剧同人身边为他留了一席之地。我像里昂人一样追随普朗雄四年了,跟德卡夫之家(Maison Descaves)上演埃利亚[2]、西蒙娜夫人[3]和埃德蒙·罗斯当[4]的作品同样有规

---

[1] 雅克·莫克莱尔(Jacques Mauclair, 1919—2001),法国著名演员、剧作家、导演。——译者注
[2] 埃利亚(Philippe Hériat, 1898—1971),法国作家。——译者注
[3] 西蒙娜夫人(M_{me} Simone, 1887—1985),法国演员及作家。——译者注
[4] 埃德蒙·罗斯当(Edmond Rostand, 1868—1918),法国著名剧作家,后期浪漫主义戏剧的代表人物。——译者注

律。对我而言，如果人家向我保证，我要去的剧院只演出古人中的马洛、莎士比亚、卡尔德隆、克莱斯特，今人中的盖尔德罗德[1]、勒内·夏尔[2]、阿达莫夫与布莱希特的作品，那么我会心满意足的。

——刊于《法兰西观察家》，1954 年 5 月 13 日

---

[1] 盖尔德罗德（Michel de Ghelderode, 1898—1942），比利时著名法语剧作家，专栏及书简作家。——译者注
[2] 勒内·夏尔（René Char, 1907—1988），法国著名诗人，抵抗运动战士。——译者注

没有观众的悲剧

玛利亚·卡扎莱斯[1]的表演拥有悲剧至关重要的本领：以洋溢的激情作为表演基础。她若是叫喊、哭泣或是表达期待，就会臻于极致，直达容忍的极限，这也意味着甩掉迟疑，达到智慧的门槛。她的语调、动作、步伐与姿态每每从整体上甘冒风险，演绎到极致，令人无处遁形：观众被眼前的亡灵祭祀所捆缚，舞台仿佛在熊熊燃烧，表演的小手段（妩媚动人、装腔作势、悦耳的声音、漂亮的戏服、高贵的情感）统统被扔进火刑堆，被另一种艺术所驱散，这种艺术真正具有悲剧性，因为它清澈见底。

将一个符号呈现到极致，这可不是人人都能企及的。一般来说，好演员能做到传情达意，仅限于此。然而在此刻，玛利亚·卡扎莱斯却抓住观众，迫使他们同自己一起探索表演动作的整个绵延过程：如果她在哭，那么理解她感到

---

[1] 玛利亚·卡扎莱斯（Maria Casarès，1922—1996），法籍西班牙裔著名电影、戏剧女演员。——译者注

痛苦是不够的,还应当体会到泪水是具体存在的,在理解她的痛苦之后还应当感同身受。如果她心怀期待,您也得期待。心里期待可不行,您坐在软椅里,那根本不费劲。您得调动眼睛、肌肉和神经来期待,得承受空荡荡舞台的可怕折磨。台上鸦雀无声,大家都盯着一扇即将开启的门。

只有观众亲自参与演出,这才算是好剧。一般来说,演员不会给观众留太多权限:演员训练有素,懂得迎合观众又点到即止,他们突显文本的意图,刚好使人不必费心思考,却不够带观众入戏。

———— ◆ ————

迄今为止,我认识两位演员有能力引导观众真正参与到演出中去(暂且不提西尔维亚·蒙福尔,她的情况更为复杂[1]),尽管他们属于完全不同的门派:维拉尔与卡扎莱斯。维拉尔的表演是史诗般的:他掌控话语,仿佛绵延不绝,令人着迷。在此基础上,随着他的表演,剧中的心理结构自发地建构起来。而其中除了话语令人赞叹的交际性之外,什么也没有指明。

玛利亚·卡扎莱斯的表演是悲剧式的:她并不依托观众参与演出,而是全部亲力亲为,但也不把观众排除在外:她引导观众入戏。她的演出处处要打消观众事不关己的

---

[1] 西尔维亚·蒙福尔(Sylvia Monfort, 1923—1991),法国女演员,剧院经营者,民众戏剧的倡导者。——译者注

心态，使他们不得不卷入激情的庄严建构之中。这就是戏剧中过度发力的作用：将每个符号都放入绵延过程之中，不断突破影射或讽喻的限度，毫无节制地占据事物的中心。这便是建构悲剧，因为悲剧其实无他，不过就是人物被有目共睹之事所击垮的那个时刻。

卡扎莱斯还有一个过人之处：呈现自己的面孔。我解释一下：一般来说面孔是女演员的财富（有些女演员唯有一张脸而已），所以得小心呵护。呵护的方式各有不同：有些永远涂脂抹粉，隐藏在妆容之后，或者让观众适应一张符合习惯的"都市脸"，不再期待另外一张"舞台脸"，还有的用细微的心理差别代替表现力，代替激情的痕迹。

———— ◆ ————

玛利亚·卡扎莱斯从不掩饰变形的面孔，她脸部扭曲，竭力再现古代面具的褶皱。那些面具正是通过褶皱体现痛苦、恐惧与欢乐。她的脸本能地再现出激情的形象，那并非抽象层面的激情，而是古老的、不可磨灭的激情。看看古代那些伟大的面具，眉毛、皱纹与衔接都设计得棱角分明。这是一个忠告：表演过程中应当运用面孔，运用整个面孔，应当扭曲深层肌理，在舞台上要摒弃阿尔库尔照相馆[1]拍出来的粉

---

[1] 阿尔库尔照相馆（Studio Harcourt）由德国人柯塞特·阿尔库尔（Cosette Harcourt）和拉克洛瓦兄弟（Jacques et Jean Lacroix）1934年在巴黎开办。照相馆以人物肖像照和明星黑白照而知名。——译者注

嫩或轻盈之美,以便仿效卡扎莱斯,呈现完整生动之美。

　　文本在这中间可谓一无用处又束手束脚。极度渴望之下,词语最初似乎总是必不可少的,刚开始文本再乏味,人们也觉得言之成理。把空洞的话语交给伟大的悲剧演员,他依然能够口若悬河,动人心魄。演出于连·格林的《敌人》[1]时,玛利亚·卡扎莱斯就做到了化腐朽为神奇:在她的引导下,观众首先相信剧情有可能发生,虽然这部情节剧按照新派通灵剧的习惯,让上帝与私情友好地彼此约束,观众还是觉得这位杰出的演员完全可以把拖泥带水的情节剧化作悲剧。这其实是错觉。玛利亚·卡扎莱斯凭借演技先说了会儿台词,是为了方便随后弃之不用。一旦悲剧女演员达到化境,剧本就显得微不足道了,它无法满足崇高感的需要,只能供演员在为高贵情感所苦时透口气罢了。伟大的演员不是来拯救蹩脚剧本的,而是来揭穿它的。玛利亚·卡扎莱斯便是如此。

――― ◆ ―――

　　现在剩下的就是了解这位女演员为谁而演戏。我恐怕她并不为任何人演。譬如《敌人》的观众为她喝彩,却显然并不喜欢她,这是好事。她使观众感到不安。我们心里应该明白,资产阶级戏剧迫使演员与观众掺和在一起。两者之间永远忙着互相鼓励,互相奉承、原谅。资产阶级剧场永远是

---

[1] 于连·格林(Julien Green, 1900—1998),用法语写作的美国小说家、剧作家,法兰西学士院院士。——译者注

一个私密场所,里面的人彼此挑逗的同时又彼此升华(省事的操作,因此很诱人)。在这种暧昧之中,演员一般都能很好地各司其职。关键在于诱惑(腿肚浑圆,音色脆亮,动作到位,体态俗丽),同时避免过度深入真相核心:资产阶级的戏剧就是惯于撩拨的戏剧。

玛利亚·卡扎莱斯把这一切都打乱了。她抛向舞台上的表演既激烈又矜持,这只会使懒惰的观众厌倦,使喜欢喝彩的业余人士困惑。她不是用迷你单片镜或是用双筒望远镜打量的悲剧女演员。她丝毫不迎合观众,过于讲究动作姿势的真实性,乃至于连·格林的女性观众美丽肩头的水貂皮都显得有些碍事了。

据说她会出演维拉尔的《麦克白》。一位悲剧女演员总算要与观众见面了,或许这才是要促成之事。尽管受到束缚——这归咎于与我们的社会,国立民众剧院却并不拜金。因此那里才可能演出悲剧(《洪堡亲王》可做证明,《吕布拉斯》却不算),在那里悲剧女演员可以期待崭新的前景:不是获得宽容,而是终于被足够高贵的新生观众所热爱、理解与追随,和他们团结一致。这些观众会一直看到剧终,他们能直面悲剧的激情、摘掉观剧镜以及精力充沛的身体所带来兴奋情绪。

在法国戏剧目前的状态中,倒退的力量占据优势,真诚表演与新生观众的相遇,还能期待比这更好的先锋艺术吗?

——刊于《法兰西观察家》,1954 年 5 月 27 日

成长的戈多

萨缪尔·贝克特剧本的遭遇相当独特:《戈多》最初算先锋派作品,如今它的观众人数不亚于林荫道戏剧。

其他成功剧本的经历完全不同:阿努伊或马塞尔·埃梅立刻就找到了自己的观众。随着情况变化,观众数量会上下波动,但构成保持清一色,总归来自同一社会阶层。

《戈多》走得更远些。当代戏剧中,走过完整社会历程的作品非常罕见,《戈多》就是其中之一。刚开始,评论家们把《戈多》明确定位为先锋戏剧:他们说唯有这种方式才能挽救它。后来出人意料的是,这部戏并没有局限于原本的观众群,即知识分子和品位不错的附庸风雅之辈。是的,它继续前行,经历越来越广泛的观众。那些捍卫剧种纯正性的正统评论本想用晦涩难懂来禁锢它,可它越来越谈不上晦涩难懂了:《戈多》接触到巴黎的广大市民、外国人、外省人,甚至包括那些一般到巴黎来看轻喜剧的外省人。现在《戈多》似乎还获得了提米票务[1]以及民众戏剧协会的客户群。

数据显示,《戈多》一年半之前开始演出,迄今出演大约四百场,观剧人数近十万人。从社会学角度而言,《戈多》不再是一部先锋戏剧。

———— ◆ ————

难道这是它一贯的本质与特性?并非如此。剧本也发生了变化,相继而来的观众对它进行了深刻再造,目前每周二在巴比伦剧院[2]上演的《戈多》属于较新版本。版本虽新,但丝毫没有被歪曲,早期的潜在性也完全没有被放弃。

首先,这部戏变成了喜剧。剧本刚问世时,很少有批评家论述这一特点。人们倾向于谈论那种忧郁或尖锐的幽默滑稽。现在的《戈多》让人开怀大笑。根据观众的反应,演员们设计出一些固定的笑点。他们表演得亲民、直接,对自己的目的并未遮遮掩掩。观众时不时爆发热情大笑,情绪饱满,与表演的明确意图合拍。随着观众范围的扩大,随即发生的一切令批评界当初的预言显得可笑了。成千上万的人接手《戈多》,撕去它理智主义的外膜(其实主要是评论家贴上去的),无论他们如何阐释它,都会回到某个集体性行为:这就是笑。

---

[1] 这家代理机构出售"热卖"的戏票以及体育盛会的门票。
[2] 1953年1月《等待戈多》在巴比伦剧院(Théâtre Babylone)上演,导演为罗歇·布兰,他在剧中扮演波佐一角。

接着，喜剧感的提升导致——说起来这也很自然——抒情性的增强，《戈多》胜在清楚明了、扣人心弦。现在《戈多》可谓尽人皆知了，在这种情况下，戏剧即便不必夸张地朗诵，至少也要大声宣读，如庄严的话语一般（这丝毫不妨碍它通俗易懂）抛向观众。看看大结局吧：这是一个充满大胆哲思的结局，它直接将观众带入认知的撕裂之中："什么时候！什么时候！有一天，难道这还不能满足你的要求？有一天，任何一天。有一天他成了哑巴，有一天我成了瞎子，有一天我们会变成聋子，有一天我们诞生，有一天我们死去，同样的一天，同样的一秒钟，难道这还不能满足你的要求？……她们让新的生命诞生在坟墓上，光明只闪现了一刹那，跟着又是黑夜。"这正是莎士比亚式独白的语调，演员们对此了然于心：他们意识到，观众范围越来越广，要求日益开放的思考。《戈多》开阔了，坚实了，《戈多》成年了。

剧本的日趋普及之后，还保留了几分初衷？完整无缺。《戈多》完全没有丢掉思想的严密与嘲笑的能力。跟当初一样，它绝不逢迎也不谄媚任何观众，而是揣摩、关注、帮助他们，然而其精髓保持不变：这是一部冷酷的戏剧。

它既坚定又无拘无束，两者结合成为戏剧的重要秘诀：语言仅为字面含义，没有两面性，不含任何玄机。批评界总想消除疑惑，一开始就试图寻获《戈多》的密钥：波佐代表资本主义，戈多代表上帝等。然后呢？这些讽喻都属于神学范畴，完全不属于戏剧范畴。戏剧是即刻的行动：只有在行动过程中,所言与所见才作数:其余的便是私密日记的材料。而《戈多》的语言将一切讽喻都挡在了戏剧之外。这是一种充分的语言,极为饱满,因此没有给象征性阐释留下任何空间。早在贝克特创作之初,《戈多》的哲学思想已经在剧本中陈述出来,话说得很实在,一看就懂,完全不需要评论家或饶舌观众的洞察力。该说的已经说完,句号,就这样。贝克特,他不再是梅特林克。

我认为《戈多》的新观众只听见一种话语,这是对的,因为就像阿达莫夫、尤奈斯库[1]一样,《戈多》的精彩之处恰恰是只提供一种话语。我认为这是一种对字面含义的恪守,字面含义饱满而冷酷,让人想起电影语言。大批观众关注着《戈多》,这批观众伴随着电影语言的外在性而成长,他们善于领会这种语言表层的多变,理解其中直接而充分的完整意义。

此外,《戈多》的推广多半针对年轻的观众,他们本能地一下就听懂简短的现代表达。总之,《戈多》得到推广,因为《戈多》承载着那个时代的特性。

——刊于《法兰西观察家》,1954 年 6 月 10 日

---

[1] 写于 1954 年。(罗兰·巴特加注)

了不起的戏剧

我经常听到有人哀叹,说我们这个时代还没出现能够达到历史高度的戏剧。其实这种戏剧是存在的,那就是布莱希特的戏剧。

布莱希特在法国名气不大:只有几位勇者(维拉尔、塞洛[1]、里昂的普朗雄)排演过布莱希特的作品。对其他人来说,这位了不起的戏剧家只是传说而已,传说既不全面也不准确,仅限于《三毛钱歌剧》[2]的电影版罢了,更何况这已经是一部旧作。这种无知自然也在意料之中:原因无外乎我国戏剧的本质,四分之三的戏剧圈都拜金,制作人或审查官呢,他们要么糊里糊涂,要么为了捍卫阶级利益,也拒绝解放性的戏剧。惯用的淘汰手法就是把布莱希特的戏剧归为

---

[1] 塞洛(Jean-Marie Serreau, 1915—1973),法国著名戏剧演员、导演,杜兰的弟子。——译者注
[2] 剧本创作于1928年,1931年由乔治·威廉·巴布斯特(Georges Wilhelm Pabst)改编为电影,他同时制作了德语版和法语版。布莱希特与库尔特·魏尔(Kurt Weill)否认曾授权该电影改编。

社会主义现实主义创作。这些日子他们又故技重演,借柏林剧团精彩上演《大胆妈妈》之机,资产阶级评论圈除了个别人之外,全都急不可耐地对这次范本式演出使出惯有的倾轧手段:指责它蛊惑人心,说它的成功纯属政治上的,抑或轻描淡写地恭维两句布莱希特,好似在夸那位阿努伊,这当然也好不到哪儿去。

而《大胆妈妈》同我们平常看的戏剧几乎没有关系。重要的是对比布莱希特的戏剧以及与它截然相反的两种戏剧:倒退的戏剧与"进步主义"戏剧。前者认同一种压迫人的秩序,为此不惜以谎言力撑:花言巧语、辛辣的心理分析、奢华的演出;后者尽管宽豁大度,却往往局限于布道式的对话形式,为了谋求内容而牺牲了戏剧的特性。前者可谓卑鄙,后者失之无趣。

布莱希特则走出了死胡同:他把严谨的政治目的(取其最崇高的含义)与绝对自由的剧作艺术真正糅合在一起:他的戏剧兼具道德启迪的功能与震撼人心的魅力:他引导观众提高历史觉悟,而这种改变并不靠花言巧语的说服,也不靠唬人的说教:而是得益于戏剧行动本身。同时戏剧在公民教育方面也无懈可击。人们老是说怀念戏剧与城邦的结合,心怀叵测地宣称两者的结合已遥不可及,那是古希腊、伊丽莎白时期以及其他时代的产物,这些时代已成过去,不再构成威胁。那好,这种戏剧如今触手可及了:我们少在埃斯库罗斯和莎士比亚身上浪费感情,多关心一下布莱希特吧。

柏林剧团的《大胆妈妈》(应当明确演出的性质，因为这种戏剧作为行动而不是文本存在，并且这回由布莱希特亲自导演)清楚地展示了布莱希特怎样解决了一个疑难杂症：一种充满道德启迪又极其震撼人心的戏剧。

《大胆妈妈》的中心思想是战争导致生灵涂炭，战争爆发纯粹为了追逐利益。道理是明摆着的，问题不在于使观众在理智与情感上再次表示赞同，也不是引导观众以浪漫主义方式去品尝致命的痛苦，相反是要越过观众，把这种灾难投射到舞台之上，固定在那里，与之拉开距离，把它作为准备揭露的对象，最终使观众能够把握它。《大胆妈妈》演出时，灾难发生在舞台上，自由则在观众席中，戏剧艺术的作用是将两者截然分开。大胆妈妈身陷灾难之中，她相信战争是无法避免的，她的生意和生活都离不开战争，对此她甚至没有任何疑问。这种情况放在我们面前，却发生在我们身外。一旦拉开了距离，我们便看到并知道战争不是宿命：我们之所以能够了解，并非说教或示范奏效了，而是通过观看者与被看者彼此交锋，发自内心深处的幡然醒悟，这正是戏剧的基本功能。

这是布莱希特的伟大贡献：他的戏剧没有说教，却更加有力：通过其震撼人心的力量，他引导观众更加深刻地领悟历史。布莱希特对战争宿命进行移位，将它附着在大胆妈妈，这位三十年战争时期的随军商贩身上，有赖于这种实验性安排，我们摆脱了曾以为无法甩脱、逃避的可悲宿命：通过远距离观看，我们培养出判断的自由与行动的能力。

———◆———

戏剧的宿命与观众的自由，这一双重性构成了布莱希特的戏剧革命。对戏剧创作本身而言，这是至关重要的一课。戏剧艺术的任务并非诱惑，亦非表现虚幻的内心状态，而是使观众与舞台表演拉开距离：永别了，让观众入戏的陈腔滥调；结束了，总是让位于人的共谋戏剧；舞台上取消了说教，道德教训交给观众自己掌握，戏剧创作获得深刻的自由：再也不必借助真实主义、夸张手法来说服观众，再也不必借助表现主义来诱惑、危害观众。一种新风格诞生了，这是纯粹的叙事风格，观众亲自为它带来自由的维度：他们明白自己同样会面临无数的三十年战争，自己会像大胆妈妈一样盲目，仅仅在痛失所爱之后才会醒悟。但是他们也明白，只要看到这种宿命，那么宿命就不复存在，只留下仍可补救的不幸。

——刊于《法兰西观察家》，1954 年 7 月 8 日

不自相矛盾的演员

关于柏林剧团《大胆妈妈》的演出,我还没有总结完:演出中有些东西,它对我们戏剧体系中极少争议的价值标准提出质疑:比方说演员的演技。我们的文化当然思考过这个问题,但是范围极窄:我们讨论的是心理状态,是演员的真诚度。评论界为此设立了几种常见的奖项:关于这位或那位演员,大家争论激烈,但是表演中的道德说教向来不可撼动。占据主导的一向是角色化身的寓意,就是说不思考演员与观众之间的距离,反而对演员与人物的关系纠缠不休。我们总是更喜欢盛赞演员的心理表现力,而不是他的社会性。

在这个问题上,我们至少应该具有相对意识:大家或许记得,日本能剧(贵族戏剧,非资产阶级戏剧)的情感表达极其程式化,归纳为三十来种姿态:依照规定,演员杜绝自然的动作,完全依从观众的集体理解力。当然,日本人的经验不可作为我们的绝对榜样(每件事只有放在历史中才有意义),日本艺术只是诱使我们对演员的本体论产生怀疑,而我们对这种本体论是十分自负笃定的。

指出我国戏剧艺术的相对特色,还有另一层原因:这是特定时代的艺术。咱们演员的理想是将他所体现的人物的真实心理状态尽量模仿得丝丝入扣。而认为模仿具有顶级艺术价值,这也许是资产阶级文化特有的观点。正是在资产阶级迅速崛起的过程中,人们第一次将演员的问题限定在逼真性的心理学讨论范围之内。这个情况或许并非毫无深意:松巴尔[1]认为资产阶级精神的发展与赝品趣味之间存在着联系,他或许不无道理。

再说我们未必要让心理模仿与(日本能剧那样的)程式化演员的技巧分庭抗礼。在西方写实主义艺术与东方象征主义艺术之间,布莱希特为演员提出了一种特殊身份,这是为戏剧的间离效果量身定制的,间离效果则是布莱希特体系的关键所在。我曾经试着解释,公开以某种政治意图为基础的布莱希特戏剧,它怎样在观众和舞台之间建议一种状态,我们可称之为延迟投入。在布莱希特眼中,只有它能够表现社会之恶,却不至于令观众深陷宿命论的情绪之中。

显然,要实现这样的目的,就得从根本上重新审视演员的技巧。我们的传统艺术(关于这点,浪漫主义、资产阶级、现实主义都是一回事)主要想把演员和观众都诱入角色

---

[1] 这是不是在隐射韦尔纳·松巴尔(Werner Sombart)的作品《资产阶级,关于现代经济人类的伦理与知识的历史》[雅格勒维奇博士(S. Jankélevitch)从德文翻译为法文,Payot 出版社 1926 年出版]?

的心理感觉；就传统艺术而言，理想状态莫过于完全消除人物、表演者与观看者之间的距离。这是一种主张全身心投入的艺术：什么也敌不过一位高超演员的魅力，其表情与声音不仅能体现他本人身体的紧张感，还能体现人物的情感与观众的感受：出汗、流泪和颤抖都是戏，令人心生敬意，因为他无懈可击地实现了资产阶级的赝品趣味。我们可以看到，怪模怪样的体验式表演机制、蹩脚的哗众取宠都是多么畅行无阻：后者本质上与前者是一回事，只是更过火而已。

———◆———

布莱希特要求演员反其道而行之：他禁止演员与人物"融为一体"，建议他们每接一句台词之前都要暗想："我向观众转述我所扮演人物的回答……"发自内心的投入被制止，演员要保持距离：他"仅仅"在表演，因为他要借助演技精确复制角色的清晰思路，而不是深陷人物情绪无法自拔，也不是贸然将观众带入某种心理状态的盲目体验中，这种心理状态只能通过演员的模仿来表达。对布莱希特来说，演员的参照系并非与演出场景无关的永恒内在性，而是观众的理解能力，这是一种集体方案，只有它才能证明作品合理。我不是在纸上谈兵：首先因为平日我们受到演员技巧的束缚，现在才知道演技不止一种（就像存在好几种几何学一样）；其次因为最近我们有机会对比两种演员的几何学：柏林剧团按照布莱希特的方法表演《大胆妈妈》。众所周知演出效果极好，让·内普沃-德加[1]甚至说效果不容争辩。几天之后，塞洛上演了《例外与常规》（布莱希特著），他的导演手法很出色，严格遵照布莱希特的理论，差别微乎其微（那一丝差距就是多米埃在幕间的风趣表现，令我颇感荒谬）。唉！看到人家用传统的"化身"法表演商贩这个人物，我真是尴尬至极。我并非质疑演员的素质，而是反对他们的表演体系。而演员过度刻意，根深蒂固的习惯与幽默，以上都是蹩脚的哗众取宠的根源所在，我认为它大大削弱了剧本的教育意义（按照布莱希特本人的分类法，这是一部 Lehrstück[2]）。那个肉乎乎的商贩的肥硕形象惹人腻烦：本来一幅草图就足以让我们做出评判。可是在我们的社会，著名的例子像戏剧学院、公众、评论圈，这种诱惑人的艺术处处被奉为戏剧精神的永恒形式，我们又怎能抱怨扮演该角色的演员，指责他努力遵循这种艺术的标准呢？

——刊于《法兰西观察家》，1954 年 7 月 22 日

---

[1] 让·内普沃-德加（Jean Nepveu-Degas, 1911—？），法国戏剧评论家。——译者注
[2] 原文是德语，意为"教育剧"。——译者注

论民众戏剧的定义

现如今，试着给民众戏剧下定义，可能是劳而无功的事。可我想在本文中讨论的正是这个定义，详尽的定义。我可以立刻告诉你们，简单讲，民众戏剧要满足三种并存的必要条件，每个条件单看都平淡无奇，一旦彼此结合就变得极具革命性：平民观众、高雅剧目、一种先锋戏剧艺术。

大家都知道老百姓是不去剧院的。在法国，戏剧一般是有钱人的娱乐。但是，根本不必梦想着某一天出现奇迹，观众人数骤增。戏剧社会学完全取决于票价：入场券降价了，老百姓渐渐就会来看戏。还有一些阻碍与观众心理状态及地理位置有关：不过与票价剪刀差这个关键问题相比，上述障碍都无关紧要了。要降价的不仅包括后排座位。关键不是在富人的演出中给穷人留些位子，关键在于，或曰尤其在于所谓的豪华座席，它们的分配应当更加公道。民众剧院首先必须取消廉价座位与正厅软座之间的差别。怎么做？在当今社会，显然没有比政府津贴更好的办法。如果国家真想支持，民众戏剧如今便有可能实现。

高雅剧目：应当打破惯有的成见，即把民众剧院圈囿在低俗、愚蠢的剧目中，禁止它上演古典主义经典或是现代主义的犀利作品，就好像看懂这些作品需要多聪明似的。而专门为平民写作的人，即便动机高尚，也只有失败一条路（譬如罗曼·罗兰的戏剧）。维拉尔在广大平民中深受欢迎，这证明了通行的作品即为纯粹的作品。无论何时何地，任何人都不会厌倦高乃依、莫里哀、莎士比亚或克莱斯特的作品；维拉尔最广受民众欢迎的演出其实根本无意迎合观众：这部戏就是《唐璜》。

先锋戏剧艺术：为什么不呢？先锋艺术未见得晦涩难懂或空洞无用。一切都是革命性的，一切都在与舞台因循的陋习作斗争，力图用幻象，用纯戏剧的力量来替代人工布景和浮夸演技等等骗人的把戏。在纯粹的戏剧中，进行创作的是观众本身。舞台是开放的，布景得到简化，灯光布置则要改进，这些解放舞台的措施未见得是万灵丹。我们可以想象其他的创作方式。然而拜金戏剧中墨守成规、自鸣得意的美学设计必须中止。应当承认，面对大胆的创作方式，广大民众感觉十分自在。极简的布景迫使观众思考、想象、创造。民众戏剧是予人信任的戏剧。

这一切有可能实现吗？或许今天就能实现。阿维尼翁、夏悠宫、紧随其后的法国各地，国立民众剧院、部分外省戏剧中心、一些窘困的年轻剧团，比如赫尔芒迪耶[1]、雷巴

---

[1] 赫尔芒迪耶（Raymond Hermantier, 1924—2005），法国演员、导演。——译者注

茨[1]和塞洛的剧团（这份名单绝不完整），以上种种都可资证明。但是当人们看到，像现在这样，外省的确在呼唤一种开阔而纯粹的戏剧时，期待就变为一种笃定：戏剧节不断增加，多地自发成立了民众戏剧协会，部分市政府表现出洞察力与信任感，法国戏剧解放与推广运动最终会战胜一些人的怠惰及另一些人的敌意。有些法国人最初是阿维尼翁的忠实观众，后来又在夏悠宫，在戏剧延伸到的每座城市与剧院，在所有逐渐建立起城区剧院的地方成为忠实观众，城区剧院终将取代拜金剧院，而胜利会属于所有这些法国人。

——*PUBLI* 54[2]，阿维尼翁，1954年7月

---

[1] 雷巴茨（André Reybaz，1922—1989），法国戏剧演员、导演。——译者注
[2] 这是一份阿维尼翁本地的宣传性杂志。——译者注

怎样甩掉他

人们或许还记得有关《康图艾拉》[1]的一段逸事，让·雅各·戈蒂耶在《费加罗报》上对克拉维尔和赫尔芒迪耶大加恫吓挞伐，后两位忍不住哀怨地跟批评者进行商榷，他们也确实别无选择。

不过由于戈蒂耶的正面评价似乎比得上价值百万的广告，由于这位评论家惯于抨击好作品，撇开人品不谈，我们不得不把戈蒂耶现象看得跟经济问题同样重要。当然，戈蒂耶的影响力并不来自才华：因为这位评论家凶猛地捍卫戏剧行业的陈规旧俗，那可是《费加罗报》读者掏钱支持的；而且靠着捧红或棒杀一场演出的能力，戈蒂耶赚的是盆满钵满。

我们明显感觉到有些事情不对劲：把布莱希特或尤奈斯库的命运交到戈蒂耶手中，确切讲这是很荒唐的。若是请其他评论家去看一场先锋戏剧，您还有幸免于难的可能。那

---

[1]《康图艾拉》(*Canduela*)，法国作家克拉维尔（Maurice Clavel, 1920—1979）的剧本，创作于 1953 年。——译者注

些剧评家人性尚存,还有可能心软。戈蒂耶先生可绝不会手软:他的评论跟物理现象一样,是可以预知的,受严格的决定论支配。此君算不上评论家,他是一扇自动门:过,不许过。选择早就写在那儿了,不能做任何改动。

违禁商品包括"政治"理念(我们很了解这种阶级诡辩,它想让我们相信,任何"政治的"艺术都是宣传手段,仿佛所谓的中立艺术就不会威胁恐吓)、智识(对守旧派的利益而言素来不可靠)、梦想(这种状态以不合常理而著称,因此也违背一切利益的良性经营):一般来说,或多或少可算作先锋的东西都是不言而喻的,就是说拥有稍稍自由的形式,甚至悄悄脱离了资产阶级心态的严格限定(因为,面对尤奈斯库的激烈抗议,还是得有跟复辟时代警察局长差不多的心态水准)。

那么,既然大局已定,一意孤行又何必呢?探索一种新戏剧的同时又听天由命地向宿敌低头,这又何必呢?为何费尽心血创作出布莱希特式的戏剧,首演时却天真地把它交到批评家戈蒂耶手上?这样的人真可谓受虐狂,要不就是万念俱灰了。

所以我认为,咱们的先锋小剧场要想获得拯救,唯有二选一:要么抛弃布莱希特与尤奈斯库,要么甩掉戈蒂耶。我相信许多法国人都有意从布莱希特的"愚钝"与尤奈斯库的"马戏"中获得满足,因此我想冒昧劝说剧院经理们不要妥协,要是嫌戈蒂耶先生碍眼,就干脆甩掉他算了。

只是,要想这样做,就得有勇气对剧场经营策略进行调整。我们了解传统机制：筹备一部戏，请评论界来观看。除了个别情况，评论界的初评决定了生死：如果评论"良好"，有钱观众便随之而来，剧场满座；最有钱的观众潮回落之后，演出还可借余波造势，借平民观众再次推波助澜（文化协会、打折票等），相反，假如初评"不利"，整套机制都会出故障；一部戏演足二十场就安全了，相反达不到这个标准就会夭折。

好吧，似乎这种布局是有可能推翻的。戈蒂耶先生的差评就能挡住去路？那您就绕过障碍，一开始就果断地将剧本的命运交给平民观众，而通常只有获得戈蒂耶先生的"出版许可"批准，您才能接触到他们，所以您得效仿维拉尔，在所有官方批评论出炉之前，先开设面向平民的低价预演。既然在戈蒂耶先生看来，布莱希特的戏是给"蠢人"看的，那就邀请"蠢人"们来支持作品吧，请戈蒂耶先生精心维持教养好了。或许您不会马上挣很多钱，因为"蠢人"们都穷，给他们的座位不能太贵。不过好在他们人多，非常多，您会座无虚席，您的演出会得到支持、捍卫和宣传。能掏更多钱的观众会闻风而至，别不信，您甚至能有幸请到戈蒂耶先生来看第一百场《例外与常规》。那时开荒者们已经各就各位了。

这样做的好处不仅是造势：演出性质也发生了变化。演员们清楚，一部戏只有接触过第一批观众之后，形式才会成熟。剧评都是老一套，大多数因阶级审查而扭曲，要观众根据它们做出判断，这不是荒唐吗？我们有《戈多》为例：老天开眼，或者不如说因为作品具有明显的特质，它甫一问世，附庸风雅就取代了敌意的评价（至少取代了戈蒂耶先生的剧评）。《戈多》不是按照剧评家的意见，而是根据公众的想法成长起来的。并且《戈多》，这部"先锋剧"，上演了四百多场。

还有一样好处是：如果尽量以观众本人取代职业剧评人，那么后者摆脱专制束缚，写出真正的剧评就指日可待了。戈蒂耶先生很擅长写"推广软文"，我看他的结构批评写得很差。而其实只有这种批评才是重要的，因为只有根据戏剧与普通观众的关系，才能对它做出判断：观众是演出的重要部分。如果失去了目标人群，空谈作品又有何用？如果演出不交至消费者手中，我们对它又有多少了解？

我确信，在这份对观众来说全新的批评职能中，他们不消多费力气，就会获得乐趣与额外收获：把观众培养为成熟的人，让他为自己的座位买单，担起亲自判断作品优劣的责任。您要依靠观众，协助他们摆脱批评界的唬人把戏：大家会惊讶地发现他们一文不值。

——刊于《法兰西观察家》，1954年10月7日

社 论

> 即便确信,我仍会质疑。
>
> ——雅各·利高[1]

未来几期《民众戏剧》将开设专栏,采集读者的意见与建议。不过我们在本期就对那位迷人女读者的批评做出答复。她批评我们爱掉书袋,说评论员的语气甚至有些"狂妄"。"怎么,"她说道,"你们指责评论界的排行榜,你们不停地指东道西,说长道短。你们就这么肯定自己真理在握吗?"

从人的角度出发,我们有这份信心,即我们相信自己从事的工作。我们首先想回答说,信念必定带来信心。难道这位女读者读到过中立的批评文章,其中既看不出语气,也不包含任何道德评价吗?戏剧中不存在零度状态的目光,这一点更甚于其他任何地方。一旦人们想讲述所见所闻,就必

---

[1] 雅各·利高(Jacques Rigaut, 1898—1929),法国达达主义作家。——译者注

须借助一种叙述方式。坎普先生[1]的敦厚、戈蒂耶先生的粗鲁、内普沃-德加先生的宽容、勒玛尔尚先生[2]的嘲讽或是莫尔文·勒贝斯克[3]的人情味都是一种"语气",剧评家通过该语气表达一种戏剧观点,同我们的杂志一样动机明确。笼统说来:语气的自由主义绝不妨碍思想的恐怖主义。某些同人的文字无论看上去如何开放,每篇文字背后都有一种意识形态:不存在无语态的动词。

所以我们不愿意跟这位朋友一样,把本刊剧评的语气作为形式问题提出来。假如有人觉得我们的剧评"狂妄",其实是我们在"追求"某种东西。"武断"仅仅意味着我们的任务清楚,我们的目标明确。倘若女笔友认为我们"狂妄",也许因为对于这种清楚与明确,她不能同我们一样泰然接受,有意无意之间,她的愿景与我们并不一致。

或许我们过分狂妄了,但其中自有原因,狂妄态度来源于深切的不满,即面对当下法国所上演戏剧的不满。剧目粗俗,演技僵化,令我们深感愤懑苦恼。这些缺陷还往往被当作优点吹嘘,我们就更感到不吐不快。面对阶级化的戏

---

[1] 坎普(Robert Kemp, 1879—1959),法国记者、文学批评家、剧评家、作家。——译者注
[2] 勒玛尔尚(Jacques Lemarchand, 1908—1974),法国作家,伽利玛出版社丛书编辑、戏剧批评家。——译者注
[3] 这些剧评家分别属于《世界报》《费加罗报》《观察家》《费加罗文学》《新版新法兰西杂志》《十字路口》与《鸭鸣报》。莫尔文·勒贝斯克(Morvan Lebesque)是《民众戏剧》的创刊人之一,当时离开了编委会。

剧，批评界，并且是听众最多的批评界，大多表现得宽容或糊涂，这促使我们公开地明确表达想法，而似乎往往只有我们会那样想。对于那些要求我们更为开明的人，我们可以保证自己不断去看彩排（得多有勇气才受得了他们那股俗气劲儿！），真心盼望从中找出些什么来捍卫、拯救。若是看到一位表演笨拙的戏剧人，但凡他不愚弄观众，我们就要热情致谢了。要知道我们是怎样激动、热情地欢迎维拉尔的《唐璜》以及布莱希特的《大胆妈妈》，我们是怎样满心欢喜地想支持布兰、塞洛、雷巴茨、赫尔芒迪耶、布朗雄、莫奈及他们的同道。然而两件事彼此掣肘。我们不能一方面喜爱布莱希特（几乎所有重要评论家都瞧不起他或诋毁他），一方面又容忍格雷厄姆[1]和于连·格林两位先生浪得虚名；认为维拉尔"恰如其分地"表演了《唐璜》和《理查二世》，同时又被让·麦尔居尔[2]或安德烈·布吕诺[3]的"作品"所欺骗。必须有所选择：在剧评界的喧嚣声中，我们势单力薄，更何况两个月才发声一次！倘若我们的声音略显刺耳，实在不必惊奇。

说得更清楚一点：关于评论界打出的榜单，我们难

---

[1] 格雷厄姆·格林（Graham Greene, 1904—1991），英国作家，编剧、文学评论家。——译者注
[2] 让·麦尔居尔（Jean Mercure, 1909—1998），法国演员、导演、编剧。——译者注
[3] 安德烈·布吕诺（André Brunot, 1879—1973），法国演员，法兰西剧院成员。——译者注

以欣赏的绝非下定论,而是那种好颁奖的风气。我们感到遗憾,传统评论界不大排斥像学校竞考结束时一样颁发奖项:这些给瓦克雷维奇先生[1](这位擅长考试,总得满分),这些给演员(谁敢说有一天皮埃尔·弗雷奈[2]也会表演得差劲?),这些给导演(勒普兰先生[3]一贯"杰出",皮埃尔·瓦尔德[4]一贯"睿智",让·麦尔居尔则向来"无懈可击",如此等等),仿佛演出是由几组杂耍组装成的,其中一组失败了,其他几组未见得有损失。我们认为相反,关键是在演出保持整体性的前提下,评论界也保持一致。我们相信一处缺陷能毁掉整场演出,就好似一着不慎,全盘皆输。比如说,尽管有维拉尔坐镇,服装设计的失误还是毁了《西拿》的演出,正如几位演员的把戏导致整部《樱桃园》的演出都出了问题。

这或许就是造成我们与女笔友之间误会的实质:我们并不想滔滔不绝地批评,同样也不想看到舞台上朗诵台词。让·麦尔居尔再老练也救不了格雷厄姆·格林。反倒是让·麦尔居尔败给了格林。一切都彼此关联,然而戏剧伦理

---

[1] 瓦克雷维奇(Georges Wakhévitch,1907—1984),俄裔法籍舞美师、服装师,曾为数百部电影、戏剧、歌剧、芭蕾作品设计舞台布景。——译者注
[2] 皮埃尔·弗雷奈(Pierre Fresnay,1897—1975),法国著名戏剧、电影演员。——译者注
[3] 勒普兰(Jean Le Poulain,1924—1988),法国演员、导演。——译者注
[4] 皮埃尔·瓦尔德(Pierre Valde,1907—1977),法国著名演员、导演。——译者注

法则是严酷的,各种因素结合在一起总能起到坏作用,却绝对无法救赎。那么如何解决?展开全线斗争,把当代资产阶级戏剧作为彻底质疑的对象。假如在某些人看来,这种质疑的形式有时过于武断,希望他们谅解并理解我们:资产阶级戏剧防守森严,我们不能半途而废。

——刊于《民众戏剧》,1954年9月,
本文发表时未署名

大罗贝尔

　　大罗贝尔是一名年轻的加拿大催眠师,目前在法国很出名。最近他在阿尔罕布拉剧院[1]和奥林匹亚剧院[2]的舞台上催眠了成千上万的法国人。大罗贝尔深受欢迎,即便不处处合人意,至少也激起了好奇心:观众座无虚席,数不清的志愿者,催眠过程顺畅又扣人心弦。

　　大家自然都心生疑窦,大罗贝尔的催眠到底是怎么回事?这是真的吗?志愿者如此之多,似乎可排除任何作弊手段。到台上来的人未必都催眠了:有些人脾气犟,或者疑心重,那么悄悄打个手势,他们就被带走了;另一些人也许被戏法困住了,采取面无表情的麻木态度,以免太明显地揭穿罗贝尔的谎言。其余催眠对象每场至少达到十五位,在完成催眠暗示所指令的动作之前,他们的身体平躺在舞台上。这

---

[1] 阿尔罕布拉剧院(L'Alhambra),位于巴黎十一区,1967年关张。2008年在十区新址重建。——译者注
[2] 奥林匹亚剧院(L'Olympia),位于巴黎九区,是仍然活跃在巴黎历史最悠久的音乐剧场。——译者注

些人多为男性、年轻人，甚至男孩子，完全不用怀疑他们所处状态的真实性。假如催眠真是一种歇斯底里的反应，而歇斯底里其实又是一种戏剧行为，那么能够在成千上万的观众面前唤起歇斯底里的情绪该有多么轻而易举！被大罗贝尔催眠的人，或许甚至在买票入场之前就大致选好要扮演的角色（当然，他们并没意识到这跟角色有关：我们知道存在着无意识的目的）；更多的是在确信自己足以承担当众被催眠的角色之后，才会选择去看大罗贝尔的表演。因此，志愿者人数众多，他们内心坚定（大罗贝尔邀请他们登台时，他们大多候在剧场通道中，悄无声息）、神情肃然，"苏醒"的那一刻并无怨恨，甚至毫不意外。

催眠本身就是（无意识的）戏剧，人们尽量赋予它戏剧色彩，故而更容易实现。这是大罗贝尔的长项：尽管他俗不可耐，或许正因为如此，这个人领悟到两三条构成戏剧性力量与深度的基本法则。他本人的角色就是给催眠对象提供戏剧环境。当然，演出内容可谓质量低劣，殊难忍受。即便如此，个中诀窍还是值得推敲，况且数百年来总有人为它打保票。

第一条法则是造势。倘若戏剧为人期待已久，开演前出现了一种"模糊的焦虑"，而莫斯[1]强调过这种焦虑兼具社会与心理属性，那么唯有如此，戏剧才会充分存在。大罗

---

[1] 马塞尔·莫斯（Marcel Maussm, 1872—1950），法国人类学家、社会学家、民族学家。——译者注

贝尔的戏在开演前早就开始了：观众的好奇心（理论上非常强烈，因为吸引观众去看戏的唯有好奇）被刻意维持，也就是拖延：节目开头部分丰富多彩；幕间休息莫名其妙地缩短，许多人迟到，他们不得不打扰、分散他人聚精会神的状态，导致注意力无法集中。催眠手法开始之前，大罗贝尔总要来一段冗长无聊的道德说教。集体期待被拖延、打乱，屡屡落空，也就愈演愈烈，而浓重的期待显然是培植歇斯底里反应的沃土，因为它可以把继之而来的一切都转化为戏剧。于是戏剧似乎从这种集体期待中突然冒了出来。

一般来说，现如今，戏剧开演前的等待毫无意义。人们早就知道幕后藏着什么，无非是1830年沙龙风格的赝品家具或是古典悲剧永恒的立柱，还能指望他们如何兴奋地期待大幕升起呢？倘若人们没有全身心地期待，倘若这份期待没有被整个集体分享，那么戏剧在开演前就大势已去了。比方说，由于观众人数极少，很难对某些先锋表演做出评判。戏剧行为本身，不仅是它的受欢迎程度，还有它的饱满度，全都依赖于观众的预热、动机的一致以及期待的统一（只需想想奔牛节的准备程序）。

还有一条法则成为大罗贝尔演出的原动力：对空间特权的冒犯。我们知道在资产阶级演出中，观众与舞台是泾渭分明的（舞台略伸向前厅座席或者演员时而从观众席冒出来，这些都被当作高度先锋的戏剧手法）。然而理论上讲，一场催眠表演把两者辩证地结合起来：催眠对象自由地从观众中走出来，登台使他们进入"别样"的独特处境，与此同时，他们仍旧是刚刚脱离的观众群体的一分子。两种矛盾身份的结合不会生效太久：不用多久观众对催眠对象的兴趣就降低了，观众习惯于把他看作一种被功能化的他者，不再对他产生认同感。而开始时，这是造成观众的戏剧性恐慌的重要因素。即便观众坐在扶手椅中，体会着作为无名氏的安全感，一旦看到别人的观众身份被冒犯，想象到自己将承受无数目光的注视，他们便会心慌意乱。

自然，这套机制要求人们在舞台上使出浑身解数：大罗贝尔的催眠对象仿佛在乐队指挥或驯兽师的指令下围成一圈，任人宰割般呈现给观众席，致使后者产生某种程度的焦虑感。或许我们可以指出，最强烈的戏剧性正在于舞台空间的咄咄进逼，正在于舞台对观众席的潜在越界。我们可以回想一下这种结构法则在历史上或人种学中的先例：古代悲剧的歌队；某些非洲节日里，整个村落仿佛都被巫术笼罩；沉迷在戏剧性之中的斗牛爱好者们冲下斗兽场。这些迹象对于开放式舞台问题或许能够有所助益。

可惜，探寻的乃是任何催眠表演生来都不可或缺的摄人心魄的戏剧艺术，而此处与之对应的演出内容却十分不堪，因为它首先是驯服术表演（显然催眠不过是驯服术的戏剧化形式）。身为精明的催眠师，大罗贝尔忘不了添加许多恶心的操控符号：年轻电影男主角的"理想"外貌、半伦理半医学的推理、魔咒般的语音、存心使催眠对象出丑的指令（让他们摆出木偶的姿势，给他们配上侮辱性道具：可笑的盖帽、扫帚、疏通洗手池的水拔子等）。或许只要侮辱算作戏剧性技巧，对歇斯底里者就能奏效。对观众而言效果就不同了，我相信他们很快会对如此粗鄙的做法感到反胃。他们意识到，人家供其取笑的主题威胁到了他们的自身结构。倘若有一天，人们试图描绘我们这个时代的禁忌百态，千万别忘了对比一下我们社会的态度，比如它面对情色表演感觉羞耻愤怒，对一切令人堕落的演出却又态度宽容。大概社会另有所图，为了维持原状，它必须给种种现实异化戴上令人放心的"健康娱乐"的面具。

——刊于《新文学》，1954 年 10 月

说说《樱桃园》

有人说:"演得好极了。"是的,的确很好,可是演得"恰到好处"吗?我觉得这好比让金银匠对水进行切割雕琢:首先得把水冻成冰块。同理,剧中每个角色都被精心地推敲、定型,仿佛在一块宝石上各显绝技;每位演员都更强调本人而不是角色:皮埃尔·贝尔丹[1]先生演的不是加耶夫,而是"扮演加耶夫的贝尔丹先生"。所以整部戏就是一系列演员的奇思妙想、歌唱技巧和华彩片段,可谓是传统上演员独唱美学的空前胜利(参照普鲁斯特与贝尔玛[2]、坎普先生及其对蕾嘉娜[3]的回忆等)。保留的是华彩选段,表现演员的本事;丢掉的是契诃夫,尤其是绵延性戏剧的开创者

---

[1] 皮埃尔·贝尔丹(Pierre Bertin, 1891—1984),法国戏剧演员、导演。——译者注
[2] 贝尔玛(Berma),普鲁斯特《追忆似水年华》中的女性人物。——译者注
[3] 蕾嘉娜(Réjane,原名 Gabrielle-Charlotte Réju, 1856—1920),法国女演员。——译者注

契诃夫（媒体上只有加布里埃尔·马塞尔[1]看到了这一点）。

当然，演员只承担一半责任。真正要负责任的是戏剧课、剧评、传统、玛里尼剧院的观众，所有这些机制都要求演员做支离破碎的表演，自信地把角色碎片化当作理所当然的理想，盲目追求细节完善。我们的演员表演时，总好像面对着一群失忆症观众，后者只需知道每个姿势的孤立意义，无视戏剧至高的绵延性。

演员越出名就越追求细节精湛，结果名角们大多演得差劲，却从来没有人提。让·德萨依[2]、皮埃尔·贝尔丹和安德烈·布吕诺的方式是不断地"精心推敲"文本，结果是不断地扼杀文本：布吕诺简单地倒杯咖啡，格朗瓦尔[3]把香槟酒倒得溢出来或是玛德莱娜·雷诺[4]沿着樱桃园的围墙唱一首离别的哀歌，观众醉心于这些完美表演，却不明白这些华彩选段把戏剧割裂了。它们攫走了契诃夫，养肥了玛德莱娜·雷诺夫人、格朗瓦尔和布吕诺先生。唯有让-路易·巴洛，虽说没人为他着迷，倘若他没有被剧团里其他"杰出"成员过度压制的话，或许能让人明白演员应当如何恢复戏剧的绵延性：关键要把角色"夯实"，呈现给观众的唯有流畅

---

[1] 加布里埃尔·马塞尔（Gabriel Marcel, 1889—1973），法国哲学家、戏剧家、文学批评家，天主教存在主义的代表人物。——译者注
[2] 让·德萨依（Jean Desailly, 1920—2008），法国演员。——译者注
[3] 格朗瓦尔（Jean-Pierre Granval, 1923—1998），法国戏剧电影演员、导演。——译者注
[4] 玛德莱娜·雷诺（Madeleine Renaud, 1900—1994），法国女演员。——译者注

的台词，不按照效果而是按照呼吸来控制节奏：这大致就是庞托耶夫和杜兰的表演技巧。教育界、批评界和观众都想说服我们，演员的魅力取决于"片刻"的完美。面对他们的众口一词，庞托耶夫和杜兰都属于孤例罢了。

我们的戏剧技巧完全建立在一种逻辑悖论之上，严重程度不亚于用肖邦的弹性速度来演奏莫扎特。这种技巧轻率而幼稚，我认为应当谴责，因为它既不信任文本的创造力，也不信任观众的创造力。

每次观看巴洛的演出（我保证，每次都是满怀期待与信任的），我都会怀念巴洛不受剧团和观众拖累时本该有（曾有过）的状态。或许，巴洛本人也会怀念吧。

——刊于《民众戏剧》，1954年11—12月刊

今天的民众戏剧

如今,给民众戏剧下定义,这件事还是会遭到很多怀疑:如果假定这个词没有功利性,就会有人觉得它语焉不详、蛊惑人心或是虚无缥缈,总之毫无用处。我多次听人说起,维拉尔的成功得益于巴黎人爱赶时髦,并非民众真正获得了解放!

面对一个重要的公民问题,千万别被这些怀疑主义论调弄得心灰意冷。和所有群体艺术一样,戏剧按照不同的来源、内容与目的,掌握并宣扬至恶或至善。民众戏剧的问题肯定具有全民性,法国人都应当关心它:因此定义是不可或缺的。我们似乎可以利用最近的戏剧尝试,大胆地提出看法。

我认为,笼统而言,今天可以把民众戏剧定义为一种同时担负三重责任的戏剧。其中任何一种责任单看都不新鲜,但合起来就能建立真正的革命性戏剧:定期为平民观众演出,推出一份高水准剧目表,践行先锋戏剧的理论。

平民观众?人们很容易将他们忘记,因为戏剧通常是有钱人的娱乐。在法国有多少社会群体啊,他们除了运动和电影之外没有任何消遣,他们对演出的反应从未获得戏剧法则的训练!同任何艺术感知一样,戏剧演出需要观众具备文化素养,这可不是一日之功。时不时地敞开剧院大门,却又立刻关上,歌剧院在国庆日免费接待民众,或者每场演出都在法兰西剧院留几个顶楼座位,由于票价低廉,那里可能什么也看不见,这些做法都毫无用处。没有用,除非国家长期对民众推行通货紧缩政策,即系统地缩小戏票价差,平民观众才会受剧院吸引去看戏。重点是低价票多多益善,只要花上100法郎,任何人都可以坦然地去剧场,不会遇到位置差或椅子硬这些拦路虎。更为重要的是,高价票数量要非常有限,剧场几乎完全恢复平等状态(比如国立民众剧院的票价在100—400法郎之间浮动)。经济条件至关重要,因为它决定观众的形态构成,决定观众本质上的一致,并撤除金钱设置的一切壁垒。在任何时候,戏剧观众的拓展都不应当依靠布施;相反,这应当是货真价实的民主的标志。

在当代法国社会,即便私有剧院再无心逐利,也不可能经常性、长期性降低票价。唯有政府能够增加、提高津贴,或是必要时对津贴进行重新分配,借此扩大戏剧观众数量。提出这个问题没有其他办法,必须让它成为全民性问题,否则别指望能够解决。因此,全体国民都要帮助政府了解它应尽的责任。

目前法国出现了一些可靠的新迹象,说明民众戏剧正处于上升态势。这一形势是自发形成的,所以愈发令人印象深刻。应当不惜一切代价为它提供需要的养分,而不是遏制其势头。

而说实在的，对广大平民观众而言，演出剧目不构成任何问题。将民众戏剧圈囿于打折剧目、粗陋的心理剧和闹腾的舞台，这是危险的偏见，体现出愚蠢的怀疑态度。即便这是个高贵的错误，也多少要怪罪罗曼·罗兰，怪罪所有想专门"为民众"创作的人。当然，并不是说戏剧中存在严重的剧目问题，但是这个问题相当普遍：有一种动机不纯，刻意迎合的戏剧，剧本题材很不光彩，无非是金钱或外遇，可惜同某种新唯灵论倒是一拍即合；还有一种纯粹的、感人至深的戏剧，剧中批评的是内心自我斗争的人，城邦之中的人。幸好还有这样一类剧目，它肯定完全符合平民百姓的需要，这便是广义上的古典主义剧目。演出高乃依、莫里哀、莎士比亚、克莱斯特或毕希纳的作品吧，你们一定会随时给广大民众带来快乐与激情，因为这些剧作家的思想意识无论多么丰富细腻，始终都恪守戏剧艺术不可抗拒的法则，恪守语言的文学性与激情的外在性。

民众戏剧归根结底是高品质的戏剧，对于演出的创作者而言，唯一获得民众支持的方式就是信任民众，向对方提供纯粹的甚至严肃的作品，前提是作品的确富于戏剧色彩。最近我旁听了一场研讨会，有几位与会者代表了典型的让·维拉尔的观众，尽管都来自劳动阶层，他们的处境却各不相同：一位建筑学徒工，一位技术工人，一位邮政电信员工，一位学生。而国立民众剧院有一部戏能让这些社会身份与职业各异的人一致叫好，那就是《唐璜》，一部以小众著称的作品。若论公认能够自发取悦大众的内容，《唐璜》一样都没有，既没有爱情桥段也没有女人和明星。唯须补充一句，《唐璜》是法国最美妙动人的剧本之一。

在维拉尔的演出中，《唐璜》的戏迷们看得明白而且欣赏的不仅是文本质量，也是大胆的演出风格。民众戏剧事业要求消除偏见。先锋戏剧手法未必是一种仅针对少数内行知识分子的尖端或实验性概念的产物。整个演出都具有革新性，反对所谓现实主义戏剧的烦冗风格、细琐布景及浮夸演技。大众戏剧完全不需要浮夸幼稚的戏剧手法，后者在官方演出中十分常见。大众戏剧的要求正好相反：极简、质朴、暗示性技巧，把想象的权利交给观众，让他们亲自创造戏剧幻象，而非错误地信从舞美师的谎言或是演员刻意强调的目的。

应当为平民观众提供一种开放的戏剧艺术，尽量以舞台与观众之间的具体交流为基础。这也是一切伟大戏剧时代的创作手法。热米耶[1]写过一篇文章讨论马戏中的戏剧，其中部分篇章对此有巧妙的论述。他精辟地补充道，时至今日这种开放的戏剧艺术完全没有失效。比方说，国立民众剧院深受广大观众欢迎，任何人都无法怀疑，这应当归功于维拉尔采取的一系列措施，他大胆地敞开舞台，把所有圈禁舞台的设施撤走，取消大幕、布景画甚至背景幕布，仅仅凭借

---

[1] 热米耶（Firmin Gémier，1869—1933），法国民众戏剧的倡导者，1920年在巴黎建立了第一座国立民众剧院。——译者注

灯光在黑暗中凸显戏剧空间,以此消除谎言,代之以幻象。这是瑞士理论家阿庇亚[1]的理念。维拉尔及其亲密合作者吉什亚和德芒迦[2]带来的重要启发在于,这种设计绝非通俗易懂,却几乎立刻赢得了平民观众的赞许。当初这也许只是实验性探索,今后却应当成为一种艺术形式,其基本特征就是普世性,即极为广阔的观众群。

多亏有这个开放式戏剧创作的清晰范例,我们可以毫不夸张地确认,民众戏剧对人有信任感,它把亲自创作戏剧的权利交还给观众。与那些容易麻木的人观点相反,民众戏剧是成年人的戏剧,而另一种戏剧,那种把观众当成闲人的戏剧已经过时了。

具体说来,这几条原则起到什么作用呢?目前围绕民众戏剧理念展开的各种反思当中,国立民众剧院作为典范显然属于思考的核心。但是应当强调的是经验的社会影响力:维拉尔本人是伟大的演员、杰出的导演,这些品质十分难得。然而说到底,即便先行者庇托耶夫和杜兰如今都已过世,维拉尔也并不是唯一拥有这些品质的人。他的行为的独创性在于广阔的社会学意义。维拉尔能够针对剧场消费标准掀起一场真正意义上的革命。得益于他的努力,部分长期远离戏剧艺术的社会阶层,包括小资产阶级、贫穷的大中

---

[1] 阿庇亚(Adolphe Appia, 1862—1928),瑞士舞美大师、导演,现代戏剧理论先驱。——译者注
[2] 德芒迦(Camille Demangeat, ? —1985),法国戏剧舞美设计师。——译者注

学生乃至工人,都首次接触到一种高品质的戏剧,它绝不媚俗、要求严格、手法大胆并且充满信任。看来这些新观众当真"喜欢上"这个剧目以及表现出来的新风格。这个观众群不仅在变化、扩张,而且扎下根来。得益于维拉尔的经验,戏剧逐渐变为重要的民众娱乐项目,与电影或足球相比亦不遑多让。除了国立民众剧院明显的成功之外,即便从财务角度来看(维拉尔从政府获得的补贴不及法兰西剧院的七分之一,大概不到轻喜剧院的十八分之一),相关旁证也随处可见:露天戏剧节激增,追随者都是真正的老百姓,郊区劳动人民能看到国立民众剧院的巡回演出,外省也在召唤,多地自发成立了民众戏剧之友协会,这形成了一股力量,今后法国戏剧界应当予以充分重视。

况且这样的尝试并非绝无仅有。其他尝试虽不够系统、充分或顺利,但一直脚踏实地,为法国民众戏剧趣味的发展助力,或者更准确地说,他们尽量回应广大新观众的诉求,这些诉求单靠国立民众剧院一己之力是难以满足的。首先是大多数外省戏剧中心,他们的行动主要体现在市郊和农村,这些地区渐渐熟悉了高品质戏剧,那些戏大多是诚恳的,有时也会精彩。还有不计其数的外省戏剧节,它们对所在城市及周边地区的观众贡献良多,大家对此谈得并不够。最后还有些人在孤军奋战,譬如雷蒙·赫尔芒迪耶,他在巴黎的尝试在根本上符合民众戏剧的宗旨,本文则指出了这一宗旨几方面的特点。

这一切构成了未来法国戏剧界的活跃力量。如果说经过两次世界大战之间的巨大进步,如今的戏剧美学与剧目似乎在一段时间内止步不前,那么倘若戏剧在重现生机之后终于想有所拓展,我们会备感欣慰。对戏剧而言这或许是最完善的方式,也是当下发展的必要方式。

——刊于《法国戏剧》(*Théâtre de France*)第四卷,
法兰西出版社(Publications de France),
1954年12月

先锋戏剧的疫苗

巴洛令人烦恼之处在于,他总是把各种价值标准混为一谈:比方说,他认为《囚徒之梦》是先锋剧,理由是资产阶级观众为它喝倒彩。

然而克里斯多弗·弗莱[1]不想折磨任何人:他的剧本属于那种辞藻华丽的戏剧,生涩的隐喻与《圣经》的模糊玄想充当了全部戏剧动机。他的戏并不比格翁[2]的剧本更有革新意义,却同样乏味。

不过玛里尼剧院的观众既赶时髦又陈腐,其中四分之三凑到剧院来是出于习惯或虚荣。他们与生俱来的无聊程度简直不可思议:来这里是为了幕间休息时露个脸;在教

---

[1] 克里斯多弗·弗莱(Christopher Fry, 1907—2005),英国戏剧家,创作过几部宗教题材的剧本,翻译过阿努伊和季罗杜的作品。剧本《囚徒之梦》(*A Sleep of Prisoners*)创作于1951年,由莫尔文·勒贝斯克(Morvan Lebesque)改编。
[2] 格翁(Henri Ghéon, 1875—1944),法国诗人、剧作家、文学评论家。——译者注

育背景的培养下,他们喜欢咬文嚼字的剧本的陈词滥调、老练的女演员的独白,欣赏灵与肉、信仰与偷情之间废话连篇的激辩。这是一群听话的观众,只有在没完没了地要求"心仪演员"返场时[《贝蕾妮斯》(*Bérénice*)[1]未必如何,《囚徒之梦》同样无聊,他们却一定都要力邀返场],他们才会现身。

我们的剧评家相当委婉,绝不提"乏味"二字:这样说过于唐突,有违职业素养(这就好比抗议女演员年纪太大),《囚徒之梦》之前的众多剧评都可资证明。不,他们很少把乏味当作判断标准,除非用它来打击知识分子剧本(《等待戈多》)。他们对其他演出毫无怨言,坚持坐在波尔-罗亚尔剧院,因为他们明白高贵的作品免不了有点乏味(批评话语谓之曰严肃剧)。而《囚徒之梦》同样可以是一部严肃剧(也就是乏味却人人叫好)。审美的无聊乏味注定它会获得观众欣赏:宗教主题、语言优美、对无知之辈进行审慎又轻率的挑唆。那么,《囚徒之梦》怎么会被喝倒彩呢?

除非是越了界:乏味就变成不可忍受的身体疾病了。如此乏味的戏相当罕见,值得加以分析。《囚徒之梦》的乏味可谓登峰造极,因为根本无法预期结局:再有耐心也无济于事。一旦《囚徒之梦》的观众明白剧情就是不断重复插曲,他恐怕要全部看一遍;一旦经过半小时尚可接受的无

---

[1] 拉辛的悲剧。——译者注

聊乏味，《囚徒之梦》的观众发觉剧本还在讲押沙龙[1]，并且照此推算，《圣经》中耶稣殉难前发生的谋杀统统都要演一遍；一旦人们明白无聊的根本特点就是没完没了到令人发慌，那么剧场就不会因其暂时性而仅仅是虚拟的所在：观众感到自己被关入阴暗的密室，失去了一切变化或结束的讯号，他们感觉上当受骗了，只能指望作者发善心（事实上，作者似乎不想删减任何内容）；标志作品必须结束的不再是情节的自然发展或角色性格已表现穷尽，而是作者的随性决定。而作者貌似不太厚道，反而挖空心思地拽住您，就像《讨厌鬼》[2]里那个啰唆的老头儿，死死抓住您上衣的边儿不撒手，举起雨伞吓唬您——他相信自个儿把您俘虏了。《梦》的观众仿佛缺氧一般惊跳起来，恐慌之下也顾不得礼数了。

我说这些并无嘲弄之意。《囚徒之梦》告诉我们，观众有一种自卫本能，我们知道什么时候这种本能会产生危机感：在剧本无法保持绵延性的时候，在剧本放弃或不再想尽到本分（且不说达到精髓），也就是耗尽了观众期待的时候（莫斯曾经从人种学角度指出这种态度的丰富多变）。一旦观众明白没有什么可期待的，戏剧就穷途末路了。在这个意义上，尽管貌似不合常理，反对《囚徒之梦》的必定是《等待

---

[1] 押沙龙（Absalon），《圣经》中的人物，以色列王大卫的第三子，容貌俊美，性格深沉，野心勃勃。后因叛乱而被杀。——译者注
[2] 《讨厌鬼》（*Les Casse-pieds*），法国导演让·德维尔（Jean Dréville）拍摄于1948年的电影。——译者注

戈多》。《等待戈多》的高明之处正是组织、带领、疏导了对虚无的期待。在弗莱笔下,期待一开始就被扼住咽喉,剧中过多的讽喻令人窒息,它裹挟着观众忽进忽退,让人忍不住作呕,这是看到奇形怪状的有机物在脚边腐烂时的恶心感。

巴洛煞有介事地把这种"非戏剧"当作先锋剧,把乏味与晦涩混为一谈。他以为自己的演出在市侩们看来过于大胆,所以才被喝倒彩。现在他以身殉道,种了先锋戏剧的疫苗,他能免疫多久呢?人们给传统注射了一点(非常形式化的)进步的疫苗,传统就对进步有了免疫力:几个先锋符号便足以将真正的先锋,将语言与神话的深层革命阉割掉。

——刊于《新文学》,1955年3月

《麦克白》

幸好演员的技巧不是一成不变的：过去有狄德罗和斯坦尼斯拉夫斯基，如今有布莱希特。然而，在常见的体验派演技和 Verfremdung（间离化）的革新演技之间，维拉尔的表演似乎想创建一种中间状态的技巧，一种有知觉的表演艺术，从他早期饰演的角色（皮兰德娄笔下的亨利四世）中，已经能看到这种技巧的原型。

演员这一新技巧令传统批评界颇不自在。智识一向为演技所不容，他们便以此为名向维拉尔发难。他们说：您的麦克白太清醒了，您不是麦克白。这意味着把体验当作绝对标准，断言这是一条神圣不可侵犯的美学准则，谁也不能撼动它。然而维拉尔提出的表演体系根基牢固，他在《麦克白》中贯彻了这一技巧，合乎逻辑并且相当清晰。

维拉尔不是麦克白。的确。但其实这是为了更好地呈现麦克白，是为了表现一个篡位者，不是化身为他，而是一种"认知"。维拉尔的麦克白具有双重性，两种构思不断彼此交叠：一位麦克白好似牵线木偶般被扯住手脚，其动机不断被戳破；在这位麦克白身后，另一位麦克白仿佛一抹阴影、一道目光，他有见识，有时代性（在布莱希特剧中，第二位人物并非重影，而是演员自己）。

因此这部剧的神奇之处不是营造氛围或是做历史心理分析，而是一个当代人对它所持的批评观点。女巫们其实是图谋弑君篡位的麦克白的预-案（pro-jet）的外在戏剧形式。维拉尔若即若离地跟在角色身后，他拒绝当麦克白，他伸手指出与致命冲动形影不离的自由的背面：麦克白被维拉尔疏远，让人看到自己如何选择成为麦克白。

维拉尔的"知觉"显然不如布莱希特的"间离"激进。维拉尔没有再现彼时的社会"姿态"，却勾画出当时的道德"姿态"，勾画出秩序与无序、正统与僭越之间的历史冲突，让·帕利[1]在论述《哈姆雷特》的专著序言中曾经对此做过分析。这是因为维拉尔的麦克白比奥逊·威尔斯[2]的麦克白更加"有知觉"，因为他的堕落表现为某种权力的历史交接："具象化"的麦克白一旦死去，只是简单地消失了；维拉尔的麦克白则驾驭自己的角色，令人钦佩地准备着新秩序的崛起。新秩序属于年轻阳光的马尔康（Malcolm），罗热·莫里安[3]把这个角色演得相当精彩。

---

[1] 让·帕利（Jean Paris, 1926—2001），法国学者，研究莎士比亚、乔伊斯及拉伯雷的专家。——译者注
[2] 奥逊·威尔斯（Orson Welles, 1915—1985），美国演员、导演、编剧、制片人。——译者注
[3] 罗热·莫里安（Roger Mollien, 1931—2009），法兰西剧院演员，曾与钱拉·菲利普合作，在多部维拉尔作品中扮演角色。——译者注

另外，我觉得剧本结构丝毫没有令这个版本减色：实际上主角是麦克白，而不是麦克白夫人，她几乎在第二部分就消失不见了。法国人总是囿于成见，认为这是一部麦克白夫人的悲剧，这个看法跟剧名是相悖的。人们大声呼唤更为"投入"的阐释方式，我却认为它会动摇角色的合理性：如果麦克白只是依赖妻子的寄生虫，那么在整个结局中他会变成什么样？有自由才有悲剧，维拉尔的麦克白便是如此：他自由，因为他"自观"。

理查二世和唐璜这两个角色似乎已经把"知觉"戏剧提上桌面，今天的法国仅有维拉尔在着手尝试——至少在公众范围内如此。而即便在他的作品中，无论玛利亚·卡扎莱斯还是帕拉西诺[1]都没有追随他。卡扎莱斯是地道的体验派演员。帕拉西诺那绚丽而空洞的视觉表象缔造出一种装饰性的唯美戏剧，与"认知"戏剧似乎是相悖的。因此在维拉尔版麦克白中，让我心绪不宁的绝非他的智慧，而是他的孤独。

——刊于《民众戏剧》，1955 年 1—2 月

---

[1] 帕拉西诺（Mario Prassinos，1916—1985），巴黎画派的法籍希腊裔画家，曾为维拉尔在阿维尼翁以及国立民众剧院导演的《麦克白》进行舞台设计。——译者注

为何是布莱希特？

若要评估戏剧家布莱希特带给我们哪些好处，回想一下我国目前的戏剧状态就够了。状态着实令人担忧。一个平常的举动便足以证明了：翻开报纸想一想，今晚去哪儿？说实在的，无处可去。全巴黎的节目单中，没有一个真正吸引人的节目：每逢演出季，除了一两场演出之外，几乎到处都在承诺过时的娱乐，或是用机械装置剧替代意识形态思考。除了简短的插曲，我们的戏剧都是资产阶级式的，类似路易-菲利普时代专区区长的客厅。这些就是资产阶级艺术规范，它们夸张地打着戏剧本质或精髓的旗号，摇身成为戏剧法则：心理至上（维尼："只要无关人类心理分析，我就毫无兴趣。"），大千世界简化为不伦之恋或个人良知问题，服装讲究写实，演员的表演出神入化，封闭的舞台好似密室或审讯室，观众则成为被动的偷窥者。

当然，我并非不知道仍然有一些有益的尝试，国立民众剧院的几次演出颇为犀利，有几家剧团虽然贫穷却充满勇气(塞洛、莫克莱尔、萨沙·庇托耶夫[1]、里昂的布朗雄),然而这些都不足以建构全民范畴的戏剧。法国各地尽皆如此,资产阶级不再推陈出新了。他们不愿失去任何掌控"权",却对责任弃之不顾:他们满足于形式上陈旧过时、饱食终日的戏剧,满足于把二十年前的小说(《人类的命运》)、历史上几桩"教会"(故而永恒)公案(《波尔-罗亚尔》)或者几段美文节选(《圣母领报》《间奏曲》)搬上舞台。[2]

面对这片乱象,我们不能被动地期待戏剧天才降临人间,等待他突然向历史呈现自己的**戏剧**。这位新莎士比亚需要酝酿过程,应当提前为他透透新鲜空气,在早期公共卫生运动中,要抨击占主导地位的戏剧艺术与秩序神话之间本质上的合谋关系。简单讲,在等待期间,我们可以用清醒替代天赋,立刻开始从政治角度(或公民角度)思考我们的戏剧。

在这一点上,布莱希特恰好可以充当我们的重要助力。眼下当务之急是少考虑作品,多考虑体系。作品很重要,但

---

[1] 萨沙·庇托耶夫(Sasha Pitoëff, 1920—1990),法国著名戏剧人乔治·庇托耶夫之子,戏剧演员、导演,曾精彩演绎皮兰德娄的《亨利四世》。——译者注
[2] 《人类的命运》(*La Condition humaine*)是安德烈·马尔罗(André Malraux)写于1933年的小说。《波尔-罗亚尔》(*Port-Royal*)是亨利·德·蒙特朗(Henri de Montherland, 1895—1972)的剧本。《圣母领报》(*L'Annonce faite à Marie*)是克洛岱尔创作于1912年的神秘剧。《间奏曲》(*Intermezzo*)是法国剧作家季罗杜创作于1933年的三幕剧。

译成法语的极少,也鲜见在法国演出。别忘了,布莱希特体系是在远离希特勒德国的十四年流亡期间才成熟起来。今天我们可以从布莱希特那里获得三条忠告:

首先,不要害怕对戏剧创作问题作理性思考。这仅仅是方法问题,却又至关重要,因为有些人宣称理智与艺术、情感与理性、娱乐与教化、创作与批评都不可兼容,这令人颇为头痛。在浪漫主义时代或许的确如此,那时要想推脱责任就拿作品当避难所。然而今天必须打破这个神话:戏剧人应该头脑清醒。他的艺术不应当满足于生动的表现力,满足于表达苦难或荒诞,艺术还要提供解释,它与批评应当是同体共生的:说绝妙蠢话的时代已经成为过去。在这一点上,布莱希特起到重要的示范作用:他的作品创作极具创造力,但这种创造力的基础是强大的社会批判,他的艺术毫不退缩地与高度的政治意识相融合。

其次,有关这种伟大的批判性戏剧的运行法则,布莱希特也对我们倾囊相授。那些法则是他勇敢地创造出来的,这是他带来的第二条忠告。几个世纪以来,旧形式深受古典本质主义的影响,布莱希特不想再用旧瓶装新酒。他要求戏剧题材获得全新的地位,它寻求真正意义上的政治效果,而不是以介入为遁词。在布莱希特的作品中,政治没有同旧形式凑合在一起,反之政治激情四处传播,直至创造出一种完全符合其变革意向的新型戏剧工具(l'Episierung,叙事剧);尽管共产主义者有所保留,我还是认为布莱希特的作品在反对形式主义方面取得了令人瞩目的胜利。

最后，我想在此指出布莱希特的另一条忠告，因为这很快就会影响到我们：要解放的不仅有剧目单，还有机械装置。我们中间太多人持有这种想法，即演员的演技，照明技术、舞台装饰、服装或编排都是微不足道的手艺活儿，相比政治介入要低端些，而且戏剧中存在恒定的价值评判标准，无论在怎样的社会中它们都是不可或缺的。可是这种想法是错误的：在戏剧中，人工技术同样具有介入性，一切技巧，甚至最"自然"的技巧，都是有含义的：演员的演技可以是革命性的或改良性的，反射镜摆在这里还是那里、用一块幕布代替背景画，这些都是负起责任的方式。布莱希特别具慧眼，提出技术的责任性：化装术也是一种政治行为，我们对此应该有明确立场。通过对效果与动机的无穷论证，化装术最终会与文本一起投身于同一场革命斗争。

身为当代法国人，我们要怎样对待布莱希特？演出他的作品或者运用他的体系，这些方法都充满不确定性：我们的戏剧是纯粹的拜金戏剧，我怀疑它能否立即领会布莱希特。但是在某种意义上我们观众比导演更自由，我们至少可以从布莱希特身上直接汲取忠告：学会逐渐摆脱资产阶级饱食终日的戏剧的影响——受制于教育背景和社会压力，我们中间最有动力的人也不免会被它吸引，这很正常。如果我们开始怀疑演员的出色是否在于化身为人物，剧本的精彩是否在于优雅地分析了心理冲突，抑或服装的出彩是否因为富于装饰性，这已经是步入正途。这些细小的怀疑将开启更为广泛的解放运动。在当代戏剧中,没有任何角落,没有任何手势不应成为我们的议论对象。我们要像布莱希特的演员那样,在规则之下,不断努力揭发流弊。

——刊于《学生论坛》(*TRIBUNE ÉTUDIANTE*)
(左派学生集会刊物),1955年4月

《涅克拉索夫》,评论界的判官

《涅克拉索夫》[1]是公开的政治剧。因此我们伟大的媒体从政治角度评判它实属正常,媒体也是铆足了劲儿。可是给一己之见镶金嵌玉,装扮成不朽的批评,这就不太正常了。

首先就是区分剧类的古老神话。这件荒唐事由来已久了。有些人以为早已将它淘汰。幸好它的消亡是因时制宜的,为了神圣事业的需要,人们总能让它恢复原貌。《涅克拉索夫》要求对美好的感情与糟糕的理由进行总调度,他们却把预备役和民兵给召来了。于是他们往回追溯到了浪漫主义之前。这次他们总算没理睬莎士比亚,而是开始琐碎空洞的讨论,想闹清楚《涅克拉索夫》到底算闹剧、风俗喜剧、讽刺剧、活报剧还是木偶戏。《涅克拉索夫》哪样都不算,也许样样都算。最后他们宣布,在得体的作品、师出有名且

---

[1] 让-保罗·萨特的剧本,1955年6月由让·梅耶(Jean Meyer, 1914—2003)在安托万剧院(Théâtre Antoine)上演。这部谴责媒体的剧作遭到激烈抨击,尤其是其"浅薄的亲苏维埃主义"。

百看不厌的作品构成的文明开化又等级森严的社会里,《涅克拉索夫》没有获得公民权。既然《涅克拉索夫》的身份有待定夺,他们便在它前额贴了个阴险的双关语("这部闹剧只是骗人的把戏"):为的是告诉它,别指望回归剧类行列了,别指望打破剧类的"天然"划分了。[1]

还有一种恶劣的方式令那些编辑部十分反感。要知道最优雅的法国趣味可都是在那些编辑部形成的:《涅克拉索夫》十分没品位,这部戏毫无文学价值。我们的剧评家非常讲究:大概他们本想看人家用季罗杜式的优雅和蒙特朗式的美文来挖苦《费加罗报》吧。所以我们看到,纯文学的过时神话又死灰复燃了,它还在腐蚀咱们法兰西剧院的节目单。最近我正好重读了《故去的王后》[2],一部相当"文学性"的作品:过时的文本、咬文嚼字的丑角,如同萨沙·吉特里的电影模仿革命一样,它也在拙劣地效仿古典戏剧。对我们的剧评家而言,这大概就是文学。萨特的作品始终在反对"美"文谎言,他们却不以为意:他们只想从《涅克拉索夫》中看出"虚弱"与"无力",却一无所获,因为倘

---

[1] 在为时久远的《法国文明史》中,阿尔弗雷德·兰波这样描写1848年之后的法国戏剧:"在惹得林荫道剧院痛哭流涕的纯粹正剧与只会搞笑的纯粹喜剧之间,存在着无数的中间状态。恰恰就在这些杂糅的剧类中可以找到这个世纪最有特色、最精彩的剧作。我们的舞台把这些作品收为节目单中的代表作。人们往往不知如何界定它们,就简单地称之为剧本。"这位兰波先生还是位超前的史学家。我们的批评界还没到这一步。(罗兰·巴特笔记)
[2] 法国小说家、戏剧家亨利·德·蒙特朗的剧本。

若《涅克拉索夫》(万幸)算不上文学"丰碑",其文字有时却同博马舍一样出彩,内容则与……所谓的萨特一号,即《脏手》时代的萨特,被同一批剧评家尊为作家的萨特一样言简意赅。

所以《涅克拉索夫》是个粗鲁的剧本:他教养欠缺,有一个很令人反感的缺点,就是懒惰。小学生萨特学习不用功,时间惩罚了他,时间"总归要把不费功夫的事打垮",如此等等。所以他们把小学生萨特打发回班里:让他回去读拉丁文作品,让他跟勤劳的工匠尤文纳里斯[1]学学怎样挖苦(可事实上我们有谁在读尤文纳里斯的时候笑过呢?所谓我们指的是20世纪50年代的人),让他向库特林[2]、米尔波[3]、儒勒·罗曼[4](原文如此)这些喜剧庙堂的著名亡灵取经,学会对作品精雕细琢:这可是某个阶层的心愿,百年来他们努力给才华记账,为艺术和艺术收益押付同样数额的担保金:储蓄担保金和手艺担保金(主题是:如今法国再也找不到好工匠;法国工人失去了精雕细琢的追求等)。

---

[1] 尤文纳里斯(Juvénal),约生活于公元1世纪末和2世纪初,古罗马讽刺诗人。——译者注
[2] 库特林(Georges Courteline, 1858—1929),法国小说家、戏剧家。——译者注
[3] 米尔波(Octave Mirbeau, 1848—1917),法国作家、记者、艺术评论家。——译者注
[4] 儒勒·罗曼(Jules Romains, 1885—1972),法国作家、哲学家、诗人、戏剧家。——译者注

这一切无非是在重申,要想写好讽刺剧,就得像耶稣会的乖学生那样,他们的优点几乎都要有:遵守剧类"法则"、语调得体、有"文学"感觉、对创作手艺唯命是从。说到底,他们是在谴责萨特没教养:《涅克拉索夫》是一部粗陋的作品,这是他们说出的重话。一旦发表了《涅克拉索夫》,萨特就背弃了身为二流或一流作家的经历,他不再为伊阿宋-德-萨伊高中或亨利四世高中[1]的学生写作,不再为"人道主义的"批评家们写作了。那些批评家年轻时读过几本拉丁文著作,听说过尤文纳里斯,相信拉罗什福科提出的灵魂"复杂"说以及库特林提出的人性永恒黑暗说。萨特抛开阶级诡辩,对社会的善与恶加以区分,触及了整个资产阶级灵魂的敏感点:"善""恶"错综纠缠的"复杂"人性是一个叫人放心的托词,几个世纪以来,一切消极无为与出尔反尔都以它为借口。面对《涅克拉索夫》的所谓善恶二元论,抗议声真是此起彼伏。对于人类灵魂光荣的复杂性,我们的剧评家显得吹毛求疵:他们曾经一声不吭地忍受克洛岱尔,任凭他可耻地将宇宙万物简单化(在《克里斯托弗·哥伦布》的年代,我可没见他们捍卫墨西哥神明,为之争取这种神奇的"复杂性",却偏偏把"复杂性"大方地给予了基督教),如今面对如此幼稚的简单看法:善都在进步者手中,恶都归于资产阶级,他们又愤怒地叫嚣不停。显然

---

[1] 伊阿宋-德-萨伊高中(Lycée Janson-de-Sailly)和亨利四世高中(Lycée Henri IV)都是法国巴黎著名的精英中学。

没有一个人想过，这关系到怎样的善与恶。教育背景和阶级利益使他们养成了习惯，判断世上任何事情都要用个体道德及本质的心理学术语。他们不断地混淆传统个体与社会的人，将两者的问题、道德与选择加以互换，仿佛社会向来不过是悲怆意识的总和罢了。啊！倘若萨特仅仅展现了几位在共产主义与人道主义之间挣扎的精英人物，他的剧本该显得多么深刻！倘若他呈现一部"心理学"喜剧或宣扬道德的机械装置剧，就好像蒂埃里·莫尔涅[1]精心涂抹至面目模糊的政治剧，那么人家本可以在"心理学"传统之下注意到某些东西，承认他的良苦用心！

可惜，对急于表现出宽宏大量的批评界而言，萨特描绘的不是道德世界，而是政治世界。他们为此摇头叹息，一本正经地摆出文学尊严遭到冒犯的样子。因为对我们的批评界而言，政治——其他人的政治——不应具有复杂性，除非是避实就虚地夸夸其谈。萨特却在《涅克拉索夫》中安排了一个颇具代表性的场景，展现了从"简单"政治原则中衍生出的复杂心理：剧中被收买的反共眼线希比洛与警官承认他们的社会处境是一致的。好心的批评界保全了这场戏，首先因为他们反正无法否定这场戏很成功，其次因为他们天生眼瞎，看不出其中的政治蕴涵。因此批评界将它保全下

---

[1] 蒂埃里·莫尔涅（Thierry Maulnier, 1909—1988），法国作家，介入时政的社论作者，先后供职于《法兰西行动报》和《费加罗报》。——译者注

来，却是出于误解：他们只想在剧中看到——这是其兴趣所在——"平庸"概念的变体（蒙特朗擅长这种道德缺陷），他们从平庸中抹去一切社会限定，无视萨特为戏剧带来一种典型的异化状态：希比洛和警察并非"平庸之辈"，他们是被每月七万法郎收入异化的人，**秩序**雇用了他们也牵累了他们，面对秩序二者同样卑微：解释性批判，它比一切论法国公民平等的煽动性讲话都丰富得多：这场戏非常精彩，体现出"文学的"尊严，巧妙地证明了尽管信奉善恶二元论，政治却是一种现实，以极具"复杂性"而著称。

批评家们教育背景良好，他们不接受剧类的混淆、文学的"平庸"及政治的简单化。我们由此获得最后一条忠告，现实主义忠告：《涅克拉索夫》的剧情貌似"失真"（而克洛岱尔与费铎[1]显然……），不尊重现实，讽刺也失去了准头。资产阶级对于现实的看法总是极为专断并且有所取舍：并非存在的就是现实的，他们看到的才算现实；只有与他们自身利益发生直接联系的才是现实：克拉夫琴科[2]是现实的，涅克拉索夫就不是。只有看似遥远、不大可信而且没有危害的时候，不现实的内容方能保留下来：因此，表现一位葡萄牙老国王只为高贵地"退隐"，就派人杀死儿子的情

---

[1] 费铎（Georges Feydeau, 1862—1921），法国剧作家、画家、艺术收藏家，创作过很多滑稽歌舞剧。——译者注
[2] 维克托·克拉夫琴科（Victor Kravchenko, 1905—1966），苏联叛徒，1946年在纽约出版《我选择了自由》，书中对苏维埃整体进行了抨击。该书在法国颇受欢迎，并引发了政治论争。——译者注

妇(《故去的王后》),这根本不算谎言:使人以为巴黎某家报纸的职员居然穿衬衫上班,这可就十恶不赦了。[1]后面这件事惹得批评界特别生气。批评界顿时感到拥有了"记者"的灵魂,这崇高的灵魂从没受过任何冒犯,哪怕是服装也不行。一位报社主编居然对部长阿谀奉承,他们觉得这个想法更可笑了。出于职业自豪感,他们忍不住告诉大家事情恰好相反。媒体的地位近乎司铎,他们倾听当今权贵的忏悔并控制他们,有点类似路易十四时代的耶稣会士:这么严重的错误随处可见,《涅克拉索夫》的目标肯定要打偏了。关键只是在于,要了解《涅克拉索夫》是为谁而创作的:《涅克拉索夫》不是写给弗朗索瓦丝·吉鲁[2]夫人看的;《涅克拉索夫》是写给"浅薄的"观众看的。他们不会对政府劳役分摊的细枝末节纠缠不休。对观众来说,关键在于政府与著名媒体私下勾结:这才是现实的,对于这个现实,《涅克拉索夫》表现出振聋发聩的力量。至于权贵们内心的风雅矫情,观众是满不在乎的。《涅克拉索夫》使观众普遍意识到大媒体的卑躬屈膝,并由顿悟转入欢欣喜悦的状态:原先隐约觉察的事获得了证实,这是令人快乐的,总之,这就是喜剧,这就是讽刺剧的宣泄效果。

资产阶级批评的神话形形色色,在这里都戴上了最后

---

[1] 这里指的是,没有外套只穿衬衫是不得体的行为。
[2] 弗朗索瓦丝·吉鲁(Françoise Giroud, 1916—2003),法国政论记者、女作家。——译者注

一副面具，它适用于一切合法的处决：这便是伪君子的面具。处决萨特的时候（他们知道剧评在商业上的重要性），他们也为他痛哭流涕。我们可以根据抽泣声的大小判断每个剧评人反对共产主义的程度：撕心裂肺、悲从中来还是垂头丧气。你们可以从中分辨出极右翼媒体或隐性反动媒体。批评家们对萨特关怀备至，甚至在行刑之后，还要好心帮他改写剧本。蒂埃里·莫尔涅宣称准备写一部关于共产主义的"佳"剧。弗朗索瓦丝·吉鲁夫人天真地告诉我们她欣赏的《涅克拉索夫》应该有的样子：这或者是一部讽刺剧，一碗水端平，既批评共产主义者也批评反共产主义者，因为好像还有其他"文学"法则认为，讽刺剧是不偏不倚的（可是代表传统主义和乡土精神的阿里斯托芬呢，你们求助于他，视他为公正客观的榜样，他的喜剧里可一直都在搞政治）；或者左挑右拣，处处区分正义与邪恶。换句话说，就是以加缪的趣味写一部无政府主义剧或是一部"道德"剧：说来说去，显然这才是关键：一部去政治化的剧本。

于是我们又被带回到出发点：倘若《涅克拉索夫》这部戏模糊暧昧（所谓复杂）、不冒犯任何人（所谓不偏不倚）、脱离社会（所谓文学性），那么它本来可以全身而退并且被阿谀奉承。何其不幸，《涅克拉索夫》是政治剧，绝对的政治剧，那种政治为他们所不喜，所以他们才要谴责它。就我个人而言，这些谴责不会惹怒我：惹怒我的是其动机不实。一场诉讼还未开庭就已经输掉，这是何等伪善；他们用神话学与"文化"手段虚伪地掩盖政治上深刻的拒绝态度，面对这一切,我感到有点恶心。出于自我安慰,我想,每天晚上都有一段时间,《涅克拉索夫》会解放像我这样被资产阶级罪恶压得喘不过气的法国人,希望这段时间越长越好。"我为法兰西痛心",米什莱如是说,正因为如此,《涅克拉索夫》使我感觉舒畅。

——刊于《民众戏剧》,1955年7—8月

《尤利乌斯·恺撒》与《科利奥兰纳斯》

尼姆的角斗场是个绝妙所在。我不确定这里是否专为戏剧而建,因为毕竟所有角斗场都构成竞技场,而不是剧场。或许在某些戏剧节倡导者的心中,把(无论是否为古代的)剧场和(甚至罗马时代的)角斗场混为一谈是有些过分的。我更不确定这些庞然大物是否适合演莎士比亚作品,尽管演出的作品都具有罗马文化特征。说到这里,不得不赞赏赫尔芒迪耶在尼姆的壮举,与其说他在开发一处相宜的空间,不如说同阿维尼翁的情况一样,他在迎击一系列的困难。

尼姆角斗场的规模(似乎能容纳两万五千名观众)不太适合演戏,因此有必要解释一下赫尔芒迪耶是如何运用这个空间的。赫尔芒迪耶习惯直面问题:他完全没有将这个冷冰冰的空间缩小,没有在其实际尺寸上做手脚,而是把宽敞的空间转化为戏剧的构成条件。他存心挑战,将这一缺陷发掘到极致,最终克服了困难。武士、信使、举火把的人从远离台阶或圆形舞台的地方突然出现,彼此并不对称,毫不担心让观众视野产生大跨度变化。他们个个都要走一段漫长的路，因此有悖论的情况发生：突然现身远没有平常那样夸张，走不完的路反倒使缓步而行变得更为真实平常：演员前进的脚步令人产生一种熟悉感，它们既体现角色的意图，也是演员身为普通人的动作。大家认为在普通剧场中永远看不到演员跟平常一样走路吗？在那里他们只会走上几步，还受到人为规范的束缚。在这里，演员们不得不像普通人一样走路，无论是否情愿，他们都会恢复自己的步态。最终，一群人、一帮人，或者说乱哄哄的一伙人完全恢复了多样性，由鲜活而独特的个体构成。

尼姆——它的贡献就在这里——迫使赫尔芒迪耶寻找一种适合群演的全新风格。导演必须将群体的灵活性发挥到极致。赫尔芒迪耶坚决否定了整体协调、配合有序的群体风格形象：每位群演都在走动、舒展、放松，随意自在，处于慵懒而自由的状态：只有在群体行动的重要节点，他才会回归集体。因此，人作为戏剧材料并非组合式的，而是引导式的。演出不再是一连串生动的画面，更像是个体运动构成的有机聚合体，只有必要时才会相互协作：演出如行云流水，并不是隆重而突兀，视觉节奏具有一种收缩性，这更接近实际生活，避开华丽的修辞，后者是大型群众演出的首要弱点。显然，赫尔芒迪耶试图让群演戏摆脱绘画的窠臼：其演员与群演都开始重新回归戏剧，皆因戏剧不是由形体轮廓，而是由人的身体构成的。

群体化整为零，内部松散自由，只在极少量情节关键时刻才要求他们协调行动，所有这些仅仅在一种前提下才有回报:观众从高处远观,从那里望去,松散自由必然导致的表演瑕疵便会为行云流水的运动所淡化。因而这是一种严格意义上的民众演出,应当从安置廉价座位的高处俯瞰。人家为了讨好,把剧评人都殷勤地安排在舞台近侧,我敢担保他们没看清楚《尤利乌斯·恺撒》,尤其是《科利奥兰纳斯》,没来由地遭到冷眼。观众应该往高处走,接近夜色,融入民众之中,从上往下环顾演出,不要再正面平视了。赫尔芒迪耶演出中参照的平面图视角位于角斗场的制高点。应当从空中俯瞰舞台,不要站在地面平视。必须祝贺赫尔芒迪耶把顶楼座席的视觉效果带入创作之中:只有将演出置于民众共有的视角下,不去迎合剧评人的不同视角,角斗场的使用才能有理有据:因此这需要一种注定面对一片静默的勇气。

在文章开头我说过:我不确定尼姆角斗场是否为戏剧而建,更不确定莎士比亚的作品是否适合如此庞大的露天剧场。但是我确信,这些弊端对赫尔芒迪耶而言有百利而无一害:只有这样,他才能重新思考大型群演戏中僵化已久、为人不屑的问题。

——刊于《民众戏剧》,1955 年 7—8 月

《高加索灰阑记》

布莱希特已经创作出好几部杰作,毋庸置疑,《高加索灰阑记》[1]可算他最重要的剧本之一。这部剧作视野开阔、境界高尚、构思简单而巧妙、居心仁爱、结论具有正义感、编排完美,简直无懈可击。它实现了布莱希特戏剧的双重目的:启发并培养观众的政治意识,同时确保观众体会到最纯粹的快乐,因为戏剧的目的是怡悦心情。

剧本采取宏大叙事的方式,实际上包含三个不同的故事,通过巧妙的关系联结在一起。第一个故事出现在序幕中:两个高加索集体农庄友好地争夺一片土地的耕种权:它应该归谁所有?真正意义上的剧本回答的正是这个问题,它形似道德剧,面对两个农庄的工人演出。道德剧的题材来自一个古老的中国传说,根据其中一位叙述者的俏皮话,剧本"略作调整":那其实是个寓言故事,形式上与我们的所罗门

---

[1] 由贝尔托·布莱希特导演,当时柏林剧团正在巴黎演出[驻地为萨拉·伯恩哈特剧院(Théâtre Sarah Bernhardt)]。

审判有些相似。不过古老形式中纳入了新内容，重又焕发活力。剧本其实由两个不同的故事组成，结局时才互相交织在一起，表现出极具现代性的意义。

道德剧第一部分讲述格鲁希尼亚总督府厨娘克鲁雪的故事：宫廷政变期间克鲁雪收养了惨遭生母遗弃的总督之子，她带着孩子出逃，历经坎坷，充满慈爱地抚养他。直到有一天宫廷政变再次爆发，她必须把抚养权交还给孩子的生母。生母要孩子的目的是收回亡夫即掉了脑袋的总督的遗产。这时叙事轨道中插入了道德剧中的第二个故事（通过回溯的方式，这种叙事手法在电影中十分常见）：它类似于对一个狡猾而善良的无赖的生平叙述。由于局势突然变化，艾兹达克被推举为法官。他的判决饶有趣味，出乎意料，服从内心良知，但是全然不合律法。为两位母亲（生母与养母）断案的恰恰是艾兹达克。他使用了一件象征物，即灰阑：把遭到争抢的孩子放在灰阑中，两位母亲分别将他往回拽。自然，因为担心弄疼孩子，慈母克鲁雪先松了手，艾兹达克却把孩子判给了她，这也让集体农庄的农民们看到了秉公断案的典范。断案的依据并非一成不变的正式律法，而是对**历史**的准确理解。

随着叙述线索的推进，作品展开的戏剧插曲呈现出惊人的生机与活力：时而滑稽，时而温情，时而复仇心切，时而狡黠调皮，但总归是满腔热情，剧中真正的人情味不断地散发出魅力。这种人情味无意伪装成"美好的情感"，但是它懂得在每个情境中找出具体道德教训的途径，恢复人与人之间切实有效的,而非徒有其名的团结合作。我列举几个非常重要的时刻,其光芒令巴黎观众感触尤深:克鲁雪逃入深山,她的母爱如此质朴,毫不造作,却又如此纯粹;小溪那一幕,克鲁雪和未婚夫士兵西蒙相逢,两人的对话腼腆得令人动容;克鲁雪与假装垂死的农夫结婚,画面生动辛辣,令人乐不可支;铁甲兵推举艾兹达克当法官,艾兹达克的个性是剧情的关键,被勾画得极富魅力。

诚然,某些剧评人无法否定演出的成功,于是急不可耐地在形式上进行非难,以便刻意回避政治内涵。这是对剧本的曲解,布莱希特的生平、他的全部作品与思想以及显然深受辩证唯物主义启迪的《高加索灰阑记》主题本身,都在对这番曲解表达异议。首先是善良的主题,布莱希特甚至在剧中称之为"强烈的善愿"。在堕落的社会中,如何才能保持善心,不与恶人同流合污?这是每部布莱希特作品几乎都要提出的问题。布莱希特剧本开始时,几乎总有一位受压迫的穷人本能地做出善良慷慨之举;剧本恰恰要让我们看到善举如何被野蛮社会无法抗拒的逻辑逐渐压制或消灭。克鲁雪也一样,她听从了强烈的善愿,倘使没有艾兹达克的裁决,她一定会被老爷们的正式法律压垮。艾兹达克其实是给剧本带来积极意义的人物。他在某种程度上"补偿"了克鲁雪听从的危险善愿:而这样做只能以"违法"为代价。在一个堕落的社会,正式法律不过是服务于权贵的伪善而已,只有一位无赖法官才能实现司法公正。艾兹达克这个人物出色地阐明了一种观点,即应当以适应**历史**矛盾本身的具体正义来对抗故弄玄虚的永恒正义的概念。《高加索灰阑记》还提出了最后一条重要的忠告，这也是道德剧给予农庄职工的忠告：缔造所有权的是劳动而非法律；土地属于最辛勤劳作的人；自然应当服从人类的需要。

因此这部杰作是一部息争之作，即便是世上极为野蛮的元素，在布莱希特笔下也露出夸张讽刺的一面，却并不显得面目可怖。整场演出精彩而周密，以使观众获得快感：面具或许令人不习惯，但是它也在嘲讽中固化了权贵及其仆从的特征。舞台幕布轻盈，服装是压抑的金色，灯光始终在直射，光线一成不变，没有任何明暗效果。这一切都造成作品的距离感，仿佛它在逼真而唯美地再现一个极为清晰的古老传说，而我们完全不想沉迷于作品的别致生动。演员都非常出色，各家媒体都强调了这点：作品极为简洁明晰，这其中也有演技的功劳。简洁明晰打动观众，不让他们觉得难以理解，并且将判断的自由全部留给他们，这就更令人动容了。

《高加索灰阑记》好评如潮。这并不意味着部分赞许没有建立在误读的基础上。然而这不算什么。关键在于布莱希特与柏林剧团再次征服了巴黎的广大观众，在于这种"至关重要"的戏剧日渐深入地在我们中间生根发芽。

——刊于《欧洲》(*EUROPE*)，1955 年 8—9 月

幕布之争

我们的传统舞台是否有幕布？如果有，它会用在演出的哪一刻？

这是有待考据的诸多问题之一，表面上是细枝末节，不值一提，直至有一天，我们意识到这些问题不仅关系到整个时代，还关系到我们自身，因为我们一直保留着十分古老的思考与观看习惯。人们的确对舞台幕布这个小问题展开过广泛争论，那时维拉尔刚刚开始在夏悠宫排戏，他在用民众剧院的开放舞台对抗资产阶级剧院的封闭舞台，这说明幕布的问题也许很有现实意义。

乔治·维迪耶（Georges Védier）写过一本好书：《新古典主义戏剧艺术的起源与发展》(*Origine et évolution de la dramaturgie néo-classique*)。这本书有助于我们走出简单化的争论，总算为争论提供了可靠而细致的历史背景。

维迪耶的博士论文内容如下（我做了高度概括）：在我们的古典主义剧院，舞台大幕始现于1640年。然而幕间休息时大幕并不落下：它往往在第一拨演员入场前几分钟拉起，说不定还有几位小贵族坐在舞台边沿，它很适合从中世纪继承下来的同台多景[1]，也绝不妨碍古典主义戏剧的单一布局：与我们今天的想法不同，它绝非改换时间和地点的工具。直到19世纪初及浪漫主义来临，大幕才会在每一幕结束时落下，用于遮挡布景的更换。

因而在将近两个世纪的时间里，大幕没有担负起现代戏剧公认的不在场的证明：与今天不同，大幕不遮挡，不掩盖秘密，它还没有替伪现实主义假象充当华而不实的工具。显然它具有另一个功能，大概更符合古典主义时代观众的普遍心理。

什么功能？我们可以从幕布的意大利发源地中获得答案。16世纪初大幕产生于意大利的舞台，此时恰逢（此前一个世纪诞生的）布景中的透视法得到普及，舞台日益成为绘画实景：透视法、前景拱门被发明、观众席变暗、舞台灯光增强。从此，这一切把演出变为真正的舞台画面。

而大幕进一步完善了这种绘画幻象。幕布上往往也有绘画，它位于精确调整的幻象表面：负责揭示出既像幻境又像艺术品的布景。

两者的对比十分难得，皆因它说明了两类迥异的心理状态与"思想方式"的特点。古典主义舞台尽管追求幻象，却丝毫不妨碍展示幻术师的操作手法：舞台大幕普及很久之

---

[1] 指继承自中世纪戏剧的传统。舞台上同时呈现情节发生的多个地点的布景。——译者注

后，古典主义观众仍旧要求光明正大地更换布景。这说明当时大幕作为工具，主要不是用于制造假象，而是用来移形换景：它是梦的符号，是公开寻求的幻术的符号。舞台应当突然神奇地出现（这是大幕的功效），并在众目睽睽之下同样神奇地变身（因此大幕在幕间时并不落下）。

相反，资产阶级的大幕拒绝诗意的表演：任何泄露人工操作的事都被逐出舞台幻象——大幕不为公开的梦境开启，而要掩盖戏剧假象的准备过程：不妨谓之曰否认幻象的工具。

此外大幕的历史解释了不少其他心理现象。比方说，维迪耶的分析使一种常见的偏见不再成立。我认为根据那种偏见，三一律仅仅是形式上的束缚，是几位理论家（当时的"知识分子"）强加于人的经院式苦行。事实上，视觉幻象的连续性的确是当时所有观众的美学诉求。同台多景的残存影响、时间与地点统一的法则，古典主义时代大幕的应用方式（仅升起一次），以上种种出于同样的理由，都反对将幻象分割成块：演出的视觉统一导致了逻辑统一——几乎可以这样说，那些法则是古典主义观念的构成属性。

我不知道自己是否让读者对乔治·维迪耶著作的丰富性有所体会：我认为这是一部优秀的范本，结合了渊博的学识与综括的方法，实属罕见。可惜这类著作在戏剧史研究中仍属稀缺。让·杜维诺（在《毕希纳》中）曾经分析过意大利式舞台的深刻意识形态蕴涵。维迪耶的作品证明了他的观点。这些研究期冀在戏剧形式与人类历史之间建立起根本联系，它们应该通俗化、普及化，便于戏剧观众理解。无论是什么，只要它让我们相信戏剧行为极具可塑性，让我们确信戏剧不会永恒不变，但每种戏剧惯例，甚至最细小或"自然"的惯例都是某种特定而完整的意识形态的表达方式，那么它就是有益的，因为它最终会把戏剧交还到我们自己手中：我们非常清楚，实际上任何"心理学"法则都不会限制戏剧的改变。因此，我们越了解戏剧的历史，就越能把握它的未来。

——刊于《法兰西观察家》，1955 年 11 月 3 日

马里沃在国立民众剧院

我对《爱的胜利》[1]赞叹不已。也许因为可以称之为没有马里沃风格[2]的马里沃，一部极限之作（œuvres-limites）。蒂博代[3]在论述《朗西的一生》[4]或者《布瓦尔和佩库歇》[5]时谈到过极限之作的概念。每位作家一生中都会鬼使神差地创作这样一部作品，与自己的读者及过往有点背道而驰。经典马里沃风格是两个人之间的博弈，他们总是挖空心思了解对方，筋疲力尽地为自己了解的事命名。在《爱的胜利》中完全不存在此类情形（只有两个恋人之间偶然为之）：《爱的

---

[1]《爱的胜利》(*Le Triomphe de l'amour*) 是法国18世纪戏剧家马里沃的代表作品之一。——译者注
[2] 指马里沃所特有的矫揉造作的风格，含有贬义。——译者注
[3] 蒂博代（Albert Thibaudet，1874—1936），法国现代著名文学批评家和文学史家。——译者注
[4]《朗西的一生》(*La Vie de Rancé*) 是法国作家夏多布里昂的作品，出版于1844年，内容关于朗西神甫（l'abbé Armand Jean Le Bouthillier de Rancé）的生平。——译者注
[5]《布瓦尔和佩库歇》(*Bouvard et Pécuchet*) 是法国作家福楼拜未完成的遗作，1881年作家去世后发表。——译者注

胜利》不是关于相互钟情的戏，而是关于控制支配的戏，这是一部开创性作品，剧中一切事件与结局都取决于一个人物手眼通天的本事，此人的万能武器就是**谎言**。

因此我们要面对一部简单又可怕的作品。经典马里沃风格可以定义为言语摩挲的享受。反之，《爱的胜利》中立即展开的不是偶遇，不是相互钟情，而是单方面的占有，是为了达到目的而无所不用其极的手段。在这里，语言并不温情脉脉，它攻城略地，行之有效又充满诱惑。

事实上，整部作品都是如此：挑战与风险全然停留于物质层面，人物的身体甚至也牵连其中；对幸福的期待、对快乐的猛烈渴求突然爆发，弗西翁（指挥游戏的女扮男装的公主）一步步"获胜"；剧本将情人之间的和解表现得如同极乐世界，于是一切手段都合情合理了；丝毫不复杂，从来不失败，也根本没打算升华。一切都服从快乐的需要，难以抗拒、不可逆转的冲动（和马里沃其他作品相反）将整个世界带向《爱的胜利》，这显然是感官的胜利。失败亦然：由于纯属肉欲层面，失败也残酷无比。**智者**与**假正经女人**无情地面对着极为冷酷的事实，即他们的生理年龄：把他们从《爱的胜利》中踢出局的并非人生哲学，而是他们的肉体。

一切博弈都发生在年轻与衰老的肉体之间。青春是一种意气风发的概念，完全抹去了反串的暧昧色彩：没有男人也没有女人，只有年轻人。总之，这部剧的心理分析比想象中薄弱得多：语言完全不表达内心活动，它是逐猎的手段；人物的行动不是在"心灵"层面，而是在纯物质幸福层面获得补偿。

维拉尔出色地理解并复原了这位"物质主义者"马里沃。我觉得他似乎远比当初放肆大胆。说到安托万的肉块[1]时,现实主义一词常常被拿来糟蹋,否则它用在这里非常合适,因为在马里沃的剧中,维拉尔所呈现的并非神话,而是现实。这是巨大的进步,因为准确地讲,若论遭到导演们蒙蔽、篡改的次数,没有任何作家超过马里沃。也许还是颇有几处"风格"处理不当,加了点儿甜言蜜语,有点讨巧卖乖,滑稽搞笑,但这些都无伤大雅:主体部分很成功,演出开诚布公,第一次在舞台上不作任何掩盖与暗示,也没有朝观众会心的目光吐露任何隐情。

维拉尔的才华在于,他明白所有谎言都在言语中公开了,用暧昧的方式表演马里沃——或至少这位马里沃——毫无用处。反之,表演应当极尽清晰、坦率之能事(玛利亚·卡扎莱斯是一位令人钦佩的女演员,这位大明星清晰得令人战栗),并且与具有资产阶级高雅趣味的教授们意见相反,表演要百无禁忌。这位在室外演出的马里沃,这位被演得入木三分的马里沃,没有甜蜜与叹息,没有密室与哭泣,他仍旧是法国戏剧史上最不落俗套的作者。

——刊于《法兰西观察家》,1956年2月2日

---

[1] 安德烈·安托万(André Antoine, 1858—1943),法国戏剧演员、导演、剧院经理、戏剧评论家。他是法国现代戏剧创始人之一,巴黎的安托万剧院以他的姓氏命名。1888年,他执导的《屠夫》(*Les Bouchers*)公演时,舞台上出现了真正的肉块,引起轰动。——译者注

《今天》(*Aujourd'hui*) 注评[1]

1. 目前我们的文学，我们的戏剧似乎躲不开这样一个两难困境：创作的作品要么迎合要么反抗，好像对于人类的困境，除了遵守秩序和表达抗议之外，在美学上就没有其他出路了。革命本身未能构建出一件艺术品，也许电影艺术（普多夫金[2]的部分作品）或者布莱希特的晚期作品除外。

2. 《今天》[3]提出了意识形态的新问题：除了超然态度与人道主义的玄言高论，应当如何接受世界的问题。这个新问题显然具有辩证性质，因为资本主义的恶与革命的善这二者

---

[1] 这个文本写于 1956 年 4 月 9 日，未曾发表并被作者遗忘了。1977 年被他的收信人米歇尔·维纳威尔（Michel Vinaver, 1927—　）发现并首次发表在《戏剧工作》(*Travail théâtral*) 杂志 1978 年 1—3 月号（第 30 期上）。

[2] 普多夫金（Poudovkine, 1893—1953），苏联著名导演、演员和理论家，蒙太奇理论的创始人之一。——译者注

[3] 《今天》是米歇尔·维纳威尔最初给剧本《朝鲜人》(*Les Coréens*) 拟定的名字。这部戏由让-玛丽·塞洛和罗热·布朗雄执导在法国上演。（罗兰·巴特原注）

之间二元对立的冲突并没有被否定,而只是被刻意疏远(指透视学意义的疏远,并没有因此说谎)。作品的新意在于,一方面它站在某种意识形态概念这一边,但是另一方面却从未因为这种概念的限制而失去责任感。到目前为止,现实的去政治化向来都是为了使现实政治化有利于压迫的一种手段。这个剧本试图表现某种现实,其中政治在某种程度上可以是最高的区分线。这就提出了一种适应现实的新方式:在这一点上剧本是正确的,因为其他的企图,确切说来那些我们今天认为有效的办法,在我们的艺术中显示的是一种深层危机。

3. 剧中提出的辩证解决方法是一套新语言。对"语言"这个词必须全面理解,它意味着话语的发现与转化,进而引发真实生活中新的惯例[1]。这样的转化并不必然排斥政治的完整性,比如近来在斯大林的苏联和赫鲁晓夫的苏联之间产生的"语言"转化就可以算一个例子,在这个例子里我们已经看得相当清楚,这种转化影响到了整个现实。Mutadis Mutandis[2]。《今天》尝试了某种表示"赞同"的新语言——其他地方可能说"共存"的语言,但在剧本中"赞同"这个词并不采用国际政治的狭隘含义,而是采用它通常的词义:搁置"怨怼",通过对现实直接特征的重新认

---

[1] 此处的"惯例"采用布莱希特的意思:"我所需要的是一种伟大的新惯例,是我们可以立刻制定的惯例:这套惯例包括在每个新情况之下都重新进行思考。"

[2] 拉丁文,意为"搁置差异以使对比成为可能"(En écartant les différences pour rendre la comparaison possible)。

识来纠偏（正如标题所指出的，《今天》把当下表现为一种可直接结构化的素材，并与主要作为末世论延伸的革命传统的教条背道而驰）。

4. 在剧中，这种赞同的出发点是去神秘化的立场。去神秘化在这里是一贯的，但又是隐晦的，因为在某种程度上是后天形成的。乍看起来，剧本对去神秘化表现的"疏离"令人费解，因为我们这些人，这些生活在与复辟时代几乎同等恶化的政治秩序中的法国人，我们受到去神秘化主题中振奋人心的积极意义的强烈吸引（比如说萨特）。布莱希特最初也为之所吸引：在《人就是人》中，他没有回避对军队的描写。可是在《今天》中，比如说军队的神秘就被其自身的缺席而打破了：这支法国小部队从未与幽灵般的军队有直接的关系，因而不断与荒诞的境遇保持距离：嘎里·盖[1]打破了军人气度的神话，是因为他滑稽地装出军人气度，而《今天》的士兵打破了军人气度的神话，是因为他们不断丢弃这种军人气度（结局时，他们与"敌军"交换军服，把军人气度丢得干干净净）。

5. 在剧中，由于人物（我认为最好习惯于直接称他们为演员）不是有可能个性化、政治化和历史化的"角色"，因而赞同本身不具备神秘化的功能。他们的"无害性"之所以得到保障，正是因为他们没有标识：他们有意地回避正面性或者反面性——他们存在着，任何形容词对他们都使用不

---

[1] 原文为 Galy Gay，也有人译作盖利·盖伊。——译者注

上（比如，法国士兵和朝鲜村民之间并无差别）。我认为作品中这种单一性（更确切地讲这种类同）也是遭遇无意识抗拒最强的部分，这种抗拒甚至来自演员。所以在演出中可能应当引导观众去抵制赞同所引起的"心理的"正面化倾向。在这一点上，日源[1]（因为他实实在在是个"人物"）是有启示意义的：他是剧中唯一的"角儿"，因此观众立刻关注到他，尽管个性消极，他却令人安心，因为他一上来就让人准确地获得"心理"认知。显然，危险在于按照他的模样把其他朝鲜人也都塑造成具有正面心理的角色。真相在于，对立并不存在于部分人的正面态度和其他人的负面态度之间，而是存在于价值范畴（日源）与事实或者存在范畴之间。

6. 一方面日源这个角色可能令人误解，另一方面与此对应，贝莱尔（Belair）这个"人物"也可能造成误读。演出应当避免使观众把贝莱尔"朝鲜化"的"过渡"误认为是他从冒牌货向真朝鲜人的"转变"，相反要让观众明白，剧本要表现的是某种人性特征的回归，是某种生活的修正，这个生活不属于词语概念意义上的所谓真实世界，而属于可见的世界。必须明确表现这是政治伦理的内在形态，否则观众就有充分理由要求对"志愿兵"过往的意识形态做更加明确的政治化处理。对往事的沉默丝毫不意味着落下批评的口

---

[1] 原文为 Ir-Won，根据韩语发音推演的汉字大约为一元、日源等。——译者注（感谢王丹老师的帮助）

实,相反它具有积极的作用:坚定地引导观众惊讶地看到一个没有记录的世界。每个人都要明白,剧中的沉默是为了使皈依的概念不再可信,或至少给以意外的一击。

7. 把《今天》与布莱希特的戏剧等同视之非常愚蠢,然而将这两种戏剧加以对照则非常合理。二者的共同点在于一上来,一开始就打破了部分仍旧困扰我们戏剧的僵局;更具有积极意义的一致性在于,把人类关系描写得既富于政治色彩,又富于物质性(比如,在某种意义上可以说《今天》的主题是各色人等因作为物质的食物而聚集)。而两种戏剧的姿态却截然不同:布莱希特戏剧的绝大部分内容,恰恰在其本质上是主观的、精神分析的,是打破神秘的启示录式的戏剧。《今天》则兆示着一种妥协的戏剧,而布莱希特只有在《灰阑记》精彩的序幕中才现出一点妥协的影子。若是在几年前,《今天》所包含的对现实的新"感触"是绝不可能出现的。但是斯大林去世后苏联出现了诸多变化,而且由于这些变化似乎不仅有意干扰政治,更重要的是似乎还有意干扰语言,这就使潜在的问题能够发出自己的声音,比如作为人类关系本体论基础的"坦率"或透明的问题:直到现在还没有名字的新的类别,新的行动也许即将产生;"改变旧例"、建立崭新的"伟大通例"的时代也许已经到来了。

1956 年 4 月 9 日

三人中最幸福者

搬出拉毕什[1]是巴黎剧坛的季节性现象。然而几年来，无论是巴尔萨克[2]、韦达利[3]还是如今的波斯戴克[4]，演出拉毕什的方式十分雷同：同样格式化到荒谬的服装，同样滴溜溜转动的眼神，同样滑稽的浮夸，同样动不动就哈哈大笑。现在已然有了一套真正的拉毕什作品导演修辞法，介于先锋戏剧与林荫道戏剧之间。这种戏剧得到剧评家们的首肯，被冠以开心戏剧的名字，它构成了一种与法兰西剧院的拉辛戏剧同样约定俗成、体系化的戏剧艺术。

这种修辞法（历史学家们当然会告诉我们它始于何时）的原则乃是非现实性。在逗乐的幌子下，拉毕什被彻底抽象

---

[1] 拉毕什（Eugène Labiche, 1815—1888），法国戏剧家。——译者注
[2] 巴尔萨克（André Barsacq, 1909—1973），法国导演、制片人、舞美师、剧作家和剧院经理人。——译者注
[3] 韦达利（Georges Vitaly, 1917—2007），法国戏剧演员、导演、剧院经理人。——译者注
[4] 波斯戴克（Robert Postec, 1923—1964），法国戏剧演员、导演。——译者注

化了。方法非常简单：拉毕什被精心消融在"1900年代"的神话之中；我们知道这个神话作为一种无责任的不在场是一直有效的。由于"1900"是一个被反复强调的时代，因而它无所不是，却唯独不是一段历史：它的功能是通过接种小小的时代疫苗而对真实的历史产生免疫。现代性津津乐道的关于"1900"的唯美图画有点类似各种历史哲学对于历史的意义：一种不在场，为了表象而从真实中低调撤离。办法是把"1900年代"归结为一种风格，而这种风格似乎理所当然地概括了这个时代的精神，以至于"1900年代"看上去无非是一种略为怪诞的幻想[1]，我们的艺术家们在逃避那个时代自身现实的问题上一拍即合，然而，纯粹状态的拉毕什，文本中的拉毕什却是浸透着那个时代的现实的，实际上"轻佻"与"意义"并非水火不容：他的戏剧表现的人际关系完全是一种历史关系，绝非无本之木：夫妻关系、伴侣与朋友关系、主仆关系、老少关系、财产承继关系，第二帝国资产阶级家庭内部诸如此类的种种关系，如今的"开心"戏剧全都绝口不提。打出的旗号永远是所谓"圣洁的轻快"（其实推行"不介入主义"比推行"介入主义"更粗暴，至少后者不自相矛盾），就好像最为经典的戏剧史没有告诉我们喜剧是最适合体现历史

---

[1] 请注意，1900也是军队屠杀罢工者的年代（弗尔米、马提尼克岛、马恩河畔夏龙、拉翁-雷达普、德拉维耶-维尼欧、圣乔治新城等地）、殖民马达加斯加的年代、印度饥荒的年代、德雷福斯事件的年代、俄国南方少数族群迫害的年代等等。简而言之，我们看到的琐事展示出一个完全"非现实"时代的所作所为。（罗兰·巴特原注）

本质的剧类，而且真实的人物类型最能惹人发笑：打破神秘总是令人愉快的——当然，对神秘化的受益者而言另当别论了。

的确，非现实的东西会逗人发笑：显然是在美国"crazies"的影响下（通过电影，小酒馆的演出，我们了解到新版拉毕什从《红玫瑰》[1]风格中都学到了什么），法国发展出了一种搞怪喜剧。这主要是一种语言喜剧（有鉴于某些肢体动作亦属于语言范畴），准确地说，这种喜剧是要把语言从其天然的社会性中抽象出来，让词语与其所由生的情境发生逻辑冲突。我们的导演们试图在拉毕什的作品中表现的正是这种喜剧性：他们竭力使这种喜剧性超越现实，将各种搞怪的语言、荒唐的省略，以及剧本中极其天真而甜蜜的描写拼装在一起。但我个人认为，如果这种语言的非现实性在社会关系的真实背景下得到淡化的话，其喜剧效果会更加强烈，而在这里荒诞成了赘物：在原本就矫揉造作的语境里，平添的一层矫揉造作使搞怪的语言完全游离于语境之外，堪称荒谬之荒谬。我们的艺术家是何等小心翼翼，一心要替观众思考，一心要把**荒诞**的符号尽量多地、胡乱地塞给观众。当然，当语言与情境的荒诞冲突突然出现时，当两个逻辑扭曲的原因相互碰撞时，观众会发笑：但这只在特殊的、片断的时刻；余下的全部时间里，当一个十分现实的社会只剩下人为制造的荒诞版存在的时候，观众会感到厌倦，他们期待

---

[1]《红玫瑰》(*Rose rouge*)，法国电影，1951年出品，马塞尔·帕列罗（Marcel Pagliero）导演。——译者注

"那个词",他们会推敲演出中的无聊细节,推敲导演们,那些娱乐至上的狂热拥护者强加给剧本的一切——剧本无疑是基础的,然而却是真实的。最终,遭到削弱的是荒诞本身:倘若情境是真实的,令人信服的,得到它本身所属的历史结构的支持,那么语言与情境的冲突将会具备更加深邃的讽刺意味;遗产继承、婚外情、家庭事务、市民交往,这一切都曾经并且继续在戏剧之外存在。舞台上必须一直感觉到这个他处的余晖:戏剧不应当是现实,但必须是对现实的记忆。对我而言,看滑稽戏我会大笑,面对滑稽戏的符号我却笑不出来。

对于罗贝尔·波斯戴克的演出,我质疑的乃是他的态度而不是他那有目共睹的才华,这一点我认为已经表达清楚了。但是,如同期盼一场先锋剧演出那样,我期盼着现实主义的拉毕什:把拉毕什的"台词""动作"重置于贝克[1]的戏里(我觉得波斯戴克的女演员优于男演员,因其表演更贴近资产阶级戏剧中人际交往的"细腻"),这样做较之追求非现实的拉毕什——目前已经成为传统——或许喜剧效果更强烈。资产阶级又一次企图利用非现实的拉毕什来逃避责任。

——刊于《民众戏剧》,1956年7月

---

[1] 贝克(Henry-François Becque,1837—1899),法国戏剧家,被视为"残酷戏剧"的创始者,擅长创作促狭的现实主义正剧。代表作有《乌鸦》(1882)、《巴黎女子》(1885)。

《女店主》[1]

我经常看到《女店主》在法国演出。自从高博在老鸽笼剧院排演之后,这个剧本就吸引了很多年轻剧团。巴黎最近一次上演的《女店主》是贝尔纳·杰尼[2]的版本:家具从天花板上降下来,戏里的仆人去换布景,演员们都把自己当成阿勒甘[3]:批评界大声宣布该剧"独辟蹊径",在法国这个概念常被用来指代编排中的创见。

杰尼的《女店主》对历年来该剧的法国版做了不错的总结:这种风格即便算不上活泼,至少具有一切表示活泼的戏剧符号,亮眼的色彩(好像快节奏就必然搭配亮眼的色彩方式似的),机灵的男仆端盘菜(再说盘子都是空的)总免不了打个趔趄,简而言之,法国人还把这当成一套意大利式

---

[1]《女店主》(*La Locandiera*)是意大利剧作家卡洛·哥尔多尼(Carlo Goldoni)的作品,创作于1752年。——译者注
[2] 贝尔纳·杰尼(Bernard Jenny,1931—2011),法国剧作家、导演。——译者注
[3] 源自意大利即兴喜剧的类型化小丑角色之一。——译者注

的修辞手法。英国传奇总说法国女人都是红头发,我们的戏剧人、评论家们同样如此,他们觉得所有意大利剧都是即兴喜剧。除了活泼、机灵、轻浮、快捷之外,意大利戏剧不能有其他样子。

我们的批评界觉得维斯康蒂[1]的《女店主》相当迟滞、缓慢。这个意大利剧团竟然不演意大利戏,多令人失望,简直匪夷所思:精致、深色调、沉静的服装与布景,总之跟法国人眼中意味着意大利式滑稽戏的明黄亮绿的混搭可谓背道而驰;编导近乎现实主义风格,充斥着静默与平淡的插曲,日常用品(倒出来的调味酱、熨烫的衣物)如同在契诃夫戏剧中一般,使戏剧的延续变得更为厚重。简而言之维斯康蒂大胆做了最有可能让我们的批评界震惊的事:他把《女店主》当作一部资产阶级戏剧来排演。永恒的即兴喜剧消失不见了!我们很快给这个民族性缺失的意大利人上了一课:让他到法国来,跟贝尔纳·杰尼学一学意大利式的表演。

然而维斯康蒂的态度并非毫无来由。哥尔多尼不是即兴喜剧作家。当然,他仍然使用了先前这一戏剧模式的某些没落的形式(同莫里哀一样),但是哥尔多尼的艺术响亮地宣告了资产阶级喜剧的到来。在《女店主》中,即兴戏剧的"性格"典型让位于"社会"典型(破落贵族、暴发户);而"情感"关系不再仅仅属于情境设置(劫持、监禁等等)范

---

[1] 维斯康蒂(Luchino Visconti, 1906—1976),意大利电影人、戏剧人、作家。——译者注

畴，而是在某种程度上已经被纯物质性、纯功能性存在的现实客体介质化了；维斯康蒂把这一点发挥得淋漓尽致；通过家庭琐事，爱情方才有戏，正是通过端来的美味酱汁骑士才对米兰朵妮娜倾心爱慕；而通过必须更换的熨斗，法布里斯才确信自己比骑士高明。维斯康蒂版的哥尔多尼正是由于取代了一成不变的意大利式空洞的修辞手法，方才终于与我们产生了联系，条件则是将哥尔多尼置于历史之中，置于现代的曙光之下，彼时人类情感尽管仍由类型人物来体现，却已经开始社会化、通俗化、脱离纯数学式的爱情"排列组合"，进而介入或卷入与金钱和社会地位、物品和人类劳动相关的客观生活。在莫里哀的戏剧中，"自然"[1]乃是人性本质与社会环境的中和，我们既有莫里哀，就应当熟悉这个历史时刻。

"物"这个主题非常重要，而维斯康蒂对此显然并非毫无意识，他在电视专访《长话短说》(Bref)中亲口说及此事：无论是契诃夫、布莱希特的作品，还是阿达莫夫的《乒乓》中，物品无所不在，我们面对的是一种介质化的戏剧，也就是说面对一种艺术，在这种艺术中现实并非本质的符号，而是障碍物本身，人物则通过障碍物塑造成形。但是我们的剧评界不大喜欢这类物品戏剧：评论者或者否认它（他们不愿意看到物在布莱希特的作品中具有根本性，这样

---

[1] 莫里哀等古典主义作家鼓吹效法"自然"，他们所谓的自然，实际上是指人性。这里巴特借用了这个概念。——译者注

他们就可以在最合适的时机把布莱希特和永恒戏剧之间的差别一笔抹杀），或者把它理想化。他们必须不惜一切代价使得《乒乓》中的弹球机成为另一种东西，一种比弹球机更意味深长的东西。他们绝不接受一部现实主义戏剧，他们只能容忍具有象征形式的现实，他们一直希望在物质背后存在着精神，历史背后存在着永恒，人类遭遇背后存在着本质。他们不接受塑造中的人，他们想看到塑造成功的人。故而他们对法国式的《女店主》吝于赞美，因为它没有遵循纯粹意大利式的修辞手法；这就是为什么维斯康蒂使他们失望：他们未能将他的《女店主》加以精神升华，使它在轻浮的游戏中蒸腾而上。这场演出中有些东西在抵制他们，而这正是演出的价值所在：它的现实主义。

——刊于《民众戏剧》，1956 年 9 月

《今天》或《朝鲜人》

维纳威尔[1]的处女作《今天》,或曰《朝鲜人》,由罗热·布朗雄执导,在里昂喜剧院上演。这部剧很不错,触及很多问题。我想谈一谈为什么这场演出尽管存在细节缺憾,对我而言却是重要的、有新意的。

剧本内容是什么呢?它讲的是朝鲜战争。一小队法军志愿兵在朝鲜的荆棘丛中漫无目的地搜索。其中一个伤兵迷路后,被一位朝鲜小姑娘发现并带回村里,当地村民接纳了他。士兵选择留下跟他们一起生活。选择,不管怎样这是我们的用语。这并不完全是维纳威尔的用语:剧中既没有一次选择,也没有一次谈话,也没有说他当了逃兵,我们目睹的是一个逐步归顺的过程:士兵接受了他所发现的朝鲜生活,摆脱了那段太不真实以至于难以掂量的士兵与"志愿兵"生活之后,他循着一种趋光的本能,走向人类感觉温暖而亮堂的地方。剧中轮流出现两种人,士兵这样的人,即荒

---

[1] 维纳威尔,法国当代著名戏剧家、作家。——译者注

谬军队世界中的废物，以及朝鲜人，即一半是农夫，一半是士兵，生活在现实世界中的人。

《今天》或《朝鲜人》是一部政治剧吗？假如政治就是做演讲、谈信仰、立观点，以及对某种政体体制说一不二的抉择，那么它并非政治剧：维纳威尔的人物从不谈政治。假如政治意味着发现人与人之间去除了心理"表饰"之后的真实关系，那么它就是政治剧，而且是彻头彻尾的政治剧。比如朝鲜附敌分子日源的形象主要借助他出卖整个村子以获取食物配额来表现；同样，使迷途士兵点头称是的不是新"秩序"、不是意识形态或某项事业，而是大锅粥，是食物（米饭：极为重要），是在一个安宁、严肃的社会中得到修复的人际关系。在这个社会中话语是高贵的，因为话语绝非一种姿态，而是一种行为，它与物地位相等，生产、消耗并享用物。就士兵们而言，一切都如此直接而具体：假如他们之中有一位举起手，自愿加入侦察巡逻，那是"因为他忍受不了寂静"。这是一部现实主义戏剧吗？不是，但它是一部物的戏剧，在这一点上与日丹诺夫式的冗长说教和资产阶级的心理主义都迥然不同。而我相信，在法国戏剧中，这种现实观还是新事物。

维纳威尔刻意回避了作品的"现实主义"维度：法国志愿兵们都来历不明，没有"定性"。我们对他们一无所知，只知道有一位是出租车司机，而他当兵来朝鲜是"因为巴黎太堵车了"。因此剧本呈现的是一个无记录的世界，人们可以像与某个近在咫尺的物品一样与世界和谐共处，无须说明自己的过去(《今天》或《朝鲜人》的名字由此而来)。这些来自北方的朝鲜人,显然代表正面的世界,他们不是李承晚治下的韩国人。然而剧本描写的并非某种政体或某次战争,而是一种生存的精神模式,一个社群与日常生活中大量具体物品的协调,一种智慧,它在某种程度上接受政治担保,却并不一定就是这种政治的产物。

《今天》或《朝鲜人》绝对不属于资产阶级戏剧,却好像又与革命艺术(比如布莱希特的艺术)最有效的前提发生决裂,这些前提无非是论战和揭露。或许正是这种矛盾性使得布朗雄的排演略为受阻——它保持了布朗雄作品的一贯优点:严密、精妙、分寸感、对含义的辨别力、要求呈现人物间的现实关系(而非心理关系)。但是布朗雄似乎并没有完全服从剧本,他在与剧本抗争,执意要赋予它某种意识形态基础。这种意识形态基础可以从剧本的氛围中,而非语言中体会出来。有些人一看到忠实于执导剧本的导演就崇拜得大喊大叫,我不属于这类人。相反我认为在写作者与排演者之间存在着有益的冲突。布朗雄排演中的偏向性是有益的,因为它揭示了《今天》或《朝鲜人》涵盖的问题:人们是否能够在不必指控旧世界的前提下接受一个新世界?

——刊于《法兰西观察家》,1956年11月1日

"被译介的"布莱希特

两年前,在一篇《民众戏剧》社论中,我们提出布莱希特的戏剧历史才刚刚开始。事实似乎证实了我们的观点,而且比我们预想得更快:无论在巴黎还是外省,在法国还是法语地区,都有越来越多的布莱希特戏剧上演。与演出本身相比,为数更多的是与日俱增的布莱希特排演计划。因此似乎现在就可以着手草拟布莱希特戏剧进驻法国的简史了,这部简史可不是毫无价值的。姑且不提批评界态度的转变(柏林剧团演出《大胆妈妈》的时候,许多剧评家提前离场。一年之后的《高加索灰阑记》获得全体观众起立喝彩),即便法国与比利时导演努力将布莱希特本土化的方式也是值得思考的。原因并不出奇,我们已经在《民众戏剧》中指出过,不过还是要回顾一下:就作品意义本身而言,将布莱希特戏剧搬上舞台是一个决定性的重要现象。演出承担责任的能力与剧本不相上下:布莱希特的理论、剧本与演出构成不可分割的整体,或者,起码对观众而言,三者分离的后果将是严重的。

1937年埃莱娜·魏格尔[1]来巴黎演出过《卡拉尔大娘的枪》。如果这次德语演出不算在内,布莱希特真正在法国广受欢迎肇始于1947年,是年 J. M. 塞洛在夜游神剧院[2]上演了《常规与例外》。1951年国立民众剧院的《大胆妈妈》最初观众寥寥可数(我们认为导演也问题百出)。直到今天,国立民众剧院的观众似乎才能够理解《大胆妈妈》。因此,布莱希特戏剧连续几年被归入先锋戏剧实验:塞洛执导的《人就是人》"每周二"在作品剧院演出;布朗雄执导的《四川好人》《理查三世的恐惧与苦难》在里昂上演。布莱希特在法国的传播简史中,决定性事件乃是1954年柏林剧团携《大胆妈妈》来法公演,随后在1955年再次携《高加索灰阑记》来法演出。这些演出迫使主流评论界承认布莱希特的成就,甚至不顾某些分歧,向法国戏剧提出了布莱希特的导演、原则与技巧问题。得益于柏林剧团的演出,我们对本国导演的尝试即便无法评价(要求布莱希特剧本的表演全都对柏林剧团的演出奉若圭臬,这种想法甚为可笑),至少也能进行分析。今天,这种客观对比变得尤其必要,因为那些在审美或意识形态方面与布莱希特未必合拍的导演也开始排演他的作品。塞洛与布朗雄曾经选择了布莱希特,并试图强

---

[1] 埃莱娜·魏格尔(Hélène Weigel, 1900—1971),布莱希特的夫人,柏林剧团经理。
[2] 夜游神剧院(Le théâtre des Noctambules)是巴黎著名的老剧场,位于第五区,始建于1894年,1956年歇业后改建为电影院。1950年尤奈斯库的《秃头歌女》在此公演。——译者注

"被译介的"布莱希特

迫观众接受他。如今布莱希特已是众望所归,可以想见,排演其剧本的导演大多都会迎合观众的需求,而不是遵循自己的趣味。

布莱希特创作剧本自有其明确而迫切的需要。在法国的演出中,这些原则与迫切需要是怎样变化的,或者将会怎样变化?这个问题我们现在和将来都应该经常思考。因为,要求布莱希特作品的演出全部取法正统,这样做未免愚蠢,而要求演出有所调整,即尊重布莱希特的意图,同时使之与我国现有戏剧条件彼此协调,这样做却是合理而且必要的。

最近我们看了布莱希特作品的四场演出,可借此阐明上文提到的调整问题:先在以色列卡梅里[1]剧院,后在比利时国立剧院上演的《四川好人》;圣埃蒂安剧团担纲,让·达斯德执导的《高加索灰阑记》;雅克·胡西庸[2]在小玛里尼剧院排演的《理查三世的恐惧与苦难》。

卡梅里的演出采用了德奥·奥托[3]独特的舞美风格和保罗·德绍[4]的音乐,布鲁塞尔的《四川好人》版本则从中获得启发。然而这两场演出的缺陷正好相反,卡梅里剧院的演出侧重诗情画意,比利时国家剧院的演出倾向自然主义。两

---

[1] Hacameri,即卡梅里剧院(le théâtre Cameri),位于以色列的特拉维夫市。——译者注
[2] 雅克·胡西庸(Jacques Roussillon,1929—2009),法兰西剧院演员。——译者注
[3] 德奥·奥托(Théo Otto,1904—1968),瑞士舞美设计师。——译者注
[4] 保罗·德绍(Paul Dessau,1894—1979),德国作曲家、指挥家。——译者注

场演出的结果却是一致的：诗情画意与自然主义都让《四川好人》运转不灵了。比方说，比利时人的演出安排在黑天鹅绒盒子里，无异于把作品禁锢起来，令它窒息。显然，如果想在视觉上避免出现违背布莱希特意愿的悲怆感，此处就必须有一定的光线（柏林剧团演出时总是灯火通明，背景则是一块灰白色调的幕布）：演出应当与剧本一样明晰。千万别担心作品出现断裂：布莱希特特意让作品的各个层次彼此脱节。在布鲁塞尔，这种必要的层次划分消失不见了：演员没有纵声歌唱，因而歌声与情节伴奏曲仍保持在同一层次。柏林剧团则相反，在低沉模糊的伴奏之下，歌声铿锵清亮，直击观众，干脆有力，激情洋溢且无惧婉转悠扬。比利时导演雅各·于斯芒[1]想在演出中恢复一种传统的衔接，布莱希特则恰恰要与这种反整体戏剧的传统割裂。正如人们今日所言，整体戏剧以各种方式追求一种难以名状的东西，一种魔魔法，一种复合戏剧。其中戏剧语言层次分明，因为它们总是呈现明确的话语，而非笼统的表达。

达斯德执导的《高加索灰阑记》中，运转不灵尤其归咎于演员的演技，这里并非指个人的演技，而是演员往往被迫接受的戏剧表演体系。达斯德的作品具有高度的觉悟、诚意以及对布莱希特作品的热爱。然而导致误读的正是这番善意。达斯德把《灰阑记》演绎为一曲颤抖的哀歌，一首对永

---

[1] 雅各·于斯芒（Jacques Huisman, 1910—2001），比利时演员、导演。——译者注

恒天然母性的乐观主义赞歌。《灰阑记》的真正意图却恰好相反，它要大张旗鼓地将天然母性与后天造就的历史的母性，与操劳培养过程中萌生的母性对立起来。同布莱希特的所有作品一样，它启发我们对**天性**提出质疑。达斯德把克鲁雪的角色过度慈母化了，尽管女演员本人的表现可圈可点，人们还是全然忘记了她是假冒的母亲。倘若观众不能轻易看出克鲁雪并非"亲生"母亲，并非血缘上的母亲，那么整桩公案，这桩养育之恩替代血肉之情的好心公案就不复存在了，剧本也失去了意义。说到这个问题，是不是该回顾一下《剧院工作》[1]的作者们的观点呢？书中谈到了布莱希特笔下的另一位母亲大胆妈妈，她虽是亲生母亲，却应受谴责。两类母亲，一类"自然主义的"母亲，她将死去的女儿搂在膝上，向观众摆出尼俄柏式悲痛欲绝的模样、泪水、神色恍惚的面孔以及悲怆的姿势；一类是布莱希特式的母亲（埃莱娜·魏格尔饰），她从不向观众表现静止不变的、毫无来由的痛苦，即脱离作品本来意义的痛苦。从那时起，布莱希特已经要求对这两类母亲进行区分、选择：大胆妈妈并非尼俄柏（对于女儿的死，她不应该一副无辜模样），克鲁雪同样亦非大胆妈妈。

同类型的误读也出现在人物艾兹达克（达斯德本人扮演）的创作中。这是个无赖法官，生逢乱世，只有靠耍无赖

---

[1]《剧院工作》（*Theaterarbeit*），原文为德文，是柏林剧团魏格尔等人编撰的小册子。——译者注（感谢李亦男老师的帮助）

才能在某种程度上重振法律。有一点是不能出格的：艾兹达克的无赖行径不应该纯粹出于好心，他不应该一上来就备受众人爱戴。达斯德恢复了法国演员的一贯特点，即想尽办法让自己的角色博得观众青睐，于是他把艾兹达克扮演成"滑稽"角色。很显然，每当这个人物渴望逗观众"乐一下"，每当他渴望表现得荒唐又讨喜，把颠覆性完全隐蔽在幕后时，他就会活跃一番。

　　布鲁塞尔和巴黎的演出一样，表演的根本缺陷在于用力过猛，因为在某种意义上，角色夸张都是为了讨人欢心，咱们的演员总想招人爱。扮演坏人时，明明他们心里清楚，却还是禁不住诱惑，刻意夸大角色的恶毒，结果以这种方式将恶毒孤立，反倒把它掩盖住了：它被演绎为先验的、本质的、抽象的恶。而在布莱希特的作品中，角色的丰富性从来不表现在性格上，而主要是（政治、社会、现实）境遇的丰富，我们绝对找不到任何心理状态可以与历史分割，可以在深层意义上与政治初衷割裂。以雅各·胡西庸执导的《理查三世的恐惧与苦难》为例，演员们表演时都倾尽全力，用那句通俗又准确的话来讲，要对得住观众花的门票钱，结果他们把恐惧的心理状态表演得太过激了：他们叫喊、骚动、颤抖、没头苍蝇似的乱跑。他们呈现出一种精神创伤，而布莱希特笔下的恐惧主要与一种具体的政治-心理情结相关，这就是纳粹主义：这是一种声名狼藉的、传染性的、使人麻痹的恐惧，是一种社会意象，而不是胡思乱想的恐惧或个体意象。简单讲，在比利时和法国看到的演出中，最缺少的是演员与其社会环境及历史的联系。而且由于我们身在剧场，这种联系应该看得见，因而演出中特别缺少相关社会环境中的具体物品。在《四川好人》中，布莱希特很重视如何摆放工人加工的烟叶，这不仅仅出于一种美学考虑。在卡梅里剧院的演出中，这些烟叶却变成了道具，演员们在表演时摆弄它们，而不是同它们一起产生效果。我们并不是说剧中必须展现物品的自然主义真实面貌：在安托万的作品中，物品的真实是本质意义上的。在这一点，布莱希特的现实主义更为丰富，剧中物品的真实是功能意义上的，物品是介质，所有情景都借助它们发生，通过它们表达。

与所谓布莱希特的"贫乏"正好相反，布莱希特排演的要求极为丰富：不是内心丰富，而是要求演员姿态丰富、技巧丰富。演出布莱希特的作品可不比林荫道戏剧演员"来得简单"，不是演得更差，相反要演得更好，要把更多知识和技巧融入演技，这里知识和技巧指的是手艺。对于探索中的年轻剧团以及缺少经验的人来说，布莱希特戏剧是最难对付的：它要求经验成熟、手段高超。对它而言，刻意的清贫、"先锋"的随便从来都是有害的：它是完善的戏剧，不是实验戏剧。坦率地讲，物质贫瘠与金钱匮乏对这种戏剧而言绝非美德：它不在乎英雄主义，只在乎演出效果。布莱希特戏剧深刻的去英雄化属性将可畏的物质问题摆在法国人面前，因为在我国，目前两者只能选择其一，无法调和：要么剧院体会到布莱希特的真实状态，却缺少资金，演出只能完全受制于贫困（况且这些剧院似乎有渐趋消失之势）；要么剧院资金充裕，却对布莱希特充满敌意，无意排演他的作品，或更有甚者，虽则排演其作品却解除其效力，抹杀其革命意义（根据《四分钱歌剧》改编的电影便是如此）。

因此，布莱希特在法演出与法国戏剧危机之间产生了有机的联系。如果不对法国戏剧的普遍状态展开一致批判，就别指望布莱希特在法国落地生根。一切都是相互关联的。说到落地生根这件事，尽管我们上文提到要有所调整，还是希望它立刻开始，虽然预见到各种误读，也还是希望尽量推而广之。切莫打着保持布莱希特正统性的旗号，把布莱希特当作橱窗摆设，最好在法国舞台上尽可能尝试演出他的作品，无论演出条件如何。布莱希特戏剧创作的目的是困惑、感动、教育、娱乐观众，因此它是用来表演的。法国戏剧身陷死胡同，我们为它指出的第一个出口，就是观众终于能自己看懂布莱希特的作品，接受我们力荐的布莱希特演出中的批判意识，不是吗？大家总以为导演有责任为懵懂而被动的观众揭示一部作品。这一回，也许步骤应当颠倒过来：让观众学习布莱希特，对于那些困在我们所谓死胡同中的导演，逐渐地观众自己会要求他们加以调整。一言蔽之，以法国观众为开端，由他们亲自推动布莱希特戏剧，导演们则紧随其后。

——刊于《民众戏剧》，1957年3月
与贝尔纳尔·铎尔合撰

关于《朝鲜人》

吉塞尔-布莱希特[1]最近对《朝鲜人》提出质疑,他主要针对的是士兵角色,对此我想再谈两句:维纳威尔把远赴朝鲜的法国志愿兵与他们的经历割裂开,这样做是否有错?如此一来,他在多大程度上为士兵们开脱了罪责?

这里我认为有必要理解,维纳威尔想迅速改变我们对于刑罚的看法:他笔下的士兵并未按照常规受到外界的审判,外界的作者与观众会心安理得地把诉讼搅得一团糟。在人生的某一时刻,士兵们选择去朝鲜打仗,倘使展现他们早先的劣迹,等于立刻让观众惩罚他们,这意味着尚未走出善恶二元论戏剧的窠臼,而我们(通过布莱希特本人)知道,这样是无法缔造真正的政治戏剧的。因此维纳威尔的士兵们并未被审判,而是受到观察。这绝不意味着他们无罪,只是他们的罪行并未从起因(他们的过去)中看出来,而是从后

---

[1] 安德烈·吉塞尔-布莱希特(André Gissel-Brecht,1927—2006),法国教授,德国问题专家,左派知识分子。——译者注

效（他们的当下状态）中观察出来：维纳威尔的志愿兵身上有样东西很能说明问题，这就是他们的拘谨感。这些人步态与话语都不协调，这就是存在于他们身上的恶。相反，朝鲜人都无拘无束，社会交往非常自然：相对现实而言，士兵们格格不入，朝鲜人则十分协调，正是这一点构成维纳威尔作品中世界的意义。因此，认为剧中包含人道主义、自由主义思想，即世间无善恶之分，这种看法并不准确：维纳威尔的世界具有深刻而直接的倾向性。

只是，他的倾向性不属于概念、刑罚、法律甚至所谓意识形态层面。它不以士兵的生平经历或心理状态为中介，而是更深入一步，以士兵的状态及他们在现实中处世（或者不如说举止失当）的方式为介质。借助这一中介形式，维纳威尔恢复了戏剧艺术的重要力量，那便是令盲人复明，令懵懂之人觉醒。（我只对一个人物有所保留，我相信维纳威尔本人应该和我有同感，他就是因行为卑鄙而受到惩处的朝奸日源。）艺术更注重呈现的并非坏人，而是不自知的人，戏剧艺术更是如此，它永远只呈现当下。有一位了不起的创作者，他完全依靠政治模糊性来让人看清事实真相，他就是夏尔洛[1]：夏尔洛的世界没有诉讼案，却具有深刻的倾向性。为了使演出具有政治性，人物也许应该显得缺乏政治色彩：因为假如对人物限定太多，总是回

---

[1] 夏尔洛（Charlot）是查理·卓别林系列喜剧中的主要人物，角色身份为流浪汉。——译者注

头看他,那么俄耳甫斯[1]与普赛克的故事就会重演,艺术便会消失,空留下词语、观念与诉讼。

诚然,在抚慰性的生命神话与生存意志之间,总有一种潜在的模糊性。这种生存意志潜藏在一切伟大作品的深处,无论作者是布莱希特还是夏尔洛。然而,一旦生存意志在具有倾向性的世界中显露出来,模糊性便戛然而止。《朝鲜人》的世界就具有鲜明的倾向性。在这里,生活没有一刻是令人平静、一视同仁的修行;这是一种要动手、行动的生活:与朝鲜抵抗者们并肩战斗,与农民们分享食物,与士兵布莱尔一起开小差、做抉择。

——刊于《民众戏剧》,1957年3月

---

[1] 俄耳甫斯(Orphée),希腊神话人物,具有非凡的音乐才华。其妻欧律狄克被蛇咬死。为了挽回妻子的生命,他远赴地府,以音乐征服了冥王。冥王答应将欧律狄克归还他,条件是他走出地府之前不能回头看。而当他即将走出地府时,他忍不住回头看妻子,从此永远失去了她。——译者注

《投机商》[1]

麦卡代(投机商)是一位炼金术士,他的目标是从无中生有。此处的"无"指的是债务。麦卡代声称要把债务变成金钱,也就是权力。或者不如说,连金钱都不再是必需品——一个世界诞生了,那里只看实效就够了:麦卡代不再像老派有产者那样在物品("产业")上下功夫,而是像那位预言资本主义天下的投机商一样致力于收益。

主题是严肃的,但毫不妨碍制造喜剧效果。这个主题意义深远,首先跟巴尔扎克本人有关。与麦卡代一样,巴尔扎克也曾债务缠身,从客观意义上说,他与债务缠斗的同时也完成了创作。此外这部作品代表了典型的巴尔扎克式悲剧,也就是"创造"的悲剧:麦卡代是某种热切愿望的代理人,这种愿望使人在成就伟业的同时也自我毁灭。我们知道在巴尔扎克笔下,这种不祥的创造最令人痛心的写照莫过于父爱了。在巴尔扎克的唯能论中,麦卡代是极其古怪可怕的

---

[1]《投机商》(*Le Faiseur*)是巴尔扎克创作于 1840 年的剧本。——译者注

一位：他有个女儿，貌似无盐，麦卡代想拿她的丑陋做文章。于是按照纯粹古典主义人物的定义，麦卡代的激情登峰造极，进入到最为骇人听闻、奔放不羁的层次。《投机商》的结局貌似合乎道德，却丝毫没有改变这样一件事：麦卡代令人不安。

从另一个侧面看，作品触及的是整个**历史**。那是1848年，法国资产阶级即将发生骤变：此前，占据优势的是谨慎的地主、实际财富的集聚者、小工厂主、家族企业兢兢业业的主管者；之后，证券市场巨头、无法无天的投机家们会异军突起——金钱与**产业脱离**。我们在《投机商》中又见到这种双重诉求：麦卡代意味着变动与未来，麦卡代夫人则代表裹足不前的世界、土地（都兰的地产）、道德与过去。巴尔扎克一如既往地选择了过去（麦卡代在临终时被妻子领了回去），然而他描绘了未来：巴尔扎克的道德观是复古的，他的艺术却是现代的。

可能巴尔扎克不幸将这些元素全部笨拙地搅在一起：有种巴尔扎克式的"天真"，它在小说中令人叹服，在戏剧中则嫌烦冗沉闷。但无论如何，《投机商》是一部严肃的作品，就是说巴尔扎克对它极为用心。而维拉尔执导的《投机商》是一部肤浅的作品，导致巴尔扎克、他的时代以及麦卡代都被偷工减料，失去现实色彩（保留下来的恰恰是剧本的笨拙烦冗）。偷梁换柱分两步进行：首先是没完没了的俏皮话。《投机商》中有几处俏皮话，它们的喜剧效果相当有限，耍宝的方法极为直接——也就是年代错乱。维拉尔及其观众在《投机商》中看到了几个关于"社会主义"的玩笑，似乎有些喜出望外：他们觉得通过巴尔扎克羞辱一下莫莱[1]挺好笑，可是，想要这类笑话，听讽刺歌手演唱不就行了？去国立民众剧院岂不多余？再说，"俏皮话"讲完了，剩下的戏如何处理？巴尔扎克才高八斗，剧本"妙语连珠"，维拉尔为了摆脱困境，只得对《投机商》采取众所周知的去现实化手法：他试图把剧本变成拉毕什风格，轻快悦耳的音乐、矫揉造作的朗诵、跳跃的主题、庸俗的笑话，风格怪诞滑稽，标志着轻松愉快。然而我只看到了讨厌的卖弄辞藻，而且啰唆个没完。维拉尔本人向来不走寻常路，或至少他只按自己的套路行事，这次的演出却是庸俗粗糙，就好像人们一提起步枪，肩膀就忍不住耸起来，每说起一个隐喻，就讨好地用模拟假动作重复一遍。

一切萌芽中的危险都摆在眼前：他们用无聊的辞藻使作品失去现实色彩，同时使演出与观众的关系变得晦涩不明，这是在打消观众的信任感，消除他们的责任感。这条道路十分危险，因为说到维拉尔的观众，他们的批评精神还差得很远，不能自发地对演出进行纠正：因为他们对维拉尔给予的一切照单全收，因为维拉尔责任重大。维拉尔曾经将《玛丽·都铎》[2]纳入演出剧目单，已然是曲意讨好，在《投

---

[1] 莫莱（Guy Mollet，1905—1975），法国政治人物，1946—1969年担任国际工人法国部（SFIO）总书记，1956—1957年担任第四共和国部长会议主席。——译者注
[2]《玛丽·都铎》(*Marie Tudor*) 是法国浪漫主义诗人维克多·雨果创作于1833年的剧本。——译者注

机商》的演出中我仿佛又看到他在献殷勤。假如维拉尔献起了殷勤,这一局他就输定了:与国立民众剧院的英雄时代不同,威胁他的不再是某几个阴谋集团,准备跟他算账的是整个"缺少责任感"的法国——当然,清算的是他的英名。

——刊于《民众戏剧》,1957年5月

布莱希特、马克思与历史

——那些就是埋葬元帅的人,
 这是一个历史性时刻。
——他们打伤了我女儿的脸,对我来说,
 这才是历史性时刻。

——《大胆妈妈》

什么是历史剧? 一般来说,这是在舞台上呈现既往重大事件或伟大人物的戏剧。这是一种高贵的戏剧,披着罗马美德的古老记忆,用拉丁文撰写而成。当然,反对这种虚张声势,也就是说,即便不改变这种历史意识,也要改变这种历史风格,这么做绝不意味着终结历史剧。想否认一位大人物的重要性,贬抑他是毫无作用的,剖析他就够了。因此萨尔杜[1]的《不拘小节夫人》[2]虽平庸乏味,却丝毫无损拿破仑

---

[1] 萨尔杜(Victorien Sardou,1831—1908),法国剧作家。——译者注
[2]《不拘小节夫人》(*Madame Sans-Gêne*)是一部三幕历史剧,创作于1893年,作者为萨尔杜和爱弥尔·莫罗(Émile Moreau)。——译者注

的神秘感,甚至格外魅惑人心。看到君王们穿成牧羊人模样,会产生令人喜悦的战栗感;让君王与王后像画报中常见的那样身着衬衣和印花裙出场,这样做当然只会巩固帝王神话。日常人情味无损于帝王威仪,反而为之添彩。

布莱希特的剧本几乎全部发生在**历史**之中(不管怎样它们都发生在某种社会背景之下,甚至传奇与想象题材的剧本亦然,比如《圆头党和尖头党》《高加索灰阑记》和《图兰朵》),却没有任何一部"历史"剧。就拿法国观众最熟悉的布莱希特作品《大胆妈妈》来说,剧本甚至特意与传统历史剧的观念唱对台戏。对布莱希特而言,把历史抬得太高标志着有些事情不太对劲:在一个好的国家,做个凡夫俗子就行了。庄严的历史、文选中的历史,战争史、王侯将相的历史不断遭到大胆妈妈的嘲弄;这个人物根本的模糊性就在于,她对庄严历史的可笑性洞若观火,对自身不幸的真实原因(这些原因具有深刻的历史性)却视而不见。

布莱希特的人物瞧不起伪历史,他却未必能辨识真**历史**,对这种模糊性的再现就成为整个布莱希特戏剧的基础。不过至少,真**历史**在布莱希特的戏剧创作中占据怎样的地位呢?我们知道布莱希特是马克思主义者。他是否借用了马克思的**历史观**?

1859年斐迪南·拉萨尔[1]把一个剧本交给了马克思和

---

[1] 斐迪南·拉萨尔(Ferdinand Lassalle,1825—1864),普鲁士著名政治家、哲学家、法学家、作家,德国早期工人运动领导人。——译者注

恩格斯，两人借机顺带表达了对于历史剧的看法。这里提到的是历史悲剧《弗兰茨·冯·济金根》[1]，剧本主题是比农民战争（1522年）早两年爆发的德国骑士阶层反王室起义。马克思和恩格斯并未彼此通气，在分头寄出的信中，他们对拉萨尔进行了善意的批评：无论他怀有怎样的意图，悲剧并没有表现出王室、教会、破落小贵族、农民等社会力量的现实布局[2]。马克思与恩格斯的批评是偶然之举，不曾为社会主义艺术构建起理论纲领。但可以确定，在他们看来，无论戏剧采取何种形式，都应当从根本上对历史现实做出准确而完整的解释：剧作家搬上舞台的应该是一部浅显明白的**历史**，通俗易懂应该是剧本的主要推动力。剧中必须把社会关系解释清楚，其真实性与深刻的现实主义要能跟巴尔扎克式的小说相媲美。

我没有读过拉萨尔的《济金根》（我想这部作品应该很难读懂），但是可以肯定，布莱希特戏剧从马克思主义中获益甚多（公平地讲，马克思主义也从布莱希特那里获益颇多），但并未明确奉行马克思对于历史剧的看法。

当然在布莱希特笔下，社会群体总是有着明确的身份：大地主、资本家、神职人员、工人、草根阶层、商贩、军人和农民阶层，身份各不相同。但布莱希特戏剧绝不替阶

---

[1] 《弗兰茨·冯·济金根》（*Franz von Sickingen*）是斐迪南·拉萨尔创作于1859年的五幕历史悲剧。——译者注
[2] 马克思与恩格斯：《论文学与艺术》（*Sur la littérature et l'art*），社会出版社（Ed. Sociales），第303页。（罗兰·巴特原注）

级斗争作公开的历史解释。剧中人物都属于特定阶层,但不能说他们就代表各自的阶层,就像棋盘上的卒子或者历史难题中的符号一样。比方说,《大胆妈妈》发生在三十年战争期间,而三十年战争并非《大胆妈妈》的主题。布莱希特没有大量呈现介入这场欧洲战争的历史与社会利益;这些利益也从未被篡改或者去现实化:它们就在那儿,却正好在大胆妈妈无法理解的范畴之内。我们观众很清楚大胆妈妈不理解这些,可我们知道的细节几乎不比她更多:对此人家并没有告诉我们任何事。我们看到,布莱希特戏剧并不是历史学家的戏剧,甚至不是马克思主义戏剧:这种戏剧劝导、迫使他人去解释,自己却不提供解释;这种戏剧挑衅**历史**,却不泄露历史;它犀利地提出**历史**问题却不提供解决方案(同样,布莱希特不断提出关于仁慈的问题,却未曾从理论上提供解决方案,布莱希特的艺术以启发式为主。和所有伟大作品一样,布莱希特的作品永远都是引论)。

可是,历史在布莱希特作品中随处可见,它却不充当主题,而是基座。**历史**是现实的基础,舞台灯光照亮的是上层建筑,是人们的苦难与不在场的证明。人类并不理解裹挟自己的历史,从这个意义上说他们是不幸的:因为理解意味着能够行动。**历史**的这种(真实的)在场与(想象的)距离构成了一对矛盾关系,它赋予布莱希特戏剧一种极为特殊的意义以及常常相悖的形式。比方说,可以确定,情节发生在当今的戏剧不算历史剧:对我们来说,**历史**永远使用过去时变位,我们一直相信,我们就是常情常理,一旦涉及我们的时代，艺术就应当表达而不是解释。而绝大多数布莱希特戏剧都是涉及当下的戏剧[1]，但是当下绝不意味着超越时间，这是历史性的当下，它由一条具有国家或世界影响力的重大集体事件（俄国革命、斯巴达克运动、穿越大西洋首飞、纳粹主义、西班牙内战、希特勒入侵法国）的中轴线构成。

只不过，我们同时代的重大历史事件还不是解释的对象。对于人类的异化，到底是解释还是表现，布莱希特提出一套居中方案，即清晰的提问法。他的作品既非历史剧亦非情节剧，它不断就历史与情节提出假设，前者提供解释，后者助人摆脱异化。也许这种居中状态导致人们对布莱希特的接受往往态度暧昧：他的戏在激进派看来过于唯美，太讲究审美。这很正常，因为剧作家的着力点恰恰是这个狭窄区域，他从中让人看到盲目糊涂。或许因为这种戏剧根本上有赖于历史解释，所以它能招徕大量观众，却绝不会违背自己所依据的深刻历史性原则。

况且不能把**历史**想象为一种简单的因果关系，这里为马克思所需，那里被美丽的历史假象所掩盖。事实上，特别在布莱希特笔下，**历史**是一个笼统的范畴：它无处不在，是弥散式的，而非分析式的。它向外扩散，与人类的厄运紧紧贴在一起，不可分离，仿佛一张纸的正反两面。然而布莱希特让观众看到并且评判的是纸的正面，是痛苦、不公、异

---

[1] 在布莱希特二十多部主要作品中，大约十五部剧发生在1900—1940年之间。（罗兰·巴特原注）

化、绝境构成的感性表象。布莱希特没有让**历史**成为客体，甚至是专横暴虐的，而是把它变为对思想的普遍需求：对他来说，建构历史戏剧不仅要像马克思要求拉萨尔的那样，表现过去时代的真实结构。它也意味着，尤其意味着拒绝承认人有任何本质，除了历史现实，否定人的本性具有任何现实性，认为不存在永恒的恶，只存在可弥补的恶行。简言之，这意味着将人的命运交还给人自己。因此，尽管布莱希特的作品中既没有战争、伟人与大场面，也没有天数命运，这却是我们时代最具历史性的戏剧。因为，人们在建构历史反思时，最难实现却又必须做到的，便是仅仅以历史作为思想的基础，拒绝各种**本质**的诱惑、借口与安慰。

——刊于《雷诺-巴洛手册》(*CAHIERS RENAUD-BARRAULT*)，1957年12月

灵魂附体的演员神话

在我们的社会，一份职业的"高贵"程度往往与赢利成反比。我想说收入微薄或不稳定的职业通常享有盛誉，而作为交换，薪资就不会见涨了：荣誉替代了金钱，"使命感"替代了利益诉求。特别是你们，演员们，既然从事了神圣的职业，还有什么可抱怨的？或许因为付给演员的薪酬低廉又不稳定，我们的社会就把几个一文不值的神话当作小费打赏给他们。

最主要的神话就是把表演中的演员定义为灵魂附体：演员与人物融为一体，被人物"附体"。这个神话融合了不同来源的多个元素。第一个元素得自祖辈真传，这就是重影的主题。它是在各种形态的社会中都能找到的几个罕见题材之一，甚至可能是独此一家：人物像演员的重影一样行动，仿佛"另一个人"如影随形。这其中蕴含着与死亡的古老博弈：演员本人日渐憔悴，他供养重影，自我牺牲，因而获得赞赏。另外，由于他的牺牲具有赎罪色彩，因此浸透着神圣感：他使观众本人免遭类似的谋害：演员扮演的人物替代观众充当牺牲品,因此移情的好处观众照单全收,却不承担任何风险。

当然,古代社会的神圣化是公开的,当时观众没有那么小心翼翼,不会弄虚作假,他们亲自经受魂灵附体,并不假手他人:在那些社会里,剧场没有台前的成列脚灯,也就是演员与观众之间没有固定分界:观众本人就是演员,比方说古代开场合唱的酒神赞美歌。因此,演员——不再是观众——的灵魂附体于神圣化而言是丢人的形式:神圣的事物从小门溜上舞台,没有风险,却也不敢自报家门。

灵魂附体神话的第二种元素来自巫觋范畴:演员仿佛巫师,是现实与超现实之间的介质。他既可怕又神奇(神圣的怪物)。不过在这里,还是应当以人种学角度来思考其职能:与所谓(称呼有误)"初民"社会的巫师完全一样,演员与观众,即社会上其他人之间是互补(而非对立)的关系:他是他们所不是的样子,并与他们建立起一种极为平衡的社会机制。

另一方面,我们从克洛德·列维-斯特劳斯的某些观点中获知,这种互补功能也是所有少数人群的功能。灵魂附体的演员在某种程度上固着了观众所在社会不想成为也不敢成为的样子,他把危险表演出来,并驱邪袪魔。因此灵魂附体的神话(这便是它的第三种元素)使演员遭到社会排斥,而在资产阶级社会形成之前,这是演员的基本社会处境。只不过在那个年代,社会对于演员的禁忌属于社会、宗教范畴,即直接而明确:演员既不属于世俗社会也不属于宗教社群

（比方说演员不能跟其他人葬在一处），尽管被逐入旷野，却不必对这种歧视隔离加以美学升华，隔离并不影响行业本身的内容：在我们的古典戏剧美学中，演员灵魂附体其实并未获得多少证实。相反，随着民主社会日趋恢复演员作为公民与私有个体的身份，它也会越来越多地将"使命"感及千篇一律的高帽子分派给演员职业。

像我们这种去神圣化的社会，对于演员被人物附体的神话，社会无法按照其原始的外来形式加以吸收：与以往一样，对于不合理的事物，社会要努力让它合理化，而不是将它消灭，要人为地以**自然**作为神圣事物的担保：魂灵附体的神话"文明化"了，人们用"自然的"神话对它加以修正：从那以后，人们要求演员被人物附体，同时将附体的迹象掩盖住。在其他社会，巫术的（比如巫师的）魂灵附体仍刻意保持戏剧性，因为必须同时展现被魂灵附体之人与招魂法术，他们只好在两者之间表现出某种差距。在我们这儿恰好相反，伪理性的舞台艺术错误地要求演员与人物保持一致，而不是彼此碰撞：人们乐见、期待演员即为人物。可惜这并不意味着要求演员演技含蓄（也许电影除外，电影演技远没有戏剧哗众取宠）。人们允许甚至称赞演员全身心的投入以及夸张的激情动作，人们希望他同时承担神话的两面性，即不合理的一面与合理的一面，演员既能将表现巫师魂灵附身的身体消耗（叫喊、汗水、眼泪、颤抖）表演出来，又能保持含蓄，因为含蓄适合表现演员与人物之间真正的亲密。总之人们自相矛盾，要求演员既是客体又是主体，既是猎物又身心自由，就好像角色的命运在某种意义上没理由波及演员似的。

这种魂灵附体的神话使演员付出很大代价：倘若服从这个神话，他的表演会束手束脚，他会夹在魂灵附体的动作与自然的表演之间动弹不得（就像我们最近在皮兰德娄《我们今晚即兴演出》中看到的那样，萨沙·庇托耶夫的演员们根本无法区分这两个层次，结果左右为难，而那却是剧本的推动力）。对演员而言，恢复自由只能意味着身为演员、表演者，坦诚地站在舞台上，他不纯然是自己，也不完全是角色：这无疑揭示了演员职业的真相。

因为在魂灵附体的神话中，最让人担心的是演员本人似乎大多时间都相信它并且为之辩护。社会虚伪地把崇高当作小费打赏给他，他接受了。他忍受着微薄的薪资，不稳定的地位，因为他被别人说服了，相信这关系到他职业的神圣性，相信融入角色是无价的荣誉。身为灵魂迁移的了不起的专家，他由此抵达艺术的无私境界，在那样的境界中，贪财实在有辱人格，然而一切都是相辅相成的：改善职业地位的斗争与批判性演技是休戚相关的。演员应当自救，摆脱那些神话，那都是为了剥削他们而奉上的高帽罢了。

——刊于《今日戏剧》，1958 年 3—4 月

悲剧与高雅

由于抱负与决策之间的落差,最近国家剧院[1]的改革在某些方面比以往更为可笑。他们不但批评组织机构(两个剧厅),也指责(第四共和国)体制与(西方)文化,总之他们说着充满革命色彩的话语,就为了多上演拉辛和克洛岱尔的作品,前者是备受宠爱的古典主义者,后者是伟大的天主教作家。为了给这份一成不变的剧目单增添点新意,他们把它交给一些行政官员与艺术家,这些人都是同样的体制与审美培养、提拔出来的,又奉命以文化新观念的名义对这种体制与审美进行清理:无论布雷阿尔·德·布瓦桑热[2]、于连[3]、

---

[1] 建立于1959年2月3日的文化事业部(Ministère des Affaires culturelles)交到了安德烈·马尔罗手中[米歇尔·德布雷(Michel Debré)担任总理]。4月9日马尔罗发表了第一次讲演。法兰西喜剧院失去了卢森堡剧院(奥德翁)。后者以法兰西剧院的名义交给了让-路易·巴洛。
[2] 克洛德·布雷阿尔·德·布瓦桑热(Claude Bréart de Boisanger, 1899—1999),1959—1960年担任法兰西剧院总经理。——译者注
[3] 于连(A. M. Julien, 1903—2001),法国演员、歌手。1947—1966年担任萨拉·伯恩哈特剧院经理。——译者注

圣-德尼[1]与罗兰·布迪[2]（此君委婉地表示愤慨，因为人家许诺他剧院经理一职，结果只让他当了顾问）诸君如何有才干，单凭履历很难看出他们能像马尔罗要求的那样，做好质疑西方文化的准备：他们是在莫莱任期内崭露头角的，难道因为最近升了职，就突然变成粗暴的革命派了吗？

总之，马尔罗郑重其事地推行这种靠不住的因果关系，这正是尤奈斯库笔下的笑料："咱们求变，所以咱们啥都不会变。"拉辛浸透了我们整个文化，从国立民众剧院到外省巡演，到处都在演出他的作品，中学年复一年地讲解他的剧本，从蒂埃里·莫尔涅到瓦扬[3]，从坎普到《法兰西文学》[4]，整个民族都对他推崇不已，所以我们还要多演一些拉辛的戏。法国人演出费铎和拉辛难道不妥吗？人家会给他举巴洛的例子，他至少是排演拉辛和费铎的。法兰西剧院、歌剧院难道不应该是博物馆？咱们演一场《卡门》吧，赶快向卡桑德尔[5]订购新布景。总之咱们全力以赴，把各处的勃

---

[1] 圣-德尼（Michel Saint-Denis），法国演员、导演，创建了斯特拉斯堡的戏剧艺术高等学校（l'École supérieure d'art dramatique），曾担任法兰西剧院顾问。——译者注

[2] 罗兰·布迪（Roland Petit，1924—2011），法国编舞、舞蹈演员。——译者注

[3] 瓦扬（Roger Vailland，1907—1965），法国作家、著名记者、电影编剧。——译者注

[4] 《法兰西文学》（Lettres françaises），1942年德国占领期间秘密出版，法兰西阵线抵抗运动的出版物之一，主编为德古尔（Jacques Decour）和波朗（Jean Paulhan）。——译者注

[5] 卡桑德尔（Cassandre，1901—1968），法国美术设计师、舞台装饰设计师、画家。——译者注

比·华特森都换成勃比·华特森[1]。

可是，要想改革戏剧艺术，重绘布景或更换演员都是不够的。必须有摧毁的勇气：对于拉辛，要摧毁的是几个世纪以来的拉辛神话；至于克洛岱尔，大半皆可毁之：我们不能既取悦了坎普又干了革命——必须有所取舍。马尔罗选择的是坎普先生，尽管他为马尔罗充当人道主义吹鼓手有点上气不接下气，在鼓吹人道主义方面马尔罗无可匹敌。在这两个人手中，剧本仿佛肉铺里的生肉，从猪头肉到后臀尖，割成块儿零售。应当演出高雅、伟大的剧本。然而剧本"高雅"与否如何定论？从某种意义上讲，拉辛笔下的情感平庸无奇；从某种意义上讲，《缎子鞋》无非是没完没了地偷情——正如马尔罗小说中从未出现过这种主题。剩下还有什么？形式。高雅是一种文字效果，灵魂的披纱，有时指亚历山大体，有时指卡斯蒂利亚风格。简言之，他们不但把悲剧作为文化必备的高雅形式强加给我们，而且把这种悲剧仅仅定义为一种文体，一种强调情感的修饰手法，而这份情感无论是庸俗还是有悖现实都无关紧要。

悲剧形式获得如此强调，人们不免将它与喜剧对立起来：这个高雅，那个低俗。这种划分方式并不怎么有革新意义；数百年间它建起了一套理所当然的分配法：灵魂、奉献与死亡划分给悲剧，俗世与新生力划分给喜剧。在这里是通

---

[1] 勃比·华特森（Bobby Watson）是尤奈斯库剧本《秃头歌女》中提到的人物名，勃比·华特森全家人都叫勃比·华特森。——译者注

奸，到那里就顺势变成悲情冲突。分工明确是最有效的借口：正人君子会根据时机与情绪做选择性回避，要么享床笫之欢，要么于墓畔垂悼，两者互不干扰，高雅与低俗绝无关联。如今他们的提议进一步巩固这种巧妙的分配方式：政府把灵魂收归国有；这个东西几乎赚不到钱，却可纳入新体制的演出成本，新体制应当为崇高买单。私有剧院则开发两性题材，虽然不光彩但是能赚钱。只是，在高雅与低俗之间尚有人间存在，我们的人间，那里有实际存在的痛苦、需求、困境以及现实，现实中的我们与拉辛或费铎的人物相比，完全是另番模样。这种介乎中间的戏剧或许终于与我们息息相关，但是还没有人为它做宣传：它的高度还不够。

马尔罗的计划并非缺少社会性。可是他的处理方式是：用当下最讨厌的神话，即青春的神话掩盖社会性。他们要向高雅戏剧输送**年轻**观众。什么是**青年**？一种超自然力，还没定型的人类。要看这个词是用在卡尔内[1]的戏里，还是用在 JEC[2] 或文化事业部，他们根据不同情况对其丰富语义做出适当删选。这是一个被不在场的幽灵们占据的空场地，一个被抹除了出身与局限的刻意抽象化的个体，一个社会等级的零度状态。这点类似于**女人**、**儿童**和**老人**，满满一库房半生物学、半诗意的实体，在那里唯有社会问题是禁忌，这样一来，就再次免于思考各种异化的现实差别。然而这些你

---

[1] 卡尔内（Marcel Carné, 1906—1996），法国导演。——译者注
[2] 基督教青年学生会。

们要培养的**青年**,只要他们来自现实世界,就可能比你们以为的更加狡黠。在拉辛与克洛岱尔的作品中,他们会嗅出一股灰尘味。你们为青年人演出那些剧本,其实它们再也触动不了他们。

——刊于《新文学》,1959年4月22日

《缎子鞋》[1]

《缎子鞋》(*Le Soulier de satin*)没有"人物"。普萝艾丝是与自我的多重性或多重投影搏斗的"灵魂"。她面对的不是个体,而是幻象。比方说,她的欲望具有双重性:一方面罗德里格是其欲望所向却要避忌的正面人物,另一方面卡米耶获准亲近却是负面人物(黑人,顺理成章),也许正因为获准亲近才成为负面。与她敌对的是各种监督力量,它们同样具有双重性:无理的高压监督,来自马利神甫;神圣的监督,来自奉命将失败化作祭品的天使。冲突的关键是**律法**,即**承诺**:人能否收回承诺?剧中(给予的)**承诺**在双重意义上具有情色意义:首先作为诺言(众所周知承诺是情色的替代品),接着作为鞋子,这件物品从丈夫手中收回,却

---

[1] 1943年让-路易·巴洛在法兰西喜剧院指导了这部剧,玛丽·贝尔(Marie Bell,1900—1985)饰演普萝艾丝。在玛里尼剧院(1946—1956)演出十年之后,巴洛在掌印法兰西剧院(奥德翁剧院,1959—1968)之前在王宫剧院(Théâtre du Palais-Royal)重排此剧,卡特琳娜·塞勒尔扮演了普萝艾丝。

拒绝赠予情郎，它悬挂在圣母祭坛之上，意即借助一种贞女式的解决方式，它被巧取却未曾毁坏，而这种方式将导致绵延的挫败感。普萝艾丝面临着非此即彼的选择难题，其形式本身已经意味着败局。至少这是剧本的主旨所在。不过，克洛岱尔笔下也出现了拉辛的"圆满结局"式悲剧：初衷是要描写失败，资产阶级意识却在中途软弱了，勇气不够，把悲剧变成了情节剧或歌剧（参看《爱斯苔尔》[1]），对当初想要表现的彻底失败进行调整，在最后一刻强加上一个牵强的结局：挽救了这些主要人物的正是轻诺寡信。《缎子鞋》的轻诺寡信表现在普萝艾丝的孩子身上：肉体上她是卡米耶的女儿，精神上却是罗德里格的女儿。好心肠的任务分配，让人心安理得，既遵守了律法又满足了情欲，巧妙地使撕裂的灵魂获得和解：崇高的冲突的结局总是十分陈腐。当然这一切都发生在俗世之外。克洛岱尔将情节安排在全世界范围内。然而这个世界是不现实的，纯粹徒有虚名：它时而异国情调（克洛岱尔笔下的美洲荡涤了狂热与残酷），或如梦似幻（堂娜·缪西卡逃向那不勒斯王，堂娜·七剑则投奔奥地利的朱昂），以至于这个克洛岱尔式的宏大空间不过是失败与停滞的外延形式罢了。

在我看来，这些神话素材正是《缎子鞋》的趣味所在，值得一读，在舞台上它们却完全消失不见了，因为戏剧的本

---

[1]《爱斯苔尔》（*Esther*）是拉辛的三幕诗体悲剧，有歌队演唱，1689年在圣西尔学校首演。——译者注

质是要调动社会性，而一旦搬上舞台，堂娜·普萝艾丝的难题势必沦为最庸俗的情境。《缎子鞋》是一部卡斯蒂利亚风格的鸿篇巨制，它根据极小的法国主题扩充而来：偷情主题。所谓卡斯蒂利亚主义，就是每当法国艺术想用高贵的方式表现荒诞不经之时，便会定期借用的装饰布景。这个诀窍在蒙特朗作品中十分明显，在克洛岱尔作品中，"崇高"的空话更少，幸好总有某种物质性使那些空话更灵活。但偷情的主题延续下来。这是几世纪以来法国戏剧的重要主题。为什么？这是个文化问题，有朝一日值得专门研究。总的说来，由偷情产生出两种戏剧：一是喜剧，其中要摆脱开头的窘况，得靠着耍心机、说谎以及张冠李戴，总之对待麻烦要辩证地探讨，因为，顺便提一下，正如《太太学堂》中克里沙尔德"实事求是"的谈话所证明的那样，那种麻烦与《缎子鞋》是迥然不同的爱情诗篇；二是悲剧，死亡与无子嗣，即全身心的奉献，造成同样可悲的窘况。克洛岱尔用调整过的悲剧方式解决问题，这种方式有一整套形而上学来支持，其中偷情被夸大为人间至恶，某种程度上成为恶之范本。这是一套怪诞的神学，我惊讶地看到有人主张宽容，要求别把克洛岱尔"局限"在天主教思想里：我倒觉得问题在于别把"天主教教义"局限在克洛岱尔作品里。因为，尽管他文采斐然，却颠三倒四远胜于铺陈展述，其世界不过方寸之间。

我觉得，这样一部剧本要搬上舞台，代价应当是极高的。我的意思是，应当高标准严要求。最蹩脚的错误便是顺从、尊敬、崇拜,总之是怀着恭敬宽容之心,将这部作品奉若圭臬。面对这部剧本,距离感与判断力比任何时候都更为必要:正如人们所言,如果伺候作品,只会毁了它,就像对一个有天赋的孩子吹捧他浓浓的自恋情绪。排演克洛岱尔的剧本时,应当怀有反克洛岱尔的态度:言听计从是坏事。导演只有细致而多疑,对夸张的私情及卡斯蒂利亚式黑纱都满不在乎,对委拉斯凯兹和灵修都所知甚少,总之像一个(皮斯卡托[1]式的)"野蛮人",他才可能有机会(倘若机会存在)一不做二不休,把这部作品从"轻诺寡信"中挽救回来。

——刊于《民众戏剧》,1959 年第一季

---

[1] 皮斯卡托(Erwin Piscator, 1893—1966),德国戏剧导演,无产阶级剧院的创建者。——译者注

《鞋商的假日》

米歇尔·维纳威尔挺大胆,让·维拉尔请他改编剧本,他却对剧本进行了思考,还天真地把自己的想法告诉公众,结果咱们主流批评界把他逮个正着。有想法的人总是可疑的,有想法的作者实在过分,他颠覆了诗人应有的头脑简单,不负责任:走进剧院的人啊,把思想都抛开吧。有一种傲慢是一切反智主义所专有的。他们假装认为思想空虚是**天赋**的**权利**。一旦剧本不再上排行榜单,而成为精神思考的素材,批评界就会感到愤怒:这可不行。用米什莱的话说,仇视思想乃是至恶;在戏剧领域,最敏锐的智者也会遭到至恶的突袭。

维纳威尔犯的第二个错误在于,在节目单和《长话短说》中,他根据自己的解释来选择词汇(我们还没谈到剧本本身,也许我们永远进行不到那一步)。这是一篇概括-分析,许多批评家或可将其奉为范本[1],维纳威尔借助概念

---

[1] 在米歇尔·维纳威尔的概括-分析中包含一种真正的新批评元素。我想到了他概述亨利·格林(Henri Green)《爱情》(*Amour*)以及赫西俄德《神谱》的方式。(罗兰·巴特原注)

来表达想法，他根据的是一种相当合理的语言法则，即语言是一种与意图适配的工具，不会没来由地出现学究气的语言，只有在风格与内容发生偏差时才会有学究气存在。这种配合的努力该受谴责：知识性话语是至恶。还有一件事：维纳威尔的阐述在思想上有多清晰（也就是说 J.-J. 戈蒂耶看不明白），他改编的《假日》[1]就有多诗意。在那代人中，米歇尔·维纳威尔是几位学养深厚的作家之一：《朝鲜人》是睽违已久的优美剧本，其语言之美绝非对昨日之美的模仿，而是建立一种精确的语言，同文学与自然保持同样距离。他改编的《假日》惹怒了"英国语言文学教授"勒古伊（Legouis）先生（《长话短说》第 25 期），那却是完整写作的成功案例，涉及最棘手的文学问题：所谓的"粗犷"语言是排斥粗俗的——与勒古伊先生的看法相反，粗俗是一种思想现象，而不是语汇现象：拉辛剧作有粗俗之处，热内作品中却没有。德克与维纳威尔的剧本也没有。我不知道米歇尔·维纳威尔是否遵循了"Never woo me"[2]这句话在语史学上的真实意义。但我知道，他使我读懂了相隔三个世纪之前的人物关系，并且多亏了他，一种充满仁慈、爱意与空幻的语言迎面而来，仿佛在我眼前、为我而生。维纳威尔文本

---

[1] 维拉尔约请米歇尔·维纳威尔改编托马斯·德克（Thomas Dekker, 1572—1632）创作于 1599 年的《鞋商的假日》(*The Shoemaker's Holiday*)。1959 年乔治·威尔逊（Georges Wilson, 1921—2010）在国立民众剧院排演了这部作品。
[2] 原文为英文，意为"永远别求我"。——译者注

中最优美的地方正是坦诚,不是对德克的文本,而是对德克的世界保持坦诚。因为高明的翻译(国立民众剧院不是大学教师资格会考的考场)不在于语言,而在于传达出产生该语言的现实。关于这点,批评界一言不发:关于维纳威尔,他们只想知道他对自己的文本说了什么,而无意了解文本本身:他们听了,却充耳不闻。

他们也看了,却视而不见。针对维纳威尔的主要批评,导致对他群起而攻之的,在于维纳威尔将德克政治化了。他们这般口吐狂言:政治乃是戏剧的禁忌,咱们批评界有两种批评方法,要么把公然讲政治的作品彻底否决掉(对阿达莫夫采取的手段),要么否认作品有任何政治色彩(几经踌躇,认识到布莱希特才华卓绝之后,对他采取的手段)。德克是古典主义者(纳入了英国大学教师资格会考大纲),他们对他采用了第二种手法:维纳威尔控制政治的恶性扩散,德克获得开释,可以从容升入**纯娱乐**的庙堂。《假日》中有贵族、商人和工人,但禁止将之视为"社会阶层"。这里只有"高贵的老爷"和"好心的鞋商"。德克根据社会身份对于各方动机做出适当改变,尽管如此,还是不允许从这种心理定位中看出社会心理学。总之,对于战功赫赫的贵族、发战争财的商人以及被强征去送命的工人而言,战争并非同一种现实。这一点显而易见,却具有颠覆性,故而批评界在《假日》中看到的战争是布景,是"顺利推进"的巧妙借口。

总之,从作品中领会到作品没有点明的内容,这是不合适的。德克描述各种关系,但并不点明,这一点他恪守了优秀文学作品的基本原则,即表现却不擅下定义。颇为矛盾的是,人们宣称主题剧无聊,同时又为之辩解。所谓主题剧,就是剧中配有大段独白,作者在其中"点明"自己的意图。德克当然完全没有这样做,批评界假装什么都看不见,他们傲慢地满足于仅看字面意义,而他们的作用恰恰是解读作品,他们的工具恰恰应当是目力,他们对自己的眼神不济却好像相当满意。在不同情况下,批评家们怀着自夸或温和的满足感,明确表示自己眼盲,没有比这更奇谈的事了。简单说就是他们没有批评能力,他们目光短浅,好像还自鸣得意:我看不懂,所以你们是笨蛋,我啥也看不见,所以这些都不存在。

侏儒的目光居然也不乏成见:德克作品类似喜剧,他们就认定它不能发人深思,对咱们的批评家来说,笑与思考是不可兼容的行为,因为笑的作用恰恰是阻止思考。这种非此即彼的选择是错误的,它建立在同样错误的等式之上,即幼稚地在某些人类关系的政治现实描写与正经、费劲、无聊的思考行为之间画上等号,就像在戏剧批评的炼狱中应有的那样,"思考"向来是枯燥而徒劳的工作,它需要尽快获得"休息"。因为在咱们所有批评家的笔端,无论文字活泼还是激烈,他们急于赋予德克喜剧的,都是论其浮浅的令人安心的伟大神话。德克既滑稽又严肃(因为喜剧都是严肃的),这是在威胁戏剧的"娱乐"性(听好了:娱乐性是不必担责的保证),这是在打破故弄玄虚的分类,即把戏剧当成一种消遣,经过精心消毒,与生活其他部分切割开,仿佛空虚而优雅的漂亮气球,高高地飘浮在日常事务之上。此外,肤浅在历史上也有变化,自从剧评家出现后就对它作了细致规定,他们写道:对意大利喜剧〔把整个意大利,从哥尔多尼到法布里(Fabbri),都一股脑儿装进去〕而言它指的是活泼轻快;对伊丽莎白戏剧而言它指的是粗野彪悍。国立民众剧院看起来乏味透顶的演出,观众却自发地赞美它粗野彪悍:外来的一切都应当得到"粉饰",否则就可能失去异国情调的精髓。

剩下的无非是通过极为对称的责任对调,以完成价值标准的整体倒置。没有导演,缺少布景与音乐,演员麻木不仁,只有胡乱寻开心的时候才来点精神,这种空洞无物自然成为演出的唯一优点,因为他们铁了心要看一场不负责任的戏。批评界一致决定把作品掏空,他们只能去巴结那些会清肠的手艺人了[1]。

这一切证明了——因为有必要把《假日》的不幸遭遇重新置于法国戏剧的总体形势之中——我们对一切革新都极为反感,我甚至还未谈及戏剧本身,谈的只是关于戏剧的语言。一旦触及作品的责任感,即便脱离演出,采用评论或节目说明等间接方式,他们也会蜂拥而上,严阵以待:禁止触碰。但总的来说,面对如此不得体的本能反应(媒体众口一词,形成真正的社会学现象),令人宽慰之处正是它的整齐

---

[1] 只有保罗·莫莱尔(Paul Morelle)在《解放报》(*Libération*)发文支持作品,反对导演。(罗兰·巴特原注)

划一。带着这部"优美的伊丽莎白风格情节剧""快乐的演出","顺利进展的巧妙借口","和蔼的鞋商",维纳威尔仅以分析能力作武器,就使得一种成熟的戏剧胆战心惊。如今除了一两部作品之外,这种成熟戏剧对我们的戏剧艺术的影响超过以往任何时期。

——刊于《民众戏剧》,1959年第二季

《大胆妈妈》的七帧经典剧照

1957年"柏林剧团"第二次来演出《大胆妈妈》的时候，摄影师毕克[1]透过摄远镜头（téléobjectif）对演出进行了完整拍摄。多亏有他，我们很快享有了[2]《大胆妈妈》的真实历史影像。我认为这在戏剧批评领域是新现象，至少在法国是如此。这套照片（约百幅）拍摄的是同一部戏，对那些想要思考戏剧的人来说，它们不仅十分美妙（因为《大胆妈妈》是一个很精彩的故事），而且极为珍贵。因为照片所显示的正是随着表演而消失的东西，是细节。而细节正是含义的载体，由于布莱希特戏剧是有含义的戏剧，所以细节是至关重要的。

我坚信毕克的照片有助于说明布莱希特关于间离效果的概念，这个概念曾给批评界带来强烈刺激。布莱希特的间

---

[1] 毕克（Roger Pic, 1920—2001），做摄影师之前曾为戏剧人，后成为著名新闻广播员和电视导演。他专心捕捉演出瞬间，推动了戏剧摄影的变革。
[2] 《方舟》（*L'Arche*）杂志，1960年。

离效果引起的反响特别热烈：人们指责它的同时又否认它的存在——人们声称在很多戏剧理论中都能找到它，同时又让布莱希特为它负责。这些态度看似矛盾，实则正常，因为对间离效果的批评一贯来自反智主义的偏见：人们担心，如果演员不把身体内的激情、"性格"中的丰富热情全部倾注其中，演出就会变得乏味、冰冷。而任何看过"柏林剧团"演出或者愿意看看毕克照片的人，都非常清楚间离绝不意味着减少表演。恰恰相反，间离就是表演。只不过在间离效果中，表演的逼真源自剧本的客观意义，而不是像"本色"表演艺术那样，源自演员的内在真实，因此说到底，间离效果不是演员的问题，而是导演的问题。Nüchten！[1] 空腹！布莱希特对演员们这样说，或许他在叫演员表演之前，想把他们各自的细微情绪全部清空。换言之，间离就是把演员和自身情感之间的联系切断，然而它也是并且主要是在角色与剧情之间重建新的联系。对演员来说，这意味着要传达剧本的意思，而不是自己沉浸在剧中[2]。

我正是想借助《大胆妈妈》（摄于首个场景的行动中）的几幅照片，举例说明这种新的联系。我想说明姿态细节具有怎样的政治含义，如何精准、正确地呈现了角色各自的异化：发掘人物的方式各不相同，这是布莱希特戏剧的基本含

---

[1] Nüchten，德语，意为"清醒"。——译者注
[2] 剧本的客观意义，也被布莱希特称作社会姿态（gestus social），即政治观察。关于姿态的例子，可参看布莱希特指导下的排演记述，《民众戏剧》杂志，第30卷，第3—18页。（罗兰·巴特原注）

义之一，间离的使命正是阐明与表达这种区别以待的观念。这便是间离：把表演推到极致，乃至意义不在于演员的真实性，而在于各种状态之间的政治联系。换言之，间离不是一种形式（恰恰是所有意图诋毁间离的人才会这样想），而是形式与内容之间的关系。为了形成间离，必须有一个支撑点：意义。

1. 竖起的手指

在剥削者与被剥削者之间存在着一个中间阶层，即"代理人"阶层。这些代理人（这个词有点含糊，既有被动之意也有主动之意）集合了双重异化：奴隶之异化（客观讲这都是些"小人物"）与主子之异化（对于比自己更卑微的人，他们行使主子的权利）。然而纯粹的主子可能会玩世不恭（《大胆妈妈》中的上尉就有些玩世不恭），纯粹的奴隶可能会觉醒。奴隶兼主子既不会玩世不恭也不会觉醒：这种人专事辩解。

因此这个阶层通常喋喋不休（还有谁比宪兵更夸夸其谈？）。他们讨论起来就没完（但宁愿在自己人中间）。为了证明自己遭受的恶与施加的恶行都合理合法，他们有个放之四海而皆准的借口：人性——人是这样的，人是那样的。对他们而言，所谓讨论就是宣布不容置辩的结论。因此巡捕靠着两套说辞，每天都屡试不爽：一是格言警句（用老一套、改不了的泛泛而论为后盾，力挺那些加诸个人的或可改变的

图1

压迫行为);二是反语(用反义词命名一种现象:在侮辱、奴役、无序登峰造极之时谈起荣誉、自由、秩序)。

负责为瑞典国王征募士兵的下士和中士在一条结冰的路上等待目标人群(都是些士官,破衣烂衫,无以御寒)经过,下士和中士之间很自然地讨论起人,因为他们的猎物就是人。中士已经看透了:他竖起一根充满哲理的手指,向下士指出职业的艰难。每个巡捕都有极为现实的烦恼,但这都是巡捕的烦恼,而巡捕的烦恼就是猎物的自主权。农民很狡猾,你把他灌醉,让他去签服役协约,可一到这时候他就脚底抹油了:人心不古啊!下士开始怀旧:这儿的人太久不打仗了。而战争就是秩序井然,因为人们不得不对人口和物资做详细统计。和平就是乱象丛生。

2. 手拉遮篷小板车

在法国老歌里，随军做小买卖的女贩子是个挺诗意的形象。她们类似于社会福利人员，胆量过人，心直口快，是深受法国人喜爱的神话中的女性形象：助人为乐的粗人。给法布里斯·台尔·唐戈[1]酒喝的女贩子并未拒绝拿他的钱，可是，难道她不是温情地表示自己被年轻主人公的苍白脸色打动了吗？女贩子是战争中的女性因素，这是一种让战争非现实化的巧妙手法：咱们的女贩子源自古罗马母亲与妻子的形象——她只不过是她们的粗俗版，本土化之后变得越来越有军队官僚气（如今咱们以应用心理学部门代替了她们）。

而布莱希特的大胆妈妈就算乔装打扮，也一点儿都不像护士或者行善的修女。她是个女贩子，唱支货郎歌向大家介绍自己。在她和她给酒喝的那位士兵之间，有她那塞满荷兰盾的大背囊，还有她的遮篷板车，那是一种装满货物的移动商铺，每样货品都是投机所得，也都用于投机生意。这个行当的生意经很简单，无非是囤积居奇：休战期间用最低价买入，交战最激烈之时以最高价卖出。这正是战争利润的定义。她的利润微薄而且不稳定，大胆妈妈背后没有任何政府机构，她并不指挥战争，意即她无法预见战况，及时买进，

---

[1] 司汤达小说《巴马修道院》中的主人公。——译者注

图 2

及时卖出。面对大人物,大胆妈妈本人也得屈服。跟那些要拦住她并掳走她一个儿子的士官们一样,大胆妈妈产生了双重异化:她既是剥削者又遭人剥削——她剥削饥饿的农民,用一口面包换他们的东西;她剥削拮据的士兵,一点儿酒尽量卖出高价。而与此同时,她只是这场战争的玩物,对战争的"最高动机"(即当权者的动机)一无所知:她有过错,也遭到伤害。

因此确切地讲,大胆妈妈的整个人生都体现在生意职能上。比如她的家庭是一个工作团队、一个合作社,每位成员分工明确:妈妈进货、卖货、管事,儿子们拉车,女儿做家务、买东西。当然,大胆妈妈的母性是深沉的。然而她的母性永远无法同真正的生意管理区分开。大胆妈妈丢了一个孩子之后,她马上恢复了专业态度:必须重新分配工作,按照丢失的人力资本比例,增加剩下孩子的任务。每次由于意外死亡减员,合作社都会重新振作,连平时用来掉眼泪的时间都没有。

在《大胆妈妈》中生意与母性密不可分,这是个重要现象。牢不可破的关系并不能给任何一方带来好处:倘若把《大胆妈妈》看成遭战争灾难压垮的尼俄柏,看成可载入史册的母亲,那就错了,因为大胆妈妈为了做买卖而毫无意义地失去了孩子们。倘若是把她看成"丧尽天良"的母亲,因为贪婪而牺牲家庭,那也是错误的。生意就好比她的一个孩子,在危急时刻她就像母鸡一样在小鸡崽之间奔来跑去。

3. 快活的大胆妈妈

依照过去咱们富有诗意的女贩子形象,大胆妈妈并不"尾随"战争。她追上它,跟在后面跑,就像一只找食儿的动物。她积极主动地奔向战争。就算在战争期间,大胆妈妈也有一种满足感:对她而言旅途就是休息,就像赶去签下份合同的商人,他会在飞机上得到休憩。

大胆妈妈表情愉快。这并不意味着她所在的世界是美好的。微笑不是政治标志。大胆妈妈微笑是因为头脑简单,也就是无知:她并不知道,要想靠战争生活,就得向战争付出代价。对她而言,战争没什么大不了,不过是个行当。她相信,跟其他任何行业一样,只要肯花时间、卖力气、想点子,她就心安理得了。她的微笑是礼拜日才会有的微笑:她工作,她休息,又重新工作。人家还能要她做什么呢?她难道不是把活儿干得妥妥的吗?战争别打扰她的清静!至少对

图3

那位要抢走她儿子的中士,她是这样回答的:"我们是本分人",这是所有自由主义者对于暴力的愤怒回应。

诚然,战争是一门经济学,但并非自由经济学。面对大胆妈妈的微笑,回答她的是**秩序**的粗暴:"没有士兵就没有战争。"[1] 这意味着世界是受到束缚的:战争只能在短期内维持稳定的经济,可以让人混个温饱。绵延性揭示了战争的真正本质,因为绵延是一种连贯性(比如说,战争会蔓延:大胆妈妈的儿子们一个接一个在其中消失)。总之,作为自由幻象的牺牲品,大胆妈妈相信可以无拘无束地生活,

---

[1] 面对道德秩序,大胆妈妈厚颜无耻,她会捅破它的真相。可是在大胆妈妈盲目之时,厚颜无耻愚弄她的就是**秩序**。他们拆穿了彼此的面具。(罗兰·巴特原注)

或者不管怎样可以自由选择自己与战争的关系。她只想把生意人的时间与勇气投入战争。但她却得把三个孩子一个接一个地交给它：对世界的评判不能依据居民的表情，而要看它储备了多少罪恶。与其在战争中微笑，不如没有战争。

4. 记录在案的家庭

大胆妈妈的子女们不分彼此，女儿生在这儿，儿子们生在那儿，皆因大胆妈妈拉车走遍了欧洲。父亲们都有名有姓，但是可以互相交换：这位留下姓氏，那位遗传性格，第三位传给了长相，孩子们彼此分享这一切，无视遗传规律，这是对子女像父亲的可笑戏仿（他跟他父亲是一个模子刻出来的）。当然，大胆妈妈有一只锡罐，里面小心收藏着家庭文书。而家里人却随便交换正式身份。大胆妈妈的文件夹还在，却被调了包。

与大胆妈妈的锡罐相呼应，下士的备忘录也同样可笑。这些我们都要记录在案，每个巡捕都这么说，因为文字总是唬人的：战争的巨大无序从秩序开始，无组织则从组织开始。如其名所示，**秩序**主要意味着做核算，这也是战争特别吸引下士的一点：战争迫使人做清查——清点数目就是控制支配，就是安全可靠，就是合理合法。显然，清点的是一些正式的计量单位，是被某种扩散中的**观点**所定义的人，即军队的猎物。故而下士如此重视合法身份，这不过是借口，因为人没有价值：通过著名的反语法，一个人被询问姓名时，他最受蔑视；恰恰在人家准备把人作为普通单位计算时，他又以个人的身份光荣地应征入伍了。

大胆妈妈和她的孩子们全都懂：对他们而言，现行秩序，旧锡罐保存的秩序，它属于正常运转的家庭，不属于有名无实的家庭。大胆妈妈的乌托邦（因为大胆妈妈有时会想象一个幸福世界）是一个没有姓名，没有"资质"（除非是普通水平）的人类社会，人身上没有任何东西会招致**秩序**垂涎，这是一个摆脱了有名有姓的戏剧的没有"符号"的世界。

5. 被保护的孩子

征兵的人威胁要掳走她儿子们的时候，大胆妈妈挺身反抗。必要的话，她会举刀相护。大胆妈妈傲然挺立在家人前方，但动作几乎可谓轻松，没有任何神话般的或戏剧性的**姿势**：她应当已经面临过同样的处境，她的保护讲究方法，不是心血来潮。大胆妈妈反对任何家人充好汉而死，同样我们也不该以为她会像母老虎般保护自己的孩子。好汉，母老虎，这些都是表征，布莱希特的人物没有表征，因为不存在本质。勇敢的随军女商贩和愤怒的母亲，这些伟大的主人公被堆砌了各种形容词和隐喻，大胆妈妈和她们都不像。她行动、完成使命，包括母亲的使命也有生意上的使命（谁也说不清她是否保护孩子比维护雇工更尽心）。

因为大胆妈妈并未纳入某些逻辑学家所谓的元语言

图 4

(méta-langage),即人们谈论某事所使用的语言。大胆妈妈属于一种客体语言(langage objectif),她的姿态就是行动,只用来改变某种状态,而不是对该状态进行评论、歌颂或解释说明。对我们而言,这种语言-客体(langage-objet)也许会转变成元语言,因为我们是以再现的形式(戏剧)完成它的。然而这是布莱希特悖论的核心所在。我们习惯看到第二阶段的戏剧:这是一种姿态,它模仿的是另一种姿态:还是以痛苦的**母亲**为例,克吕泰涅斯特拉[1]或尼俄柏展现的是已经戏剧化的痛苦,而人们认为痛苦专

---

[1] 克吕泰涅斯特拉(Clytemnestre),希腊神话中阿伽门农的妻子,她与情人合谋杀害了丈夫,后来被自己的儿子复仇所杀。——译者注

属于戏剧。这是因为激情本身就是戏剧,几个世纪以来它受到古典主义舞台如此追捧。但是,布莱希特并不模仿激情,激情已然是生活中的戏剧,他模仿行动本身,在这一点,与亚里士多德的古典主义继承者们相比,他与亚里士多德更加接近,因为对亚里士多德和布莱希特而言,性格应当来自行动,而非行动来自性格。因此,我们看到的大胆妈妈的表演(或者可以说假装)并非为了表现,而是为了实用。可是对我们而言,角色的表现力已经成为戏剧最重要的享受之一,所以我们总是力求把现象转化为意义,动作转化为姿态,行为转化为本质,史诗转化为悲剧:母亲像母狮一样保护幼子,这是多美妙的场景!(从这个比较关系的句子中,可以看见我提到的第二阶段戏剧的标志。)布莱希特作品的新颖之处在于,他的戏剧并不乐于利用生活中的装腔作势,而是将它们从戏剧中消除,用一种功能母亲取代**本质母亲**。布莱希特不再对模仿进行模仿,而是重新回到人类行为所传递的内容。

6. 被预告的命运

这是布莱希特作品中少数悲剧元素之一:在古典主义悲剧时代,人们称之为命运的嘲弄。

为了搭救儿子们,大胆妈妈编造了一个弥天大谎,她假装能预告他们的死亡。然而,巧合的是,大胆妈妈恰恰以自己预告的方式失去每个孩子:鲁莽断送了哀里夫的命,小

图 5

瑞士佬[1]因为老实厚道,卡特琳娜则是因为好心。每个人的死因都符合大胆妈妈假称的预言:谎言全部成真,仿佛**事变**中存在某种恶灵,仿佛某种超人的力量决定把人类的谎言当真并付诸实现。

事变中的神灵,这就是数个世纪中人们所谓的**命运**,而**命运**发生作用的次序,这就是悲剧。悲剧的特点是精确的二律背反,以及行动与后果之间看似有意识的联系:你们这样做是为了逃生,而让你送命的恰恰是这件事。悲剧的意外转变(所谓突变)是严密对称的:就死亡来说,大胆妈妈的

---

[1] 小瑞士佬即施伐兹卡司(Szeizcherkas),大胆妈妈的小儿子,诚实、天真,身材瘦削矮小。——译者注

图 6

图 7

孩子们只需要一字不差地将母亲为救他们而编造的假预言付诸实现就行了。在悲剧中，这种对称性体现了命运的神奇本质，因为只有神明能够如此精妙地安排一件事的偏离角度，以便得到截然相反的后果，只有神明能掌握如此精确的对称技巧。

所以《大胆妈妈》表面上有一种邪恶的结构，就像是一场悲剧的游戏。不过其中的**命运**表现为无知，悲剧表现为欺骗。结局在小瑞士佬的诚实及其死亡（小瑞士佬后来因为想保住联团的钱箱而送了命）之间形成的联系并非出于偶然、无法预测，也并非由神明强加于人。这是一种合理的联系，可以通过某类社会的内聚力进行解释：在一个恶性社会中，美德是有害的。这个可称作——因为这是布莱希特作品中常见的主题——艾兹达克伦理学（《高加索灰阑记》中的这位法官主持了公正，因为他在一个恶性社会中充当了无赖法官）。故而在布莱希特作品中有一种恶的结构，但并非内在结构：美德纯属社会功能，它在社会中实现。哀里夫先是受到恭维，后来又被枪毙，都是因为同一个举动（抢劫），他犯下的错误是在不讲逻辑的社会中做出符合逻辑的事情。

悲剧表面上显得很有理性，它假意相信存在本质上的道德。所以只需提醒一下世间存在的联系，悲剧就消失不见了。大胆妈妈在部分意义上算悲剧人物，因为她想无拘无束地生活，而善与恶突然出现，仿佛命运的可怕游戏。不过，只要把古代的**宿命**表现为人类的极度无知，悲剧就会让位，反对人类厄运的斗争就可以开始了。

7. 为扣环讲价钱

大胆妈妈差点儿就把儿子从征兵处救出来了。可是在最后关头,下士为一个皮带扣环跟她讲价钱。就那一会儿工夫,招募员带走了哀里夫。

因此,大胆妈妈为一桩小买卖失去了一个儿子。大胆妈妈浑身的精明与耐心都被自己的错误毁了:只耽搁了片刻,一切都完了,**秩序**把她千辛万苦拿到手的东西又赢了回去。大胆妈妈击败了各种挑战,却犯了三个错误:卖货、讲价、验证钱的真伪(咬钱币)。对于一个尽责的商贩,这三个错误都是优点:不拒绝上门的买卖,卖价越高越好,小心赝品。因此生意又一次成为衡量大胆妈妈的精确仪器:生意有时给她启发,有时将她蒙蔽;有时生意仿佛给她忠告,令她对战争的高尚借口无动于衷;有时生意使她利欲熏心,掩盖战争会让她付出的实际代价。在她身上,生意像是一种模棱两可的力量,既是现实的又是非现实的。

——刊于《民众戏剧》,1959年第三季

《三个火枪手》

对于自己的《三个火枪手》[1]（因为这的确是他的作品），布朗雄应该体会到了拉辛看《贝芮妮丝》（*Bérénice*）时的满足感：从无中造出了有。我特意做这样的比较：从布朗雄版《三个火枪手》中不可能看不出他的意图，他希望将作者与导演的角色合二为一，或者更确切地说，在二者之间建立巧妙的互通，以此摆脱剧情的局限（布朗雄应该在想）。唉，这种巧妙的互通在现实中并不经常能实现：布朗雄一号（作者）认为布朗雄二号（导演）是能干的合作者，带来美妙的戏剧语言；而布朗雄二号（也就是目前为止唯一真正的布朗雄）认为布朗雄一号是个听话的作者，他时刻待命修改自己的文本，奇迹般地不带任何作者的自负感，没有任何"信息"要传达，总之他是理想作

---

[1] 1958年5月12日在杂剧院（Théâtre de l'Ambigu）首演，演出持续到1968年，在维勒巴纳城剧院（Théâtre de la Cité de Villeurbanne）的演出赢得了国际声誉。

者,是没有文本的作者。

这场演出颇为成功,这一点却还是令人不舒服:空洞无物。或许观众在笑。但是逗乐未必得耍贫嘴,滑稽未必与严肃对立,另外一些戏剧创作者,都是剧作家与导演,他们(莫里哀、卓别林,布莱希特在《高加索灰阑记》这种演出中)已经证明了这一点。这《三个火枪手》都惹人发笑;不过那些讽刺歌手、费尔南·莱诺[1]以及美国喜剧也能做得到[2]。笑能够确定剧种,却丝毫说明不了品质。有令人展颜的发自上腹的笑,也有其他类型的笑,发自肺腑,震撼人心:必须有所取舍。当然,布朗雄的笑是机灵的:至少他让观众这样认为,为此他运用了最为可靠的手段:戏仿。他以快速的节奏(形式精彩)将戏仿展现给各方,每个人都被微微刺痛,却只如蜻蜓点水。由此,布朗雄对导演手法进行了某种先验的设计,但是除了欢乐情绪或者布朗雄的学识,他不传达任何东西,而那些情绪和学识,且不论是否讨人喜欢,都是与我们无关的。结果呢,这种"机灵"的演出几乎成为介于篝火晚会和高师年度活报剧之间的东西,高师活报剧嘲笑的是师尊克洛岱尔与布莱希特。简言之,那是少年人

---

[1] 费尔南·莱诺(Fernand Raynaud,1926—1973),20世纪50—60年代法国最著名的喜剧艺术家之一,最初在卡巴雷(夜总会)和音乐厅表演歌曲和小品,后来成为全国有名的明星。——译者注
[2] 嘲笑未必令人看清真相,远非如此:通常在讽刺歌谣的滑稽之中充满了反动的意识形态,某些美国电影故作风雅的调情中也充斥着情侣们极为倒退的思想。(罗兰·巴特原注)

的智力操练[1]。

我们要求什么？要求这样的操练有所意味（提请注意，倘若一种话语不想有任何意味，那么最后至少意味着毫无价值，因而，想躲进荒唐或无聊的行为准则中是徒劳的：对人的看法，对世界的看法，对人在世界中的看法，这些看法一直与你如影随形。没有任何地方可以躲避表达想法的责任：无论人们是否愿意，戏剧演出要开诚布公）。或许就此而言，一部用心构思的坚实的文本，其中的语句会引起后果、改变关系、编织幻象或引出行动的文本，它对戏剧还不算一无用处。这并不是要为**文学**古老而神圣的特权打抱不平（这里又触及一个问题，它不是靠致敬作者就能解决的）。可以想象一下，在剧本情节以及纯戏剧性语言之间不存在任何可靠的文字，意大利即兴喜剧便是如此——然而人的（或许是社会的）见解一目了然。这个极端个案证明了缔造戏剧的是情节，而不是戏剧本身。我们充分证明了，若想达到炉火纯青，形式要负一份责任，同时提醒注意，观点同样要负一份责任。

一个问题适时出现了：我们能否合理地期待将某种见解纳入《三个火枪手》？这部幼稚的传奇作品是否并非无法接受任何意义？有何不可呢？故事形式不拘，在故事下面隐

---

[1] 一个才华横溢的少年，他已经拥有自己的语言，总有一天会挑战剧本写作。比如抨击马里沃或是莎士比亚。说不定会指向《爱的惊喜》或《福斯塔夫》呢。（罗兰·巴特原注）

藏了许多潜在的见解，只要采取布莱希特对待《唐璜》《安提戈涅》或马洛所使用的方式，即另有企图故而有失恭谨。任何故事都能接受安插情节：即便几个人物原先都是牵线木偶，通过他们的关系，整个世界都能以某种方式表达意义，整个世界都能供人解读。远不止如此：正因为《三个火枪手》的人物家喻户晓，所以才可能发掘出新意。因为简单讲，《三个火枪手》是法国民间故事，也可谓古代童话故事的通俗现代版。这个故事在法国妇孺皆知，法国人好像生下来就知道它。而在这个故事里，法国人可以完美地投射自我，重构对世界的梦想。在看电影《驼背人》[1]的时候，我产生了这样的想法：看到观众的投入、他们对人物本能的熟悉以及情绪高昂的反应，我想，这便是法国流行的民间故事，布莱希特那样的人应当在我国给这样的素材注入含义。

再说一句：是否在强迫纯娱乐作品接纳某种见解之后，它就不会陷入无聊了？作品的见解未必就是忠告，意义未必要扯到宣道，讲述某件事未必就在鼓吹它。很难想象，布朗雄这种人会面临蹩脚戏剧共有的伪抉择：娱乐或思考。可能的话，两样都要，我亲爱的布朗雄。

——刊于《民众戏剧》，1959 年第四季

---

[1]《驼背人》(*Le Bossu*) 是安德烈·于纳贝尔（André Hunebelle）执导的影片，根据保罗·费瓦尔（Paul Féval, 1857）的同名小说改编而成。电影于 1959 年出品。——译者注

《阳台》

什么是令人不安？首先就是不真正表态。令人不安的艺术如同俄耳甫斯，他不能回顾自己说的话，否则就把它推翻了。罗歇·布兰执导热内作品时，对此理解十分到位：他导演的《黑鬼》(Nègres)，表演中带有一种聪明的笨拙，完全打破了观众素来期待的刻板形象，使热内作品维持一种不自在的状态，这便是演出的高明之处。

关于令人不安这一点，彼得·布鲁克只从效果层面思考问题。对他而言，热内的作品只不过是热内本人的标记。热内刚刚从左岸迁徙至林荫道剧院[1]，这与布鲁克心中虚幻的迁移非常合拍。如今热内遭受了一切先锋戏剧的命运。自从被自己宣告决裂的观众接受那天起，先锋戏剧早晚会被消灭：拥抱是闷死讨厌对手的高招，何止在政治上如此。可以说《阳台》执行了一条不容更改的法则：热内注定有一天要

---

[1] 在练功房剧院（Théâtre du Gymnase）。旧址应为国立戏剧学院的学生日常训练之所在，故而得名。——译者注

被驯化。这一天到来了。

戏剧的历史把肃清的任务交给了彼得·布鲁克（就算不是他，也会有其他人），身为不二人选，他采取了最经典的方式。要避免引起公愤，只需将剧本内容与符号脱节，将颠覆性降为纯修辞的挑逗，使观众获得战栗的快感，却又毫发无损。比如说：既然《阳台》发生在一所妓院，那么就得布置得暧昧，灯光幽暗，幔帐沉重、光线暗红，如此等等。这些粗俗的"效果"与热内的世界背道而驰。热内的世界本质上是"高贵"的，只有独到的优雅才能保住其形而上的意义。至于这虚构娼馆的员工都是布鲁克从站街妓中拉过来，好像当真在表现妓院生活的片段；舞台上只有鸨母、皮条客和"嫖客"：简直是劣质版的莫泊桑。

戏剧中一贯由形式为意义负全责。彼得·布鲁克的《阳台》，由于它的帷幔和老鸨们，成为一部仅仅表现放荡生活的作品，这里放荡的意思是像正统人士那样理解的。热内的《阳台》展现了存在的本质、自我以及他人的悲剧性游戏，他思考的是存在的价值，而不是道德标准，他力求扰乱的是人的感知，而不是善的意识。彼得·布鲁克的《阳台》却把这种叩询带回到观众所关注的细枝末节中去，观众们满怀新奇地进入封闭的娼馆，聆听老板娘饱经风霜的"人生哲学"，目睹嫖客让人用鞭子抽自己，如此等等。这一切既"抓人眼球"又通俗亲切，显然不会扰乱任何秩序。

但是最糟糕的偷梁换柱是往正统社会的重要原型（**法官、主教、将军、警察局长**）中又偷偷增加了一个原型。这

《阳台》

个**女演员**原型是热内未曾想过的,它改变了其他所有原型。看到热内的剧本由一位本身就是**女演员**的女演员"本色"出演,正如看到法官演**法官**、军人演**将军**,警察演**警察局长**,这是颇为扎眼的:玛丽·贝尔[1]从本质上即通过"具象化"的方式,在这出表现本质的芭蕾中体现了拙劣**面具舞不期而然**的作用,也就是这样一种**戏剧的作用**,这种戏剧什么都想演(肯定想改变一切),就是不演(注:此处是双关语,"演"亦可解为"骗")它自身:对我们来说,最后这位渎圣者却最为重要。

——刊于《民众戏剧》,1960年第二季

---

[1] 玛丽·贝尔,法国著名女演员。——译者注

评 述
为布莱希特《大胆妈妈和她的孩子们》作序
（附毕克摄影作品）

这些舞台摄影图片完全未经整理。在某种意义上算是电影的某些瞬间，1957年柏林剧团来巴黎巡演时，毕克用摄远镜头抓拍了其中一场演出。

至少在法国，这个想法颇具新意：摄影师通常采用精选集的方式——他在演出中选择几处高潮，配上明暗、特写镜头或构图等手法。类似的事情在这里绝对见不到：毕克想要的，是清晰呈现一段绵延，因而一方面需要图片有足够的数量及稳定的规律，另一方面则要求它们具有表意能力。

因为这些照片虽忠于现实，却不乏独立精神。它们对演出加以揭示，亦即呈现演出中的细节，这些细节未必出现在表演过程中，却有助于再现演出实况，从这点来讲，它们确实至为关键：它们并非插图，而是有助于揭示作品的深层意图。比如说这个场景（图1），观众能看懂现场情形，却未必了解其中的手法：大胆妈妈拒绝给神甫包扎用的绷带。而照片呈现的不仅有大胆妈妈的脸，还有神甫厚实、执拗的背部，或者更确切地说，是这张拒绝的面孔与这个恳求的背

图1

部之间的关系。所以这张照片具有独特的能力,把最为细腻、复杂的含义固定下来。它把无数单个场景从演出中抽取出来,让人看到一部伟大作品中有多么不连贯。它把许多微粒从演出中释放出来,建立起名副其实的《大胆妈妈》的想象的陈列馆。

总之,这些照片将场景分离,目的是更好地揭示。尽管是如实记录(因为它们向来避免从审美角度诠释现象),它们却表明了态度,选择了含义,有助于从平铺直叙进入理解层面,它们在陈述,陈述这个词妙就妙在含义模棱两可,既是介绍也是教育;方式姑且不谈,它们的作用与影响力都与绘画相差无几。

在我们平常的布景设计中,插图与绘画总是(或许别有企图)混为一谈。我们认为布景应当类似于地点,也就是它应当与地点的含义一致:在我们大多数舞台上,布景作为能指仍然占据主导,因为我们的戏剧期待与观众形成共谋关系,对它而言,不断向观众递眼色便十分重要。

非表意布景当然不是布莱希特的发明。以近期的实验而言,吉什亚(确切而言他是画家而非插图家)就惯于在国立民众剧院的舞台上安装这种布景。不过,由于布莱希特戏剧是现实主义戏剧,在他的作品中,非表意布景就具有了挑衅色彩:此前只有象征主义或唯美主义戏剧使用过它。它实为某种形式的示例,该形式根本不求相似,甚至抽象到无以复加,因为它几乎没有存在感,却协助建立起一种现实主义语言。倘若我们想到绘画,便会发现其中毫无矛盾之处:布景就是画布,它是空无的形象,从中生出实在;布景应当让人看到生成的过程,因此它本身不能表达任何意义,它只是派给意指的可感知的起点。

换句话说,(正如我们在毕克照片中清楚看到的)背景的非现实主义激发出物的现实主义。在绘画艺术中,静物写生便是如此,柏林剧团的舞台亦然。不过舞台上表现的是人,是行动中的人群。譬如,好比在一幅荷兰画派的静物写生中,在人工背景的衬托下,玻璃杯、鱼或烟斗成为饱满而不同寻常之物,完全摆脱了天然状态。同样,布莱希特的人群也充分地，亦即刻意地变得有人情味，因为他们并未按照任何虚设的本性来塑造；在灰色、深色或白色背景之上（显然我把舞台上统一的灯光归入布景范畴，这个范畴或许是最重要的），映衬出来的只有人，而且衬托得极为饱满。各色人等、他们制造并使用的物品、将人们联结起来的辩证关系，这才是唯一的创造。从来没有什么天然状态，从来不存在人仅为寄居者的视野，布莱希特作品中的人从虚无中产生，人的生成过程是可以感知的。这或许说明了真实主义与现实主义之间的基本差异：真实主义是反映同时发生事物的汇总艺术，它想表现形态各异事物的总和，想使人产生错觉，以为这些事物都不是创造出来的，仿佛只是突然冒出来的。现实主义正好相反，不管怎样，布莱希特的现实主义表现的是创造出来的事物，显然是从此前的虚无中凸现出来的。在布莱希特的作品中，人是剧作家创造的。人与活动玩偶之间的差距没有大家以为的那样大。换个说法，布莱希特式布景创造出人工造物；从东方戏剧到布袋木偶，正如诸多民间艺术那样，由于人物都出自显然未定型的物质环境，所以他们不再神秘。

――― ◆ ―――

普通舞美师擅用的绚丽多彩仅仅是色彩的神话形式，是用来表达色彩意图的符号。绘画（确切说蹩脚绘画除外）从来都不是绚丽多彩的；布莱希特的舞台也不是。布莱希特的造型艺术（这里把舞台布景与服装都算在了布莱希特头上）致力于消除作为象征符号的绚丽多彩，将色彩恢复为实体。就像在绘画中那样,在布莱希特作品中很难给色彩命名,而在插图和(甚至尤其是在装饰风格的)作为能指的布景中,情况则相反,色彩总会有对应的名称。此外由于布莱希特戏剧服从于一种色调,服从于色彩的整体构思(这便是《大胆妈妈》中的灰色、《伽利略》中的褐色吗?只有布料、皮革、青铜等实物隐喻才能说清楚真实色彩),因而抵制了色彩反差或调和的诱惑,相反着重表现色调的细微差别。因为关键在于不要使物品成为逼真的符号,而要使物品作为工具存在,作为人及其行为之间的介质存在;因此物品的材质很重要,它同时说明产地、韧度,乃至使用者与之接触时产生的熟悉抑或不快等模糊感受。

由于布莱希特戏剧中物品表面色彩黯淡(即消除了"绚丽多彩"),造成了物品的厚重感。这就解释了布莱希特作品为何从未出现过仿制品。通过《剧场工作》[1]刊登的几篇文章的注释,我们知道布莱希特及其团队对材料和物品进行过严格处理,使它们看起来又脏又旧,如此等等。不过应当懂得:舞台并不比绘画更偏爱用物品制造真实感。剧作家要求物品提供的不是幻象,而是含义(不是物品存在的含义,而是物品用途的含义)。人们能从物品中察知的应当是历史,是物品与人的关系。布莱希特的人物服装既非客观的破损,亦非破损的象征符号。服装仿佛破损对人讲话所使

---

[1]《剧场工作》(*Theaterarbeit*),柏林剧团编辑的小册子。参看《民众戏剧》杂志,第11期。(罗兰·巴特原注)

用的语言，仿佛破损让人想起的回忆、苦难与斗争。布莱希特剧中的实体既是十足的理念，也是十足的物质，它真正具有辩证性。只有用人类行动称呼它，而不是用人类话语称呼它，它才愿意存在；它意味着人创造世界，世界则反抗人，并且鉴于这个历史在观众眼中应当无比清晰，所以剧作家在技巧上不能弄虚作假。这可不是混凝纸羊腿和锡纸糊酒杯的世界：剧作家一旦杜撰，他的人物就站不住脚。

———◆———

这些都是什么物品？在《大胆妈妈》中，它们分属两类实体：皮革、布料。皮革与士兵的范畴一致，包括不易变质的材料：金属、厚呢绒、胸甲、头盔、大口杯、酒罐子、钉头饰、手套。这些与贵重材料（剧中只有老糊涂上校代表丝绸的品类，配合着柔韧的手杖及扭曲的马刺做出的真正的诗意动作）无关，甚至与牢固的材料也无关；剧中表现的并不是坚硬型的，而是坚韧型的：我们面对的是一种不会磨损的，狭义而言并不柔软的物品范畴。对之相对，布料是穷人的专属，它的范畴包括一切随着时间肢解破碎的实体；衣料、毡子、席子、粗绳、衬衣、口袋，这一切都会变得软塌塌，不断地被揉皱，进而沦为破衣烂衫。这两类范畴之间存在一种士兵与穷人可以共享的实体，因为它是基本生活（休息、食物、旅途）的材料：木头（桌子、盆碗、餐具、车轮、凳子、砧板）。

皮革和布料会走样——或者更确切地说：重新塑形。这就是说，最终形态使它们成为日常实用的确切物品，除此之外，就像使用材料的人数会变，材料也常常会有所变化；皮革与所有同属的实体都是鼓起的；它们的隆起之处色暗而紧绷，咄咄逼人，炫耀是为了保护；时光将其打磨却并不穿透。布料则有一种漫画式的鼓起，也就是加缝棉垫。加缝的棉垫是一种既可怜又丢人的胸甲（公牛赛跑时给瘦马[1]戴的玩意儿）；它可以缓冲，却不能击退；它并不鼓起，只是加厚，由于破衣服免不了纤维磨损与破裂，它注定要被打败（没有比穷困潦倒时松脱开裂的便鞋更凄凉的了）。这里所涉及的并非象征符号；剧作家仅仅通过细心建构，制造出真正的人工材料，这就是磨损；剧作家并未坚持把磨损作为天然实体的特性（恰恰从这一点，人们由生活进入了戏剧），他取消它的形容词性，将它变成了意义，对历史而言原始材料倒退居其次了。人们面对的是真正意义上的诗学范畴，在这里，事物的功能意义将事物自身吞没了（人们由此明白，形式主义可以构建某种现实主义）。

当然，磨损一旦被确定为实体，它便有了作为论据与历史的功效：《大胆妈妈》是一部编年史，即一段时间的绵延；战争使人精疲力竭，萎靡不振，寒冷与苦难使人沦落（人们衣着的最终形态甚至无可名状），而这一切都可以通过毕克的摄影作品，从物品的瓦解中看出来。不过，也许应该更进一步：在这层意义之后还存在着一个密码。该密码绝不仅限于磨损的材料之中，或者至少因为这些材料会颇有讲究

---

[1] 此处应指公牛赛跑中斗牛骑士的坐骑。——译者注

地与那些材料搭配,因此还可以在某些清新、脆弱的实体中发现它(毕克的照片做了充分说明),包括半开的衬衣领口、面颊的肌肤、一只赤裸的脚、一只手的稚气动作、太短或扣上一半的外套。这个密码,即真正的布莱希特密码,乃是人类身体的易损性。由于布莱希特从未谈起这种易损性,却在演出中清楚地表现出来,由于人类身体的温柔正是这个密码,除它而外再没有任何东西需要破译,结果最明显的含义倒变得最为隐蔽:即人是可爱的。

———◆———

大胆妈妈往女儿脸上抹灰,想让她变丑(图2)。看看卡特琳娜手部的动作:动作很稚气。这个胖女孩是个不想让妈妈给自己洗脸的小姑娘。另一个场景:大胆妈妈得克制自己,不去认儿子的尸首。士兵们一走,她便号啕大哭(图3)。其中还有什么更震撼人心?随军牧师的背影,由于羞愧和无奈,他转身离去:离去时那微微弓起的后背,可以说承载了卑微母亲的全部痛苦。在这两个场景中,照片呈现了一种人际关系与一段历史:某个次要元素成为图像意义的构成原因。换句话说,毕克的作品说明以下这点:在布莱希特的作品中,物品或人物都是经过加工的。毕克明白,照片应当有助于从表演的诸多元素中凸显出有意义的原型。而在戏剧中,最清晰的含义都靠狭小的场所来衬托:细节表意的速度最快。毕克的照片径直去找寻有意义的细节;由于冲印时常见的扁平化效果,有意义的细节浮出表面,人们立刻就能看见,随即

图 2

就能使用。没有什么比细节能更好地支持布莱希特的美学意图,因为在他看来,"艺术设计的特点就是将重要性赋予某样事物"。布莱希特戏剧充满了"细节",毕克的作品则对细节加以清点:任何想研究布莱希特的人都不能忽略它。在这里,人们再次看到现实主义绘画的目的:让人看出不连续性;布莱希特的细节仿佛画中画;它使人瞬间彻悟。

再看看厨师的随身小钱袋(图4)或是卡特琳娜塞进上衣肋形胸饰里的辫子(图5)。这些都说明什么呢?说明人在试着收拾齐整,使物品及功能更顺手,说明人在动作与身体层面有所创意,说明这种创意值得表现,因为它是人类高贵尊严的一部分,而高贵尊严就是人与物的对抗。《大胆妈妈》是一个充满"小玩意儿"的世界;布莱希特的剧中人不断制造它们:卑微而感人的生活全都从这些小物事中出现,证明人的行动，还有人的梦想，在人间逍遥自在的梦想，就像孩童游戏中那样，制作、配置一些创新、改装的物件，就能让孩子兴高采烈。我们看到，布莱希特戏剧中的细节绝不纯粹是为了方便理解，那是东方戏剧中的象征符号才会有的功能；事实上，在这里，细节也是一种暗示，暗示着感性，暗示人类克服高难姿势或坚韧物之后释放出（随和、欣快）的情绪。物品的确是财富，厄运降临之时，物品就会变得稀少。苦难便是极度匮乏，若是物被剥夺，那么任何精神性都难以弥补。物质是一种价值。布莱希特作品中的细节具有寓意；它是反对形而上的武器，是对无穷尽与不可言说的神话的颠覆，亦即对毫无意义的颠覆。对于那些（多少有些装模作样地）惋惜布莱希特让作品服从于某种体系的人，应当请他们在毕克作品构成的想象的陈列馆中细心观察布莱希特作品细节的意义。他们会承认，和所有高明的艺术家一样，布莱希特是通过细节见微知著的。

———◆———

在布莱希特的作品中，细节的功能是打破画面的流畅感，打破厚涂层。对整部剧作而言，画面的作用是一样的：它打碎作品，想坦率地穷尽某个时刻的全部含义。瓦尔特·本雅明深入分析了史诗剧中引语式动作的意义[1]：动作

---

[1]《民众戏剧》，第26期。"打破是形式设计的基本方式之一。"（罗兰·巴特原注）

(引申为画作)是一种引语,构建它的目的是打破协调,打破厌倦[1],使人感到惊奇,制造间离效果。任何看过《大胆妈妈》演出的人都知道,在布莱希特的作品中,场景向来都是一些画面,画面的含义纯属绘画范畴。毕克的照片也清楚地表现了这一点。有一种偏见长期存在,我也曾信以为真,这就是相信演出具有特殊性,并因此以运动与时间绵延为借口,将绘画与戏剧对立起来。事实上至少在西方,对于事物再现的问题,绘画所建构的思考前所未有地深入。戏剧人的根本错误在于,他们把演出中的视觉元素当作插图来对待,也就是将其视为话语元素的寄生物——这难免会引起美术的恶性膨胀,因为一切不必要的东西都会以奢华为存在借口。

布莱希特的作品如同伟大的现实主义绘画,其中画面不再是寄生物,而是以根本方式进行叙述。视像充满智慧,它本身就有意指性。布莱希特的画类似于一个生动的场景;像叙事性绘画那样,它展现出某个悬置的姿态,可能在含义最为脆弱而又强烈的那一刻被无限延宕(即所谓 numen[2],指古代神祇的姿态,他们由此获得或抗拒某种命运);它的现实主义由此而来,因为现实主义向来都是对现实的领悟罢了。由于毕克的照片将演出呈现为一连串画面,因此它们的理解

---

[1] 厌倦(empoisonnement),原文如此,似乎没有改过,虽说它在此处的含义不甚清晰。也许应当用"黏糊糊"(empoissement),这个词在那个年代的文章中很常见,也符合语境。
[2] numen,拉丁文,原指以头部动作示意,既可表达赞同也可表达放弃。书面语中表示一种命令或意志。——译者注

图 3

图 4

评 述

图 5

与绘画同样重要。当然，照片并未明确告知第六张的两个男孩是大胆妈妈的儿子；但是我们从中立刻看出两人的脾性。照片留给对话层面的仅有历史和语言而已，即因果关系或人际交往规则：布莱希特的艺术建立在严格的美学分工之上。布莱希特作品赋予视像特殊的职能，对目光一味信任，而这正是作家过人的智慧所在。《大胆妈妈》的照片不讲述历史故事（我得以将历史故事尽量压缩至不起眼的状态），然而它们并不比卡巴乔[1]描绘的《圣乌苏拉传奇》更晦涩模糊[2]。

或许说到底，现实主义艺术其实是这么回事儿：周边事物担子很重。在布莱希特作品中，同某个有点类同无意识的极其丰富而隐秘的所指相比，表象并不算简略；视觉形象没有被省略，因为表象越丰富，内在性就越可靠（伟大的现实主义绘画便是如此，荷兰画派尤甚）。布莱希特为视像处理付出巨大努力：一切意义都在表象中，表象的意指强烈。这与暗示的艺术正好背道而驰。

———— ◆ ————

毕克的照片让人有机会清点细节的数量，特别是揭示

---

[1] 维托雷·卡巴乔（Vittore Carpaccio，1465—1526），意大利文艺复兴时期画家，属于威尼斯画派。——译者注
[2] 假如撇开风格与品质不谈，只考虑意识形态运动（再说这也不能随心所欲，因为艺术作品其实不过是历史与形式的相遇，即从反抗到历史），那么就应当把布莱希特的画面与格勒兹的作品彼此对照。格勒兹（Greuze）与布莱希特有那么多共同点，而格勒兹的理论阐述者正是狄德罗。（罗兰·巴特原注）

细节富含的意指功能,我相信它们也有助于阐明布莱希特的间离效果概念,批评界对这个概念一直深感不快。布莱希特的间离效果尤其招致了强烈反响:人们一边否认它存在,一边对它大加挞伐。他们声称在其他许多创作艺术中都能找到其影子,却又把它全部归罪于布莱希特。这些自相矛盾的行为十分正常,因为对间离效果的批评几乎总是来自反智主义的偏见:他们担心,若是演员不能将自己身体的热情与"性格"的丰富热烈倾注其中,演出就会变得贫乏、冰冷。而无论是谁,只要看过柏林剧团的演出,或是愿意看看这些照片,都清楚地知道间离绝不意味着表演缩水;恰恰相反,间离就是表演[1];只是在这里,表演的逼真源自剧本的客体意义,而不是像"本色"演出那样,源自演员的内在真实[2]。Nüchten! 空腹!布莱希特对演员们这样说道,他大概希望在开始表演之前,先清空他们细琐的个人情感。换句话说,间离就是切断演员与其自身情感之间的联络,它还是并且关键是在角色与剧情之间建立新联系;对演员而言这指的是剧本,不再是剧中其本人。因此表意技巧与间离技巧之间存在着本质联系。

---

[1] 在我国,倘若布莱希特作品没有间离效果,这根本不是演员的错,而要归咎于导演。(罗兰·巴特原注)
[2] 剧本的客观意识,布莱希特称之为社会姿态,这是政治论题。《民众戏剧》第30期可以找到间离姿态与工作的好范例,文中汉斯·约亚辛·本格(Hans Joachim Bunge)转述了布莱希特指导柏林剧团进行的排练。(罗兰·巴特原注)

图6

请看第七幅照片:尽管士兵们并不位于行动的近景,表演却十分到位。他们的态度举止告诉我们,他们已经异化为普通大兵了,卡特琳娜的反抗及军官的愤怒跟他们几乎无关:他们不必将自己的职能做戏剧化处理,不必为它找道德借口;他们是雇佣兵,置身事外。对军官而言,情况则完全相反:他得对自己所行之事有信心,他的神情说明他自觉理直气壮。如果说两者的表演都产生了间离化效果,不是因为他们比"本色"演员的表演更冷淡,而是因为他们表演的是剧情,即两种异化状态之间的准确差别。这才是间离效果:将表演推到极致,此时意义不再来自演员的真诚,而是来自情境之间的政治联系。

我们知道，如果不参照情节的政治意义，对间离效果的争论将徒劳无功。因为所谓间离就是在需要对某些事情做出理解时的高度表意（sur-signifier）（可以从柏林剧团演员完美的表演中体会出来）。可是，如果没有什么需要理解，如果情节的政治意义被无知所掩盖，总之如果是在故弄玄虚（这种情况在我国很平常），高度表意反而有损间离化效果。在咱们那些表现手法极为轻松的演出中，我们经常看到优秀演员表演得淋漓尽致；可是他们能间离化什么呢？那些演出并未预设任何所指；而一旦赋予演出政治意义，演员的投入就构成间离：所指的现实性使能指客观化，使能指疏离，演员却并不因此停止表演。有人总是说柏林剧团演员与我国演员的表演毫无二致：这样说倒也对，条件是如果他们随便调整内容，抹杀布莱希特的斗争性，把演技看作纯粹的形式。可是，去看一场咱们自己表演的布莱希特作品：表面上看演技都一样，作品却面目全非了，因为政治意义消失不见了。换句话说，间离效果并非一种形式（意图诋毁它的人恰恰都要把它当作形式）；它是某种形式与某个内容之间的关系。要产生间离，就必须有支撑点：那就是意义。

———◆———

因此，毕克的照片使我们回头思考《大胆妈妈》的意义，在这一点上它们效果明显。剧本的意义如下：理解战争是存在的。大胆妈妈自始至终都是睁眼瞎，她看不到这

图 7

一点;对她来说,打仗时生意才兴隆,跟生意比战争是小事。她的主要罪过是毫无觉悟。但是,与形而上的戏剧相反,问题不是引导观众去了解大胆妈妈本人,而是去了解人世间的大胆妈妈:重点不在于大胆妈妈的性格(尽管费了不少笔墨),而在于她的处境。大胆妈妈对战争无限毁灭的本质及其唯利是图的结局一无所知,她的罪过不在内心,而在行动:她的罪过情有可恕。她内心善良,甚至散发光辉,她既不缺少智慧,也不缺少勇气、讥诮与魅力,甚至面对剥削自己的**秩序**,她也不缺少批判它的实际能力;她错就错在行动,因为她行动盲目。剧本只要求观众了解这点,而对布莱希特来说,了解意味着觉悟,意味着一切。

大胆妈妈很饶舌,讲起话来喋喋不休(行为失当的人往往如此);她讲的话可以说跟她的糊涂有关,毫无疑问,布莱希特作品中存在一种对言语的批评。因为说到底,《大胆妈妈》的核心人物不是女商贩,是她的女儿卡特琳娜,而卡特琳娜是哑巴;安慰人的借口与话语都对她没有作用,世界在她面前原形毕露,对她而言战争是存在的。在卡特琳娜身上,哑症导致姿态的自由,如同毕克照片清晰呈现的,姿态揭示出该如何命名卡特琳娜的感受(这里缺少一个不那么折中的词)。

说到这里,我们或许接近了布莱希特世界中最为奇特也鲜为人知的区域。这种伟大的批判性戏剧的源头在何处?或许它的源头是一种极为含糊的母性意识。我们知道**母亲**是布莱希特戏剧的重要主题。而《大胆妈妈》中有两种母亲:母亲-老虎、母亲-头领,即母权制下的母亲(即女商贩本人)与神话中胸怀宽广的母亲。后者的特点乃是情感表露的自发性(卡特琳娜),这也许就是**地母**形象,甚至是被人类可悲而野蛮的历史剥夺了话语的**大自然**本身的形象。在这两类形象中,布莱希特选择了第二种母亲,让她投入有觉悟的、有效果的、真正意义上的行动中去。

毕克的照片功不可没,它们把卡特琳娜放在恰当的位置,这是基本前提。镜头充分细致地历数了这个既丰腴又丑陋、既天真又母性(却从无少女感)的女人的姿态。从她的身体姿态中捕捉内在意识,她的内心希望理解现实,忘却自我以便转向现实,并通过专注来参与世界,她的专注恰恰是智慧的最高形式(应该看看这位哑女是怎样注视别人的):

结局中卡特琳娜的英雄主义并非一时兴起之举,而是遥远世界存在的结晶。其中行动与其伦理、行为与价值、品行端正与幸福结局都彼此呼应。

——刊于《方舟》(*L'ARCHE*),1960年

法国先锋戏剧

何谓先锋？这个概念从本质上讲是相对的、模糊的。任何与传统决裂的作品在那个时代都可算作先锋作品，即使今天看来它已经落伍了。譬如说，《欧那尼》或许便是如此。因为但凡一部作品与传统断然决裂，文风带有某种挑衅色彩，它就成为一部先锋作品。然而，只要传统追赶上它，将它收编，同时软化自己的态度，那么这部先锋作品就立刻摇身化为经典，甚至总有一天会过时。

先锋是每隔一段时间就会发生的现象，它不见得永远存在，也未必能够持久：有些时代不存在先锋，或许某一天又会出现某种艺术，既不再挑衅也不是学院派。总之，若想要先锋出现，社会似乎应该同时具备双重历史条件：一种本质相当守旧的现行艺术，一种结构宽容的管理制度。换句话说，挑衅必须师出有名，还得享有自由。因此，在文学自身服从日常审查的社会中，先锋不可能存在（比如路易十四式的管理体制）；而在艺术彻底自由的社会中，挑衅又师出无名了，这种解放大多是乌托邦式的；不过局部的解放仍有可能存在：我们的当代绘画解放得如此全面，以至于不再有真正意义上的先锋。

因此从实用角度而言先锋与守旧的关系密切，守旧派要占据主导但并不专制，故而在20世纪初开明的资产阶级社会中，先锋轻而易举地获得充分发展。然而，尽管先锋具有挑衅色彩，却从不寻求彻底颠覆。先锋作家的处境颇为矛盾，有悖常理，导致他们处境尴尬受限。因为，一方面他激烈排斥原生阶层的学院派审美；另一方面他却需要这个阶层充当观众。比方说，在一个资产阶级社会中，先锋作家否定资产阶级价值标准，而这种建构在舞台上的否定态度，说到底只有资产阶级才能欣赏：无论表象如何，先锋都属于家庭内部事务。同所有家务事一样，它的攻击性有限，观众与先锋作家之间存在一种冲突关系（《等待戈多》演出时，许多观众气冲冲地退场），但是这种冲突即便不算肤浅，至少也是克制的：先锋艺术（尤其是戏剧）是一种别扭的艺术。

我国近期的戏剧史极好地说明先锋不堪一击。大约十年前，一批剧本及演出令观众和传统批评界备感困惑，它们无疑建构起一种先锋戏剧（也就是我在这里谈到的戏剧）；今天，这批作品显然都一蹶不振。要么作品遭大众"收编"，要么作家改弦易辙，放弃了挑衅性戏剧。极为反常的是，先锋戏剧已经进入史话：书写它不过是作防腐保存罢了。总之，我在此谈及的已然是先锋的传奇；因此我无所顾忌地将它缩略为最知名的人物（阿达莫夫、贝克特、尤奈斯库），哪怕会因此埋没那些不够轰动的先锋剧作家（奥迪贝尔蒂、盖勒德罗德[1]、毕希特、塔尔迪厄[2]、谢哈德[3]、热内)。

首先(因为这也许是最重要的一点),这类剧作在哪里上演?主要在小剧场和超小剧场。先锋剧场大多位于左岸,座位数量从来只有一两百个,在我国戏剧目前的经营状态下,这样的营业额绝对无法赢利。这就意味着,即便剧本既叫好又卖座(这种好事可以说从来轮不到先锋戏剧),演出还是注定亏本;况且这些剧场大多已消失,作为时代的符号,其中一些变成了修车行或电影院。即便剧场仍在勉力维持,迫于惨淡的经营,先锋戏剧只能走向真正的极贫风格。

这类戏剧的观众是谁?起初观众主要是知识分子,可以说观众属于特定阶层。这些先锋观众出身资产阶级,尽管他们接受对本阶层的质疑,却绝无政治化倾向:我们知道共产主义意识形态反对先锋艺术。后者涉及审美颠覆乃至道德颠覆(比方说热内),但从来无意于革命。因而先锋戏剧的敌人从来都出于道德动机,情绪使然;"正统"报刊的主流批评经常以激烈甚至愤怒的态度拒斥先锋,不过总体而言这种态度只是暂时的。他们的阻挠总是姗姗来迟,不构成真正具有破坏性的障碍。只是由于主流批评能影响经济效益

---

[1] 盖勒德罗德(Michel de Ghelderode, 1898—1962),比利时戏剧家、小说家。——译者注
[2] 塔尔迪厄(Jean Tardieu, 1903—1995),法国作家、诗人、戏剧家。——译者注
[3] 谢哈德(Georges Schéhadé, 1905—1989),用法语写作的黎巴嫩诗人、剧作家。——译者注

(几年前,据说一份重要资产阶级报纸的优评抵得上一百万的广告),几句话就能决定演出的成败,所以尽管他们的"情绪"捉摸不定,却对先锋戏剧拥有生杀予夺之权。反对激烈,影响直接,不过应该说算不上冥顽不化,几乎不存在深刻的哲学对立,这大致便是守旧观众(及其批评)对于质疑他们的先锋戏剧的态度。我们由此发现,所有先锋作品最初都是态度暧昧的:它一方面质疑观众,一方面却要靠他们生存。可以说先锋与(道德层面的)资产阶级之间存在一种游戏规则,这对先锋而言更加危险:它要听任对手摆布。

——◆——

我在此描述的先锋戏剧美学,即便不谈方法本身,单论其解放,也是得益于安托南·阿尔托的作品。在《残酷戏剧及其重影》(1938)中,这位伟大的超现实主义者已经将戏剧实验"极端化",他要求戏剧尝试将我们的生活方式彻底改头换面,为此提出一系列新规定,那些规定大多属于先锋戏剧:思想应当被彻底吸收到戏剧行动的物质状态中,不再有内在性,不再有心理学,甚至与资产阶级对先锋的通常看法相反,不再有象征主义。任何象征符号都是真实存在的,阿尔托甚至将物品"图腾化",他希望观众仿佛初民参加宗教祭仪一般,也能成为演出的物质材料,而这种反文化的戏剧(阿尔托激烈而轻蔑地否定一切传统戏剧,因为舞台上的故事都围绕着金钱、功利主义、粉饰的性欲展开)显然需要一套同样获得释放的语言——不仅对话必须"诗意"

（即直接，彻底摆脱理性），而且语言还得包括嘶喊、手势、杂音与行动，它们不分贵贱高下，彼此混合，应当在舞台上制造出大开杀戒的效果，总之制造出"残酷戏剧"，这也是阿尔托最有名的术语。

我们的先锋戏剧并未照搬这种美学；他最忠实的追随者（不过已经温和许多）大概要数沃蒂埃[1]和J.-L.巴洛；对其他人而言，阿尔托所追求的巨大骚乱已经成为对于传统戏剧价值标准的阴险而压抑的"背叛"："残酷戏剧"更多地脱胎于"别扭的戏剧"。

这种戏剧一向素朴，或者不如说，它把经济上的拮据化为自觉的风格，因此，先锋的"极贫风格"能够采纳一些比自己更早经受考验的美学意图。比方说马克斯·莱因哈特的非现实布景，也许还包括灯光的升级，阿庇亚[2]对此有理论阐述（维拉尔显然从中受益颇多）。这两种技术的主要目标是简化（有时甚至是消除）布景，用简单的背景板与中性帷幔（从此聚光灯将取代实物）作为替代。总之，关键在于消除布景的个性特点，使舞台失去时间与空间特征；贝克特的《等待戈多》发生在所谓的拉普郎什："我无法描绘。它跟什么都不像。它那里什么都没有。只有一棵树。"[3]也

---

[1] 沃蒂埃（Jean Vauthier, 1910—1992），法国戏剧家。——译者注
[2] 阿庇亚（Adolphe Appia, 1862—1928），瑞典舞台美术家，20世纪戏剧艺术革新运动的先驱者之一。——译者注
[3] 参看《等待戈多》第二幕。其中"拉普郎什"（la Planche）一词有舞台之意。译文采用余中先译本：《等待戈多》，载《贝克特选集》第三卷，《等待戈多》，湖南文艺出版社，2006年，第363页。——译者注

许，除了安放一处荒诞的地点，打破传统上的空间熟悉感之外，布景的中性还有一个功能，就是凸显对话，使它占尽优势。为了使对白引人入胜，人们去除布景的一切含义，相反在因循守旧的戏剧中，布景会向观众传达大量信息。

先锋戏剧的布景越不起眼、越无关紧要，物品在舞台上的重要性就越出格、越骇人。可以这么说，这里活着的不是人，而是物。贝克特、尤奈斯库、阿达莫夫的作品中，物品常常陷入难以遏制的膨胀之中。物品的生命力显然怀有敌意，因为它的产生无须人类：对此我们看出存在之荒谬的一个核心主题，萨特曾在《恶心》的某些名段中做过精彩描述。在他们看来，在人类周围，实物如肿瘤般存在，与人类为敌：《乒乓》中的弹球机（阿达莫夫）、幸运儿的帽子（《等待戈多》）、侵入房间的家具、敲击过于频繁的钟摆、无限变大的尸体（尤奈斯库）。

总之，他们要让有生命的元素失去个性，让无个性的元素获得生命。在先锋戏剧艺术中，这套颠倒的法则似乎支配了演员的理论：演员可以无所不是，唯独不能"自然本色"；他可以像尸体一样中性，或者像巫师一样灵魂附体；重要的是，他并非一个人。这大概是先锋戏剧最具变革性的要求了，因为它触犯了（一个半世纪以来）通行戏剧艺术中最为牢固的价值：演员的自然本色。因此，在他们的要求下，先锋戏剧演员把传统上受欢迎的一切都丢掉，逐渐形成另类的剧团：他们必须做出很多牺牲；遵守如此严苛的规则更是难上加难；看到同行们在其他舞台上凭借自然本色声名鹊起，演员们很难做到无动于衷,这显然是先锋注定没落的原因之一。

———— ◆ ————

这一整套戏剧手法的目的不是否定人,而是仿佛无人存在,这或许更令人不安。先锋戏剧主要从人类的语言层面入手,展开对人的否定(négation)[最好说"否定性"(négativité),因为这关系到对某种状态的指称,与真正的消灭行动无关]。

从传统戏剧到先锋戏剧,在这里彼此对峙的仍然是两个笼统的概念。对传统戏剧而言,话语是对内容的纯粹表达,它被视为一种直接的传递,传递与己无关的信息;对先锋戏剧而言则相反,话语是晦涩难解之物,与其信息脱离,因此可谓自足自在,只要能挑动观众,对他产生物理作用便可。总之,语言从手段变为目的。可以说先锋戏剧本质上是语言的戏剧,演出呈现的是话语本身。

这类演出显然意在挑衅。在人类世界最具社会性的制度中,先锋戏剧抨击的是其中最为社会化的部分,即言语:它首先主攻陈词滥调,那是亨利·莫尼埃[1]以来所谓街谈巷议的特色标志;随后批判"俯仰无愧"的巧辩,抨击那些道德上自命不凡之辈所说的漂亮话;最后攻击的则是知识分子的言语。

至于颠覆的具体方式,可以说大致分为三种,影响力

---

[1] 亨利·莫尼埃(Henri Monnier, 1799—1877),法国素描画家、小说家、戏剧作家。——译者注

各自不同。第一种方式是令词语失效,仿佛它们在机械地增长:(在《等待戈多》中)主人让奴隶幸运儿思考时,后者便采用这种可笑的方式。第二种颠覆方式更为巧妙,主要见于阿达莫夫的剧本,尤其是《乒乓》。阿达莫夫让人物说话的方式,就好像他们的话语、用语既非完全活着,亦非完全死去,而是类似于冻住了。这是一种真实存在过的语言,结果却不复存在了,因为鲜活的话语总是存在于当下。从哲学角度可以说,剧中的言说缔造不出人的存在,这实为一种毁坏,令人无法忍受。

颠覆的第三种方式为尤奈斯库所擅长,它更为粗鲁,尽管流行,或许却没那么新颖,然而效果立竿见影:这就是在拆解信息合理性的同时尊重句法的合理性(作恶无益;莫要作恶,您会受益)。这类喜剧效果一定奏效,它类似于所有文字游戏的效果。当拆解针对合理性的形式本身,也就是针对逻辑性的时候,由于这样做更加刁钻,因而也更为有趣。我们看到有一种精神病人常用的手段,人们称之为分裂推理或病态推理,尤奈斯库经常十分认真地加以借鉴;那个古老的东方故事就展现了类似的伪推论个案。在故事中,有个人被指控把借来的锅摔裂了,他则据理力争,每句辩解都天真地把上一句辩解否定掉(1. 我没有借锅;2. 这个锅早就裂了;3. 再说我归还时它是完好无损的)。同样,尤奈斯库用"秃头歌女"命名自己的杰作之时,一位相当较真的评论家怫然不悦,因为舞台上非但没有任何歌女,而且也没有任何秃子!

上述手法个个都极为奏效,给使用它们的戏剧带来了无可争辩的效果：它们迫使我们反思自己的语言，它们产生了有益的批评作用。然而，由于语言的摧毁一旦开始便势不可挡，所以事情就变得不那么简单了。语言的颠覆最终会通向人的荒诞性。而问题不在于这种荒诞性令人反感（那属于道德评价），在于它撑不了太久：人注定要表示些什么。同样，先锋注定要将某种意义重新赋予语言——否则先锋就会消亡。

其实严格说来，一旦摧毁话语，最终结局唯有沉默：不管语言有多么无政府主义，它都不能与自己为敌。兰波与马拉美对此理解透彻，两人以各自不同的方式逐渐减少诗歌话语，最终归于绝对沉默。我们的先锋作者都受到这种悖论——或曰自尽——的诱惑。《椅子》（尤奈斯库）是一场喋喋不休的漫长等待，等待一个被透露给演说家的消息；而演说家终于要开口的时候，人们发现他是哑巴：大幕唯有落下。因此，一切先锋戏剧本质上都是不可靠的，亦即弄虚作假的戏剧行为。它想表示沉默，却只有通过说话的方式，也就是通过拖延的方式来操作：沉默时它才会成真。

◆

这种本质上的矛盾，加之观众的转变及作者本人的变化，或许解释了我们先锋戏剧的分裂。它的观众范围急剧扩展，而我们知道，作品，乃至剧本，都深刻依赖于消费公众群：即便文本保持不变，演员和排演方式也变了，多少有些刻意地迎合新观众的需要。变化是突如其来的，在很长时间里,尤奈斯库被视为晦涩难懂的作家,是演给几个内行看的;而一旦阿努伊在《费加罗文学》上发表文章称赞了尤奈斯库,不出几日,资产阶级就接受了尤奈斯库,彻底改善了其作品的演出条件:(在法兰西剧院公演的)尤奈斯库不再是先锋作家。何况作者们本身很难坚持创作否定的戏剧。要么他们追随着观众,走向一种人道主义追求的戏剧(尤奈斯库最后几部戏便是如此),或是走向一种政治戏剧(这是阿达莫夫的情况);要么他们就陷入沉默(这似乎是贝克特的情况)。无论如何,他们主动放弃了先锋——而目前人们无法预期任何能够继承其衣钵的运动:当然,每年冬季,巴黎都要演出几部挑衅性戏剧;然而吊诡的是,那些不过是对一种过气风格的模仿罢了。

做个总结?结论无疑是积极的。我刚刚谈到的先锋戏剧为法国舞台技巧与语言带来了巨大解放;倘若戏剧忘记给予精彩的告诫,就会恢复传统戏剧讨好与默契的挤眉弄眼,那将是可悲的倒退。但是我们可以期待着,新戏剧会将一些新思想加诸这种新语言,伴随着戏剧语言解放而来的,还有对我们的世界而非对虚妄世界的反思。

——《全球法语》[1],1961 年 6—7 月

---

[1]《全球法语》(*Le Français dans le monde*)杂志创建于 1961 年,目标读者是世界各国教授第一外语或第二外语为法语的教师群体。然而杂志发表的文章内容广泛,也吸引了来自法国本土知识阶层的读者。——译者注

希腊悲剧

大约公元前7世纪末,在多利安人的故乡,以科林斯和西锡安地区为主,狄奥尼索斯崇拜催生出一种生机勃勃的剧种,它具有半宗教、半文学性质,由歌队与舞蹈构成,那便是酒神颂。公元前550年左右,抒情诗人泰斯庇斯[1]将酒神颂引入阿提卡地区,他用大车拉着家当,挨着村子组织酒神颂演出,就地招募歌队成员。有人说泰斯庇斯创建了悲剧并成为第一位演员;也有人说这要归功于他的后继者普律尼科司[2]。新剧种很快获得城邦认可;它被纳入戏剧竞演,那是一种地道的城邦制度:第一次雅典悲剧竞演应当于公元前538年举行,时为庇西斯特拉图[3]治下,

---

[1] 泰斯庇斯(Thespis),大约生活于公元前6世纪,据称为古希腊悲剧的创始人及第一位演员。——译者注
[2] 普律尼科司(Phrynicos,约公元前6世纪—前5世纪),古希腊雅典的悲剧诗人,据称与泰斯庇斯一起发明了悲剧这一艺术形式。——译者注
[3] 庇西斯特拉图(Pisistrate,约公元前600—前527),雅典暴君。——译者注

他希望用节庆活动与偶像崇拜配合其暴政。后续之事人所周知,狄奥尼索斯一直是该剧种的守护神,剧场就安扎在敬献给他的土地上;重要的诗人(说重要的戏剧承办者更为恰当)几乎比肩并起,他们给戏剧演出带来成熟的结构及深刻的历史意义;这般胜景恰好赶上民主取得胜利、雅典获封盟主,**历史**就此诞生并有菲狄亚斯[1]的雕塑问世:那是在公元前5世纪,伯里克利的世纪。接着,从公元前4世纪直到亚历山大时代结束,除了几位我们所知甚少的天才(米南德与新喜剧)崭露头角之外,戏剧的情况可谓每况愈下:作品乏善可陈,日趋稀少,希腊戏剧曾经特有的歌队结构逐渐被弃用。

照此看来,这段历史有些亦真亦幻。某些面貌晦暗不清,至少充满假定。希腊戏剧与狄奥尼索斯崇拜应当以何种方式联结,对此我们没有任何可靠信息;千万别忘了,我们几乎遗失了全部剧目,有些剧种彻底失传,酒神颂、西西里喜剧、埃庇卡摩斯[2]的喜剧、萨提洛斯剧几乎荡然无存。几代剧作家创作的大量作品之中,我们只了解三位悲剧诗人与一位喜剧诗人:埃斯库罗斯、索福克勒斯、欧里庇得斯、阿里斯托芬。不仅其中每位的作品仅剩选本(比如埃斯库罗斯

---

[1] 菲狄亚斯(Phidias,约公元前490—前430),古希腊雅典伟大的雕塑家,其代表作为跻身世界七大奇迹的宙斯巨像及帕特农神殿的雅典娜巨像。——译者注
[2] 埃庇卡摩斯(Epikharmos,公元前540—前450),希腊喜剧剧作家、哲学家。他对西西里、多利安戏剧产生过很大影响。——译者注

创作的七十部作品仅留存七部而已），而且选本都有残缺：除埃斯库罗斯的《奥瑞斯提亚》之外，悲剧三部曲全都不完整。由于《解放了的普罗米修斯》失传，我们不知道埃斯库罗斯如何安排人与诸神之战的结局。其他一些方面我们所知略多，却被古典时代同期出现的形象所歪曲。5世纪，希腊戏剧魅力非凡，却仅有一些粗陋技巧：恰恰在作品日趋平庸之时，希腊戏剧的具体手法日渐精致丰富（或曰复杂）。此外，在衰落期间，这种戏剧始终受到观众的热烈欢迎，以至如果我们采用社会学标准而非美学标准去衡量它，则整套历史观都会遭到推翻。

故而公元前5世纪的神话制造出一种需要多方修正的形象。不过这个形象至少具有一种真实性，它说明了一点：这种戏剧由一整套组织有序的作品、制度、规程与技巧构成，它拥有某种结构。由于这类戏剧恰好擅长综合、协调各种不同的戏剧规则，因此上述结构在此就愈发重要了。倘若把希腊戏剧固着在公元前5世纪，我们显然会丢掉历史维度，但我们会获得某种结构上的真相，即某种意义。

作品

在古典时代，希腊演出包括四种主要类型：酒神颂、萨提洛斯剧、悲剧、喜剧。我们可以有所补充：为节日拉开序幕的队列,狂欢游行[1],这大概是迎神队伍的残留(或者更确切而言,是酒神祭祀游行);尽管它更像音乐会而非戏剧演出,更像酒神祭坛歌唱会,类似一种清唱剧,演出者待在歌舞台[2]内,歌舞台围绕着酒神祭坛或曰敬奉给狄奥尼索斯之处。

酒神颂源自公元前7世纪酒神崇拜的部分片段,大约产生于国际化商业城市科林斯附近。它随即出现两种形式:一种为文学形式,一种为民间形式,后者的唱词(往往)是即兴创作的。被泰斯庇斯带至雅典之后,酒神颂变得正规起来;戏剧种类(悲剧与喜剧)虽然充分发展,却完全没有与它形成竞争关系;大酒神节头两天用于酒神颂表演,排在悲剧和喜剧竞演日程之前。酒神颂是一种抒情剧,主题来自神话,亦可来自历史,很容易使人想起悲剧主题。(主要)差别在于酒神颂演出没有演员(即便其中有独唱表演),特别是没有面具与服装。歌队人数众多:五十位歌者,既有孩子(至少十八岁)也有成人。这是一个环形歌队,即歌队的舞蹈在围绕酒神祭坛的乐池中展开,而不是像悲剧那样面对观众进行。音乐多为东方形式,含义纷繁复杂(与阿波罗颂歌相反)。这种音乐越来越压过唱词,导

---

[1] 狂欢游行(cômos 或 komos):希腊文为 κῶμο,古希腊节日的仪式队伍。——译者注
[2] 歌舞台(orchestra):希腊文为 ὀρχήστρα,意即歌队舞蹈的地方。在建筑中专指古代剧场安置歌队的地方。——译者注

致酒神颂与我们的歌剧更为接近。除了品达罗斯[1]的几个残篇,酒神颂彻底失传了。

我们对萨提洛斯剧几乎同样一无所知,由于它必须紧跟在所有悲剧三部曲之后表演,这就更令人困扰了。关于这个剧种,我们只有索福克勒斯的《伊克尼俄塔》、欧里庇得斯的《圆目巨人》以及刚刚发现的埃斯库罗斯的几段残稿。萨提洛斯剧也来源于多利安地区,可能是在埃斯库罗斯开始戏剧生涯不久之后,由帕提纳斯[2]带至雅典;它很快被纳入悲剧复合体(连续上演的三部悲剧),后者由此升级为四联剧。萨提洛斯剧和悲剧十分接近,它有悲剧的结构,也采用神话主题。有一点使它与悲剧区分开,也因此构成它的特点,这就是歌队必须由萨提儿组成,领头的是首领西勒诺斯,他是狄奥尼索斯的养父(雅典人也称之为西勒诺斯剧)。歌队是主要演员,在剧中至关重要:歌队为该剧种定下基调,使之成为"有趣的悲剧";因为萨提儿们都是"无赖""不学无术",这些串通一气的骗子油嘴滑舌,插科打诨(萨提洛斯剧的结局都不错);他们的舞蹈怪模怪样;他们身穿戏服头戴面具。

在这类戏剧中,每部作品都有固定结构,各部分的

---

[1] 品达罗斯(Pindare,约公元前518—前438),希腊文为 Πίνδαρος,古希腊九大抒情诗人之首。——译者注
[2] 帕提纳斯(Pratinas,约公元前4世纪末—前5世纪初),古代雅典最早的悲剧诗人之一,据说正是他将萨提洛斯剧引入了悲剧之中。——译者注

交替出现有矩可循,顺序极少发生变化。一部希腊悲剧包括:序幕、剧情铺垫(独白或对白)、入场歌或歌队入场所唱的歌、场(épisodes)。场非常类似咱们戏剧中的幕(尽管长度变化不定),由歌队的歌舞分隔开,这些歌舞名曰场次间的唱段(Stasima)(半支歌队演唱合唱曲的第一段,另外半支演唱第二段)、最后一场通常为歌队退场,谓之终场(exodos)。喜剧模仿歌队演唱与朗诵交替出现,然而其结构还是有所差别。与悲剧相比,喜剧包含两样独特成分。首先是辩论(agôn),打嘴仗。这场戏对应悲剧的第一场,它必须是一场论辩戏,代表诗人观点的演员最后要击败对手(因为雅典喜剧向来都是问题剧)。随后的特别之处在于歌队领队的独白,这段表演紧随论辩之后出现,演员们(暂时)离开,歌队脱掉披风,转回身朝观众走去。(理想的)领队独白包含七段:短歌(commation),即一段极短的演唱;短短长格诗(anapestes),即主唱(或歌队领队)对观众的讲话;屏气(pnîgos),即一口气朗诵很长一段时间;最后是诗节结构对称的四个段落。无论在悲剧还是喜剧中(喜剧中更少见),地点和时间都无须保持一致(无论目的何在):在埃斯库罗斯的《埃特纳女子》中,情节发生地点更换了四次。

无论(时代或作者)如何变化,这种结构都含有某种恒定性,即某种意义:道白与吟唱、叙述与评论有序地交替出现。或许,其实,与其谓之"情节"不如谓之"叙述";(至少)在悲剧中,场(咱们的幕)远远不是表现行动,即情境的直接变化。通常,借助开场这种中间方式,情节被折射出来，而这个方式在讲述情节的同时使它产生距离感。交给信使这一典型角色来完成的（关于战斗或谋杀的）叙述，或是某种意义上看似冲突，实则反映情节的唇枪舌剑（希腊人酷爱此类场景，几乎可以肯定，他们在演出之外还会聚众朗诵这些论辩）。我们看到，这类戏剧的基础，也就是形式的辩证原则由此显露出来：话语既表达情节，也遮蔽情节——"发生中的事"不断变为"发生过的事"。

歌队的点评有规律地打断讲述中的情节，迫使观众采取一种兼具抒情与理智的态度。因为，倘若歌队对眼前刚发生的事加以点评，那么其评说本质上是一种质疑。歌队询问"将要发生何事"，这是在呼应叙述者"发生过何事"的讲述，因此希腊戏剧（因为主要与它有关）总是包含三重演出：一是当下（人们目睹从过去到未来的转变），二是自由（做什么？），三是意义（诸神与人们的回答）。

这就是希腊戏剧的结构：被询问之事（情节、场景、戏剧话语）以及提问之人（歌队、评点、抒情话语）有机地交替出现。这是一种"延宕"的结构，它即为间离本身，将世界与对世界的叩询彼此分开。神话本身已然将一种广泛的语义学体系强加于自然。戏剧则把神话的答案占为己有，存作新问题以备己用：因为向神话发问，也就是向彼时曾经无所不知的对方发问。希腊戏剧本身就是一种叩询，因而它身处另外两种叩询之间：一种是宗教性的，即神话；另一种是世俗性的，即哲学（公元前4世纪）。的确，这种戏剧为艺术铺设了一条渐趋世俗化的道路：索福克勒斯没有埃斯库罗斯"虔信",欧里庇得斯更不如索福克勒斯。提问的形式越来越理智,与此同时,悲剧朝向我们所谓的正剧乃至资产阶级喜剧演变,后者的基础不再是命运冲突,而是性格冲突。标志着这种功能变化的正是提问者元素,即歌队的日趋萎缩。喜剧中也发生了同样变化。由于放弃了对社会的质疑(即便这种质疑是退步的),(阿里斯托芬的)政治戏剧变成了情节戏剧、性格戏剧(菲勒蒙[1]和米南德),于是悲剧与喜剧都把人的"真实状态"作为对象,这意味着对戏剧而言,叩询的时代已成过去。

体制

宗教剧抑或世俗剧?当然是二者兼具:在一个对世俗性毫无概念的社会里,别无他选。但两种成分的价值不等——宗教(不如说偶像崇拜)在希腊戏剧起源中占据主导地位,及至成熟期,宗教仍然存在于其体制之中,然而赋予其意义的却是城邦——后天特质胜过先天特质,建构起它的存在。倘若把歌队(这是一个改头换面的宗教成分)问题暂且按下不表,那么酒神崇拜就存在于演出的(时间与空间)坐标中,并不存在于演出的实体中。

我们知道,戏剧演出一年仅有三次机会,借酒神祭祀

---

[1] 菲勒蒙(Philémon,公元前362—前262),叙拉古人,古希腊新喜剧诗人之一。——译者注

节日之机举办。按照轻重顺序依次为大酒神节、勒奈亚节、乡村酒神节。大酒神节（或曰城市酒神节）是盛大的雅典节日（不过由于雅典的盟主地位，它很快遍及整个希腊地区），在3月底入春时举办；节日持续六天，一般包括三项竞演（酒神颂、悲剧、喜剧）；埃斯库罗斯、索福克勒斯和欧里庇得斯的大部分"头等奖"作品都创作于大酒神节。勒奈亚节，或称勒奈节（Lénées），或者更确切地说，勒奈伊翁神庙（Lénaion）的酒神节，在1月份举办。这是雅典特有的节日，比大酒神节更简单。节日仅持续三四天，内容不包括酒神颂竞演。乡村酒神节于12月底在雅典的村镇举办；贫穷的村镇以简朴的队列敬神；富裕些的村镇则组织悲剧和喜剧竞演活动；不过除了比雷埃夫斯这样特别富裕的村镇，其他地方都是旧剧新演。据苏格拉底说，欧里庇得斯的一个头等奖就是在比雷埃夫斯赢下的。

在上述节日中，剧场（本义上的，即人们观剧的地方）全部建造在祭献给酒神的地方。戏剧地点的神圣化导致剧场发生的一切都变得神圣：观众头戴宗教冠冕，表演者被奉若神明，反过来，微不足道的过失也会变成渎神之罪。在这处圣地，有两个地方更清楚地表明了对神的崇拜：一处位于歌舞台，节日开始时人们要在那里庄重地高高竖起酒神雕像。酒神祭坛，什么样？或许是一座祭台，或许是用来盛接祭祀品鲜血的凹池，总的说来是祭祀牺牲的所在。另一处位于环形座席（Cavea）中预留给不同神祇座下雅典祭司（我们知道，神职的任命多凭偶然，因为圣职或由命运选择、挑选，或花钱购买,却绝非响应圣召)的部分座位;拥有这些尊贵位置的权利被称作贵宾席[1]:它可延展至达官显贵及部分来宾。

我们看到,这里涉及某种边缘体制:演出一旦开始,任何文化因素都无法介入其进程(或许某些召魂或求神除外)。然而,大家一致认为,希腊戏剧实体本身起源于宗教,显然是在古典时代经历了世俗化。到底发生了什么呢?这种起源问题无可争论;存疑的乃是演变关系。最著名的假设是由亚里士多德提出的:悲剧或许来自萨提洛斯剧,萨提洛斯剧则脱胎于酒神颂;喜剧也许走了不同的道路,它可能来源于阳具崇拜之歌;亚里士多德没有探讨酒神颂与酒神崇拜的联系,现代人则耗费时日,力图解释两者的关系。然而三个剧种之间的内在演变关系是否正确?今天我们开始有所怀疑。我们认为只有酒神颂、萨提洛斯剧和喜剧应当与狄奥尼索斯相关(悲剧自成一体),对每个剧种而言,演变关系都是直接的。简单说,悲剧再也不像亚里士多德所说的那样,是对某种实质(认真模仿的实质)的逐步揭露。

我们知道,掺杂了东方元素的酒神崇拜包含真正的着魔之舞,作为酒神扈从的象征,神祇(他的教团)的祭队[2]狂乱起舞。酒神颂的圆形舞蹈或许催生出那些陷入神圣迷狂

---

[1] 贵宾席(la proédrie),希腊语为 προεδρία,在古希腊和古罗马指最尊贵的位置。——译者注
[2] 酒神祭队(le thiase),在希腊神话中,酒神祭队是由敬奉狄奥尼索斯的狂热信徒组成的游行队伍,其中包括萨提尔与狂女。——译者注

状态的魂灵附体者们的圆形集体舞。通过伊斯兰世界直到19世纪依旧恪守的部分东方习俗,我们了解到,这些圆圈或旋转舞蹈既是对群体癔症的表现,也是对它实施驱邪。至于萨提洛斯剧,其文化传承应当具有双重性:一方面,舞蹈由杂乱的跳跃构成,也许是在模仿个体的(而非群体的)迷狂,我们可以把它看作类似夏科氏综合征[1]引起的严重痉挛性抽搐;另一方面,剧中的乔装改扮(因为萨提尔是易容并且戴面具的)或许来源于极为古老的狂欢节,节日里人们要佩戴马脸面具(当时马属于地狱的牲畜)。说到底,喜剧至少在开头部分(入场歌、论争和领队独白)或许延续了宗教游行队列(cômoi),这是一种佩戴面具巡游的桥段,戴面具的年轻人活跃其间,为文化典仪拉开帷幕。

简要总结一下,我们看到,酒神崇拜与三个剧种之间可谓存在身体层面的联系:即魔征,准确而言或曰癔症(我们了解它与戏剧行为之间的本质关系),着魔之舞既是满足也是释放。或许应当在这样的语境之下去理解戏剧净化的概念;我们知道这个概念来自亚里士多德,从拉辛到莱辛,关于悲剧目的性的讨论大多围绕它进行。总之从实用角度讲,悲剧有责任"净化"一切人类激情,激起人的恐惧与怜悯吗?还是说悲剧只不过使人摆脱这种恐惧与怜悯?激情是

---

[1] 夏氏综合征(Charcot),即肌萎缩性侧索硬化症,是运动神经元选择性死亡而导致运动功能障碍的神经性疾病,是成年人运动神经元病中最常见的疾病。——译者注

戏剧模仿的对象与目的，人们对其本质争论不休。然而，最为含混的却是净化的概念本身：这到底是要将激情"连根拔除"（借用高乃依的优美文字），还是更节制一些，只是拿掉多余的非理性成分（拉辛），将其提炼、升华？抹杀这场争论的全部历史真实性是徒劳无益的；然而，从历史角度看，这样做或许没什么用。无论高乃依、拉辛或莱辛都对当时的语境毫无概念，它兼跨神话与医学层面，可以说或许它将真实的意义赋予戏剧的净化概念。作为医学词汇，净化大致意味着将癔症发作平息下来；作为神话词汇，它既是魔怔也是解除魔怔，是以解除魔怔为目标的入魔。今天的科学主义词汇很难表达这种体验，要把这种体验与戏剧表演相配合，那更是难上加难（尽管心理剧与社会剧一定程度上恢复了它们的现实性）。我们只能大胆地提出，倘若古代戏剧源于酒神崇拜，那么它构成一种"整体经验"，将某些过渡的甚至矛盾的状态掺杂综合在一起，简言之这是为"解除魔怔"所做的协调安排，假如偏爱更加平淡却现代的词汇，或可曰为了"变换状态"。

而悲剧呢？吊诡之处在于，它是狄奥尼索斯庇护下最富盛誉的剧种，却与酒神崇拜完全无关，至少没有直接关联。经历过那些地道的酒神节剧种，城邦只是更乐于接受本土诗人创造的戏剧新形式罢了，从本质上讲，悲剧是货真价实的雅典本土制造，也许神祇仅仅出于邻里之情，恩准它享用剧场和庇护。倘若如此，我们就不必再想象酒神与悲剧之间的关系（这关系一直是生拉硬拽的）。狄奥尼索斯是一位复杂的神祇,或许可以说具有辩证性;他既是地狱之神(来自亡灵世界),又是复兴之神;可以说他就是矛盾之神。当然,在文明化过程中,即进入公民体制的过程中,酒神节剧种(酒神颂、萨提洛斯剧和喜剧)对神祇令人不安的性格进行了净化、简化及柔化:这些是程度问题。然而,悲剧的自主权不容置辩:悲剧中没有任何东西起源于酒神的非理性,无论非理性表现为疯狂还是粗鄙。

上述种种都明确指出了希腊戏剧的公民性质,尤其是悲剧一脉:赋予悲剧实质的乃是城邦。城邦,即雅典,它是城市亦是国家,是市政亦是国民,其社会是有限的亦是"普世的"。那么演出如何融入这个社会?借助三种体制:歌队赞助人责任制[1]、观剧补助金[2]与竞演制。

按照法律,希腊悲剧由富人出资为穷人筹办。歌队赞助人责任制属于公益服务,即国家正式摊派给富有市民的义务:歌队赞助人应当训练歌队,置办行头。在古典时代,雅典共计四万公民,公益活动中可指派的富有市民约为一千两百人(除资助歌队之外,还有其他公益活动),执政官从中选派年度赞助人,显然也要赞助参加竞演的歌队,这份税费相当沉重:赞助人得租借排练厅、购买行头、为歌者提供饮品、承担演员每日的薪资。据估算赞助一个悲剧歌队的费用

---

[1] 歌队赞助人责任制(la chorégie):指古希腊出资组织歌队的赞助人的职责,他负责个人出资组织歌队参加竞演。——译者注
[2] 观剧补助金(théôricon),希腊文为θεωρικόν,是古希腊时代发放给贫困市民的津贴,资助他们参加宗教节日和戏剧活动。——译者注

可达二十五米那[1]，喜剧歌队的费用则是十五米那（一米那大约相当于一个非技术工人一百天的工资）。政府财政困难时（伯罗奔尼撒战争末期），准许两位公民联合赞助一支歌队，这就形成了歌队赞助人联合责任制。后来歌队赞助人责任制消失，代之以选派法官筹备竞演的机制（agônothésie），类似于任命戏剧特派专员，原则上由政府资助预算，但事实上，至少部分预算由特派员自筹（任期一年）。显然我们可以把财富日趋减少与歌队的消失联系起来。

原则上剧场对所有公民免费敞开，但是，由于造成了拥挤不堪的局面，人们起先规定每日看戏的入场费为两个奥波尔[2]（非技术工人每日薪水的三分之一）。这笔费用损害了穷人的利益，不合乎民主，因此很快被取消，改为政府向贫困公民发放补助。该项补助约在公元前410年由克勒俄丰[3]决定发放，按人头计，每人两个奥波尔，这种体制被称作观剧补助金。

歌队赞助人责任制与观剧补助金为演出提供了物质生存保障。第三种（并非微不足道）体制将保证民主政治对戏剧价值的掌控（别忘了价值掌控向来属于意识形态审查），

---

[1] 米那（mine），古希腊货币单位，在不同地区的具体价值也有所变化。在雅典，1米那相当于100德拉克马，即432克银子。——译者注
[2] 奥波尔（obole），古希腊货币单位，约等于六分之一德拉克马。——译者注
[3] 克勒俄丰（Cléophon），古代雅典政治家。公元前411年雅典寡头政变之后进入政坛。和当时大多数政坛领袖不同，他并非出身贵族，而是制造里拉琴的工匠。公元前404年被判死刑。——译者注

这就是竞演制。大家都知道论辩（agôn）与竞赛在古代希腊公共生活中的影响力，我们勉强可以将它们与今天的体育赛制相比较。从社会角度而言，论辩的作用何在？显然它可以向公众展现冲突，却不必经过审查。竞赛使得古人为之决斗的问题（谁最出色？）留存下来，却赋予它新意：相对万物而言，谁最出色？谁最擅长掌控自然，而不是掌控人？在这里，自然即艺术，也就是宗教与历史、伦理与美学价值的完整体现，而这一现象即使不算独一份，至少也是极为罕见：艺术罕有地服从于这样一种公平竞争体制。

戏剧竞演机制十分复杂，因为希腊人对竞演的公信度极其上心。我们已经看到，执政官要指派歌队赞助人，也要确定参赛诗人的名单（诗人首先包括作者与演员，随后诗人自己挑选演员，悲剧诗人的竞赛最后甚至会设在大酒神节上）。一方是歌队赞助人（及其歌队），另一方是诗人（及其剧团），他们的组合是以民主方式，也就是在公民大会上抽签决定的。有三位悲剧竞赛者（每人递交一部四联剧），三位（后来是五位）喜剧竞赛者。每部作品显然只表演一次，至少5世纪是这样，因为后来作品也会复排，每轮竞演之前都要表演一部古典作品（多为欧里庇得斯的作品）。

节日活动之后，紧接着由公民组成的评委会进行裁判，评委会抽签组成（别忘了对希腊人而言，命运就是神旨），其随机性有两个方面：一是评委会（十位公民）组建之时，也就是表演开始之前；二是投票之后，新一轮抽签最终只保留五票。最初为歌队赞助人和诗人设立了奖项,后来又增设了主演奖(颁发奖杯[1]或桂冠)。官方讨论记录镌刻在大理石上,随即竞演结束。

很难设想还能有更强劲的体制,社会与戏剧之间还能联系得更加密切。表演艺术达到巅峰之时,雅典社会正好处于民主制阶段,因此人们自然而然地把希腊戏剧视为民众戏剧的楷模。可是别忘了,雅典民主制度虽则令人赞叹,却并不符合现代民主制度的条件与需求。曾有人说,那是一种贵族民主制,它把异邦人与奴隶排除在外——雅典四十万居民中仅有四万公民,这些公民可以自由随意地出入节日活动与戏剧演出,其余人则要为他们劳动。然而,这个人数有限、彼此熟知的群体一旦建立——这使得雅典民主制再次站到了我们民主制的对立面——它就发挥出今天看来不可思议的约束力,主宰着公民责任。雅典公民参与公共事务的说法未免有些轻描淡写:他们掌管城邦,通过参与大量磋商管理事务的公民大会,他们完全沉浸于权力之中。特别在于——新的特殊点——这种责任具有强制性,也就是持久而一致。它构成了精神框架,在公民范围之外不可以有任何作为、感受或思考。这是民众戏剧吗?不是。但却是公民戏剧,是肩负责任的城邦的戏剧。

---

[1] 三足樽奖杯(trépied):在古希腊时代,三足樽多为铜质或金质,通常用来奖励竞赛中获胜的选手。——译者注

礼规

要想完善对体制的描述,就必须讲述它的用途,因为只有与应用者的实际生活相结合,戏剧演出才有意义。

希腊戏剧本质上是一种节庆剧。节日演出一年举办一次,每次持续数日。这种仪式形式隆重,延伸面广,因而导致两种后果:首先是时间的延宕。我们知道安息日的概念来自犹太人,希腊人没有周末休息,他们只有在宗教节日时才停工休息,当然节日确实挺多。其次是配合着工作时间的结束,戏剧设置了另一种时间,神话与意识的时间。这个时间并非用来无所事事,而是用于另一种生活。因为这种时间是延宕的,通过其自身的绵延,它成为一种饱和时间。

应当记得节庆的日子都是何等充实。节日正式开始之前安排有宣讲会[1],类似剧院门前招徕观众的滑稽表演,向人群推介指定的诗人及其剧团。第一天用于迎神游行,从狄奥尼索斯神庙请出神像并隆重地安放在剧场;迎神游行中间插入百牛大祭,牛肉分发给群众,就地生火炙烤。随后两天是酒神颂表演;第二天晚上有一次狂欢游行或列队游行;之后是连续三天的戏剧演出:每天早上表演一部四联剧(三部

---

[1] 宣讲会(le proagôn):古希腊的公开仪式,目的是宣告节日来临,在雅典,酒神节的热身演出会集了诗人、演员、歌队成员、乐师和赞助人,他们头戴桂冠,不戴面具。通常在酒神节第二天举办,剧作家可以宣告剧本的布局安排、题目甚至情节,并抽签选出评委会。——译者注

悲剧和一部萨提洛斯剧，其中间隔半小时的幕间休息），每天下午上演一部喜剧。表演正式开始前，还有其他隆重仪式，亦即其他表演：贵宾席的尊贵人物入场，在歌舞台展示盟友城邦进呈的黄金贡品，"国家抚养的孤儿们"披盔戴甲地游行，为部分公民颁发荣誉公告，喷洒乳猪血制成的圣水，号声齐鸣宣告演出正式开始。古希腊的节庆活动真是"一场接一场"（大酒神节持续六天，每天早上悲剧从清晨演至中午，持续大约六小时，下午再重新开始）。在此期间，从观看开幕游行时佩戴的面具到剧演本身的模仿行为，城邦仿佛生活在戏剧之中。

因为与我们的资产阶级戏剧相比，那里的情况恰恰相反，演出与观众之间并未彼此割裂。两种基本要素确保了舞台上下畅通无阻，近来我们的戏剧也试图加以恢复：圆形场地与开放性剧场。

希腊戏剧的歌舞台是正圆形（直径约20米）。阶梯通常沿山丘一侧顺势而建，略大于半圆。尽头搭建一个框架，内部充当幕后及支撑布景的正墙：后台[1]。表演者在哪里演出呢？最初歌队与演员彼此混杂，都置身于歌舞台上（也许只有演员可以使用几步开外位于后台前面的低台）；后来（大约在4世纪末），后台前侧搭起了高而窄的

---

[1] 后台（la skéné），希腊文为 σκήνη，在古希腊戏剧中指一种简单的长方形木质建筑，位于演员表演位置之后，承担后台遮蔽功能。——译者注

前台[1]，歌队日渐式微的同时，台上的活动也落入低潮。早期建筑全部由木材搭建，歌舞台地面则是夯土堆成，最早的石结构剧场可追溯至4世纪。我们看到，今天所谓的舞台（后台与前台的结合体）在古希腊戏剧中仍未发挥有效的组织作用：它作为剧情的基座，是较晚才出现的延伸配置。而在我们的剧场中，舞台上的行动全部正面朝向观众，根本无法安排正反双向的演出。古代剧场完全没有这类问题，舞台空间开阔，演出的"外部"与观众席的"外部"，两处的体验相似，具有共性：这种戏剧如同话语的起点，它在陵墓与宫殿的门前上演：这个圆锥形空间，朝空中延展，对天空敞开，其功效并非遏制阴谋诡计，而是将消息（也就是命运）扩送出去。

圆形构成所谓古代戏剧的"存在"维度。这里又出现了另一维度：露天。剧场沐浴在黎明晨曦之中，我们试着想象它的风光旖旎：色彩斑斓的人群（观众们身穿节日盛装，头戴圣冠，就像所有宗教节日一样）、绛紫与金黄的戏服、闪耀的阳光、雅典的天空（还得分辨细微色差：酒神节多在冬季或冬末，较少在春季举办）。这些想象忽略了一点，那就是露天的意义在于变化无常。在室外，演出不会一成不变，它变幻莫测，所以不可替代。观众沉浸在户外纷繁的复

---

[1] 前台（le proskénion），希腊文为 προσκήνιον，在古希腊剧场，那里是戏剧演员们表演的地方，歌队则站在歌舞台上，不能去那里表演。——译者注

调音效之中（日影变换、风起云飞、飞鸟斜掠、市镇喧嚣、气流清凉），复原出剧中事件的独特处境。从昏暗的剧院到露天剧场，两处不会产生同样的想象物：前者是消遣解闷，后者则是身临其境。

至于阶梯上密密麻麻的观众——如今在体育赛事中经常看到这种现象——他们自身也被麇集的人群所改变。座位数量可观，与有限的公民总数相比尤其突出：雅典剧场有大约一万四千个座席（我们的夏悠宫剧院仅能容纳两至三千观众）。与我们的剧院或现代体育馆不同，人群在结构上是有序的。贵宾席应该比第一排更优越，除贵宾席之外，公共座席本身往往成片预留给某类公民：参议员、弱冠少年、异邦人、妇女（她们通常坐在高处的台阶上）。因此形成了双重聚拢结构：一种是普通大众，剧场阶梯上随处可见；一种是特殊人群，因为年龄、性别、职业相同而凑在一起。我们知道群体一旦聚集，反应会强烈得多，易感程度也明显提高。大众在剧场中真的是"安营扎寨"，因此入魔的礼规还要加上最后一条：食物。人们在剧场大吃大喝，慷慨的歌队赞助人令人传递葡萄酒和点心。

技巧

希腊戏剧的基本技巧就是综括法：这是环形歌舞（choréia），或曰诗歌、音乐与舞蹈的结合体。我们的戏剧，即便是抒情剧，也不会让人想起希腊环形歌舞。因为音乐占据主导，文本和舞蹈被挤至幕间（芭蕾），而希腊环形歌舞的特点在于各种语言完全对等。可以说一切都"发乎自然"，即它们出自同样的精神框架，那是通过教育形成的。那种教育名为"音乐"教育，其实包括文学与歌唱（歌队自然由业余人士组成，成员招募毫不费力）。也许，要想接近希腊环形歌舞的真实形象，就必须参考希腊教育的意义（至少是黑格尔给出的定义）：通过充分表现自己的身体性[1]（歌与舞），雅典人表达了他们的自由。准确而言，是将身体转化为精神工具的自由。

我们从诗歌中，或许不如说从台词本身（因为此处只涉及给某种技巧下定义）了解到，台词分为三种叙述模式：一种是戏剧表达法，以说话方式，包括独白或对白，由三个节拍段的抑扬格诗句组成［也就是道白（cataloguè）］；一种是抒情表达法，以歌唱方式，按照变化的音步［旋律（le Mélos），或曰歌声］写成；最后是介于二者之间的表达法，也就是由四音步诗句构成的准道白（paracataloguè），它比说话更夸张，但完全没有歌曲的旋律。准道白也许是一种音调高亢的夸张朗诵，然而音调不变（recto tono），（像旋律一样）有笛声伴奏。

音乐是合唱式的，或者同声齐唱，或者分部合唱，仅有奥罗斯[2]伴奏（也是齐奏），这是一种类似笛子的双簧管

---

[1] 身体性，法文为corporéité。——译者注
[2] 奥罗斯（aulos），古希腊宗教和社会活动中经常使用的乐器，类似双簧管。——译者注

乐器，由一位乐手坐在酒神祭坛上吹奏。节奏——这是环形歌舞的重要方面——与诗歌音步完全合拍，每个节拍对应一个音步，每个音符对应一个音节，至少在古典时代如此，由于欧里庇得斯已经在练声曲中使用华丽的风格，很快他就不得不聘请专业作曲家。有一点必须说明，我们知道这种音乐（它几乎彻底失传，仅存欧里庇得斯《俄瑞斯忒斯》的合唱曲残篇）与我们的音乐的区别在于，它的表现性被音乐模式的全套语汇系统化：希腊音乐的意蕴显然极为丰富，它的含义更多基于约定俗成，而非自然的效果。

在环形歌舞中，最难以想象的是舞蹈。那是真正的舞蹈，还是有节奏的简单位置变换？我们只知道应当区分步伐（phorai）和动作（schemata），这些动作或许能达到哑剧（pantomime）的程度，其中包括手和手指的哑剧（chironomie）——其中有个哑剧很有名，那是帕拉提那斯[1]的歌队领唱为《七将攻忒拜》设计的。这部剧讲述战争极为生动，令人"仿佛身临其境"。这里值得注意的仍然是表现性，即一套真正语义体系的建立，每位观众都极为了解其中各个元素：人们"阅读"舞蹈，它的表意功能至少与造型或情感功能同样重要。

这就是环形歌舞的各种"编码"（我们看到语义元素在其中多么重要）。这些编码是否交给了合适的表演者呢？

---

[1] 帕拉提那斯（Pratinas，约公元前6世纪—前5世纪前后），古希腊菲利乌斯诗人之一，第一位萨提洛斯剧作者。——译者注

完全没有。或许歌队从不朗诵(与我们现在对重组歌队的要求相反),歌队总是唱歌,但是,尽管演员们与歌队主唱(coryphée)以对话为主,他们却完全可以唱歌,从欧里庇得斯开始他们甚至可以跳舞。不管怎样,他们通常都使用准道白,原因是,千万别忘了,那些"人物"(这实为现代概念,因为拉辛还把自己的人物称作"演员")是逐渐从歌队这个未经分化的群体中凸显的。歌队领队[1]的功能是在为演员的设立铺路搭桥;泰斯庇斯或普律尼科司开风气之先,创造出第一位演员,把朗诵化为模仿:戏剧幻象诞生了。埃斯库罗斯造就了第二位演员,索福克勒斯推出第三位(两位演员都听命于主要人物)。由于人物数量往往超过演员人数,同一位演员得身兼数职:埃斯库罗斯的《波斯人》中,一位演员因此同时扮演王后和塞克塞斯,另一位扮演信使和达里奥斯的影子。由于特别节约人力,希腊戏剧一般通过报信或争辩的场景来表述,只需两个人物即可。

至于歌队,其人数在古典时代没有变化:悲剧需要十二至十五位歌队成员,喜剧需要二十四位,其中包括领唱。后来歌队(如果不说人数的话)的角色大幅削弱。起初,歌队借助领唱的声音与演员对话,他们围在演员身边,或者声援他或询问他,歌队的介入方式是评论而非行动,简而言之,歌队充分代表着群众,它面对重大事件,力图寻求

---

[1] 歌队领队(exarchôn),类似主持人,负责发出舞蹈开始的信号,并在幕间诱导妇女们对仪式做出回应。——译者注

真相；这些功能全都逐渐萎缩，终有一天，歌队部分被压缩至幕间，与作品本身不存在有机联系。这其中汇聚了三重变化：（我们已经看到）公民的财富与热情都日渐衰落，即富人对于赞助歌队持保留态度；歌队的作用压缩为幕间插曲；演员人数增多，角色分量增强，悲剧质询逐渐指向心理的真实状态。

除酒神颂之外，包括歌队和演员在内的表演者全部佩戴面具。面具由浆过的碎布制成，表面覆石膏，着色，饰以假发，必要时粘假胡须，前额往往过于突出，这是onkos，即高高隆起的前额。面具表情自有一段历史，甚至可谓之曰古代现实主义的历史。在埃斯库罗斯的时代，面具并无确定表情，其神情漠然，额头隐约划过一道横纹。相反，到了希腊化时代，悲剧面具的表情极端悲怆，导致面部线条极度扭曲，特别是在喜剧中，面具按照其他特征（发色或面色）归类，每种类型显然对应一种职业、年龄或禀性，这便是性格面具。面具有何用途？我们可以历数它的表层作用：便于从远处辨认面部特征；由于女性角色由男性扮演，因此可以掩盖现实的性别差异。但是面具的深层功能应当随时代而改变：希腊化时代的戏剧中，不同类别的面具是各种心理本质的抽象表达，它并不掩盖，而是炫示，这确实是如今粉墨登场的鼻祖。但是从前，在古典时代，面具的作用似乎正相反。它造成陌生感——首先因为面具表情呆滞，毫无差异，无喜无悲，不用任何符号代替表情，连大致的符号都没有。其次因为面具改变声音，使声音变得沉闷、浑浊、古怪，仿佛来自另一个世界：面具糅合了冷漠无情与夸张的人性，对悲剧幻象起到至关重要的作用，悲剧幻象的任务则是展示神祇与凡人的沟通。

舞台服装有同样的作用，它既真实又不真实。说它真实，因为服装构造与古希腊一致：内长衣、外袍、短披风。说它不真实，至少在悲剧中不真实，因为这款服装应当属于神祇（狄奥尼索斯），或者至少属于大祭司，这种锦衣华服（色彩与刺绣）在生活中显然见不到（喜剧服装不算太失真：一件内长衣，只是剪短了，让人看到男性人物暴露在外的皮制雄性生殖器）。除了这些基础服饰，还有几种特殊"标志"，可谓一种服装编码的雏形：国王的绯红外袍，预言家的羊毛编织长袍，穷困潦倒时的褴褛衣衫，葬礼及厄运时穿的黑色。至于古希腊的系带长筒靴（cothurne），至少作为悲剧演员的厚底靴，它属于希腊化时代较晚出现的配件。把演员身材抬高，导致身躯也刻意增肥：假肚子和假胸脯粘在长袍内侧，前额过分突出。

布景方面的现实主义努力（因为是我们现代人就技巧提问）发展很快。起初只是木材搭建框架，因陋就简地标明祭坛、坟墓或峭壁。然而索福克勒斯将活动画布上的绘制布景引入舞台，沿着前台悬挂，埃斯库罗斯的最后几部作品也如法炮制：画技流于平庸，不过任务很快便委托给专业画工，即舞美师。大约5世纪末，人们在中央（正面）布景之外增添了两幅侧翼布景（périacte），那是一种可旋转的三角柱体，装在支轴上，根据需要，其中一面会转过来与中央布景相衔接。从新喜剧开始,按照惯例,(相对观众而言的)左侧布景延展出遥远异乡(在雅典,这是阿提卡乡村的方向);右侧布景则延伸出毗邻之地(比雷埃夫斯的方向)。当然,同面具一样,绘制布景很快也有了简单分类:萨提洛斯剧的森林景色,喜剧的住宅,悲剧的神庙、宫殿、营帐、田园或海洋景色。罗马戏剧产生之前,布景前面不设大幕,有时也许会安放活动屏挡,为某些场景做准备。

现实主义获得广泛推进,代代相继,日趋复杂。它仰仗着一种珍贵的技术:机械装置。在希腊化时代,机械装置相当复杂;有一种装置用来揭示发生在室内的谋杀,名曰 ekkykléma,那是一种滚动平台,将尸体传送到宫门之外展现给观众。另一种装置叫作 méchané,协助神祇与英雄在天上飞,它形似吊车,吊缆涂成灰色,肉眼几难可辨。休息时,神祇们乘坐座舱出现在前台上方,他们待在 théologeion[1] 中,也就是神祇们的厅堂中。distégie(或称"第二层")是一条通道,(尤其在欧里庇得斯和阿里斯托芬的戏剧中)演员可由此抵达屋顶或后面建筑的高层。最后是舞台活板门,地下阶梯,甚至还有用于亡魂及冥神显灵的升降梯。尽管功能各异,这种机械装置的意义总归是"呈现内部",呈现地狱、宫殿或奥林匹斯山的内部;它打破秘密,凸显相似性,消除演出与观众之间的距离,因此机械装置与

---

[1] théologeion,古希腊戏剧中的一种机械装置,类似一个平台,应当悬挂在前台顶部,用来代表神祇之所在。——译者注

古代戏剧的"资产阶级化"并肩发展是合乎逻辑的。它不仅起到（最初的）现实主义作用或（后期的）营造幻境的作用，它还具备心理学功效。

现实主义戏剧？它很快就萌发出幼芽。早在埃斯库罗斯时期，戏剧就具有了现实主义倾向，尽管早期悲剧还带有许多陌生化特点：面具毫无个性，服装因循惯例，布景符号化，演员人数极少、歌队地位重要。但无论如何，艺术的现实主义无法建立在观众的盲信范围之外：它与接受它的心理环境必然相关。暗示技巧与高度盲信相辅相成，造就了人们所谓的"辩证现实主义"，其中戏剧幻象不断往返于高度符号化与当下现实性之间。据说《俄瑞斯忒斯》的观众看到厄里倪厄斯[1]到来，吓得四散奔逃，因为埃斯库罗斯打破了入场歌传统，让她们一个接一个地出现。正如人们注意到的，这种反应颇似早期电影观众看到蒸汽机车驶入萧达火车站[2]时的连连后退。在这两个案例中，观众看到的既非现实亦非现实的摹本，而可谓一种"超现实"，即与符号重叠的世界。这大概就是早期希腊戏剧的现实主义，它属于埃斯库罗斯，或许也属于索福克勒斯。然而，一方是显著提高的模拟技巧（面具的表现性、机械装置的复杂性、歌队的萎缩），

---

[1] 厄里倪厄斯（Erinyes），指希腊神话中三位复仇女神。——译者注
[2] 这里指法国电影创始人卢米埃尔兄弟拍摄的无声影片《火车进站》（*L'Arrivée d'un train en gare de La Ciotat*），该片拍摄了一辆火车驶入巴黎萧达车站的情景。电影于 1895 年 12 月 28 日首次放映，这一天也被认为是电影的诞生日。——译者注

一方是即便没有减弱,至少也经过调整的轻信态度,两方结合则形成了另一种现实主义,这或许就是欧里庇得斯及其后继者们的现实主义——符号不再与世界相关,而是与内心相关。演出的物质性整体化为布景,并且在环形歌舞解散的那一刻,布景的各个元素就变成普通的"插图",要求看起来像是真的。舞台上发生的不再是现实的符号,而是现实的摹本。我们明白,拉辛重建了与欧里庇得斯的对话,19世纪学院派戏剧则感觉索福克勒斯比埃斯库罗斯更加亲近。

因为,无论人们在这种戏剧中发现了什么,四个世纪以来它一直与我们密切相关。早在文艺复兴时期,音乐家、诗人以及佛罗伦萨卡梅拉塔·巴尔第[1]的倾慕者们从环形歌舞规则获得灵感,开创了歌剧。我们知道,在17、18世纪,古代希腊人的戏剧是我国戏剧家的主要灵感之源。不仅指文本,还包括悲剧艺术的规则、目的与手法。我们知道拉辛不辞劳苦地为亚里士多德论悲剧的《诗学》作注,后来莱辛又再次发起关于净化的争论。亚里士多德对现代戏剧的贡献并不在于悲剧哲学,而更多在于基于理性的创作技巧(这是诗艺在当时的含义)。从亚里士多德诗学中抽离出了一种悲剧实践,令人确信戏剧是一门手艺。希腊悲剧成为范本,可以说是一切诗歌创作的训练与苦行。19世纪与20世纪,凝聚

---

[1] 卡梅拉塔·巴尔第(Camera Bardi),应指 Camerata de' Bardi。卡梅拉塔是以乔万尼·巴尔第伯爵为首的人文主义者组成的音乐创作兼表演团体,文艺复兴末期活跃于佛罗伦萨公国。——译者注

了大量思考的恰恰是希腊戏剧中被古典主义者忽略的物质性。首先，在哲学和人种学方面，对于这种既讲宗教又讲民主，既原始又讲究，既超现实又现实，既异国情调又古典趣味的戏剧，从尼采到乔治·汤姆森[1]，人们热情地探究它的起源与本质。随后（开始于19世纪中期），人们将它们重新搬上舞台，起初都是些较浮夸的资产阶级戏剧（指法兰西剧院早期的"复排"），后来风格渐趋粗野，更有历史感。关于这点，有必要再说两句，因为自从高博在老鸽笼剧院的演出表现出某些思考，自从1936年索邦大学古代戏剧社的学生上演了《波斯人》，当代的实践经验可谓层出不穷，基本原则却经常彼此矛盾。

因为人们实在难以痛下决断，到底是将这种戏剧恢复原状，还是加以改编。今天在表演莎士比亚的时候谁也不会顾及伊丽莎白时代的传统，表演拉辛的时候也不会再参照古典主义戏剧理论，与此同时，古代祭仪的影子却一直徘徊不去，令人着迷。这是对整体演出的怀想，它具有强烈的身体性，百无禁忌又充满人性，它是戏剧与城邦空前调和的印迹。然而有件事毋庸置疑，恢复原貌已不再可能。首先因为考古学提供的信息不完整，歌队的形体功能部分尤其欠缺，歌队成为所有现代版演出的绊脚石。其次，突出的原因在于，考古界发掘的事实仅限于整套制度，即彼时心理环境的作用，并

---

[1] 乔治·汤姆森（George Thomson，1903—1987），英国马克思主义哲学家，曾率先用马克思主义观点阐释希腊戏剧。——译者注

且就整体而言,**历史**是不可逆转的。倘若失去这个环境,作用就会消失不见,孤立的事实就会变为本质,无论人们情愿与否,它们都会被赋予预期之外的含义,事实本身很快会遭到曲解。比方说,希腊音乐是齐唱的,希腊人并不了解其他音乐形式。可是我们现代人的音乐是复调的,对我们而言一切齐唱都充满异域风情。这就是一种无法避免的含义,古希腊人当然未作此想。因此,正如考古学所言,希腊演出中有些内容颇为危险,容易遭到误读,而那些恰恰是客观事实,是主要现象:面具的形式、旋律的音调、乐器的声音。

不过,还存在一些职能、关系与结构事实,比方说,道白、歌唱与朗诵之间界限分明,或者歌队的正面集体造型(克洛岱尔恰好谈到唱诗台后面的唱诗班成员)以及主要由里拉琴伴奏的歌队职能。在我看来,这些反差是我们应当恢复,也能够恢复的。因为,这种戏剧之所以与我们切身相关,原因并不在于它的异域风情,而在于它的真实状况;不在于它的审美,而在于它的秩序。而这种真实状况本身只能充当一种功能,是现代人目光投向远古社会的因果关系:借助遥远的距离,这种戏剧与我们发生联系。与其说问题在于将它吸收同化,不如说在于将它陌生化:这是帮助人们理解它。

——《演出史》(*Histoire des spectacles*)节选,吉·杜穆尔(Guy Dumur)主编,"七星百科全书"(Encyclopédie de la Pléiade),伽利玛出版社(Gallimard),1965年

叹为观止

1954年柏林剧团首次来法国。看完他们的演出,有些人发现了一套新体系,这套体系毫不留情面,令我们的戏剧彻底过期作废。这个新生事物丝毫不带挑衅色彩,也没有采取先锋派的惯用方式。我们或可谓之微妙的革命。

我们的戏剧向来讨厌把各种价值标准杂糅在一起,剧作家(这里指布莱希特本人)却认为它们彼此完美兼容,所谓革命便来源于此。我们知道,布莱希特戏剧是一种深思熟虑的戏剧,是以清晰理论为基础的实践,该理论兼具唯物主义和语义学特点。人们期待一种马克思主义指引下的政治戏剧,期待一种对符号加以严格规范的艺术,在这种情况之下,面对柏林剧团的演出,人们怎会不感到叹为观止呢?况且还有新的不合常理之处,这种政治演出并不排斥美。浅淡的蓝色,极朴素的材质,一个皮带扣,一件灰色旧衫,它们时时刻刻构成画面,那绝不是在复制绘画作品,然而倘若缺少高雅趣味,是没有办法做到的:这种戏剧自称是介入式的,却并不惮于高雅(这个词应当摆脱日常的肤浅无聊,带有类似布莱希特"间离化"的含义)。两种价值标准结合在一起,造就出**西方世界**闻所未闻的现象(也许布莱希特正是从东方取的经):不再歇斯底里的戏剧。

最后还有一点颇耐人寻味,这种聪明的政治戏剧,具有苦行式的庄严感,却又遵从布莱希特的告诫,亦是有趣的戏剧。绝对没有大段独白与长篇说教,甚至绝对没有说教味道的善恶二元论,尽管一切政治艺术都是惯于借助善恶二元论,使善良无产阶级与丑恶资产阶级彼此对立的。然而,剧中总会出现意想不到的情节,总会存在某种社会批评,这种批评摆脱无聊的套话,在快乐中激发出最隐秘的动力,即微妙感。一种戏剧,它既革命又有内涵,且令人享受,谁还能比它更胜一筹?

这种结合虽然出人意料,却谈不上神奇:倘若缺少物质条件,它便难以实现。而在我们的戏剧中,物质条件过去是匮乏的,现在依旧如此。在我们国家,有种简单的信念长期占据主导,即我们不花钱就能创作出好戏,这种信念继承了唯灵论传统,高博是这种传统的杰出象征,于是资金匮乏化作了崇高价值,演员则变成了祭司。布莱希特戏剧却成本高昂:精益求精的导演、服装造型——深思熟虑的制作远比大场面的奢华戏服更昂贵——反复排练,还有演员的职业保险,那是他们艺术生涯的必备条件。在私有化经营的条件下,这种深得人心又高雅考究的戏剧根本无法实现,无论是带来利润的资产阶级群体,还是带来人气的小资产阶级群体,都不会支持它。在柏林剧团的成功背后,在有目共睹的完美演出背后，应当看到一整套的经营机制与政策手段。

布莱希特去世后柏林剧团的情况我并不了解，但是我知道，1954年柏林剧团带给我许多教益——远不止于戏剧。

——刊于《世界报》，1971年3月11日

狄德罗、布莱希特、爱森斯坦

致安德烈·泰希内[1]

想想看,地位与历史的亲缘性使得数学与声学早在古希腊时代就已经密切关联;想想看,这一道地的毕达哥拉斯空间(该奥秘正是以英雄毕达哥拉斯的名字命名)在两三千年间多少受到压制;最后想想看,同样早在希腊时期,相对于第一种关联性,又出现了第二种关联性,它盖过了前者,在艺术史中一直抢占先机:这便是几何学与戏剧的关联。其实,戏剧作为一种实践,意味着提先规划事物被观看的位置:如果我把场景设在这里,观众会看到这些;如果我把它设在别处,他们就看不到了。我可以利用这种局部遮挡来制

---

[1] 安德烈·泰希内(André Téchiné,1943—),法国导演。1964—1968年在《电影手册》(*Cahiers du cinéma*)担任编辑并撰写影评。1969年开始导演生涯,作品《法兰西回忆》(*Souvenirs d'en France*)深受罗兰·巴特赞赏。1985年电影《约会》(*Rendez-vous*)获戛纳电影节最佳导演奖,被视为同时代最有才华的电影导演之一。——译者注

造幻象,舞台就是这条线,它阻挡住光束,勾画出终界,光束在其正面漫射开,在音乐之外(在文本之外),表演就此建立。

表演的首要特征并非模仿。即便摆脱了"现实""逼真""摹本"等概念,只要某一主体(作者、读者、观众或偷窥者)将目光投向远方,从视野中切割出三角形的底边,他的眼睛(或脑袋)充当三角形的顶点,那么终归还是有"表演"存在。**表演**的**工具论**(今天撰写这部工具论成为可能,因为他物被发现了),这部**工具论**建立在双重基础之上,其一是分镜头占据主导,其二是剪辑主体具有统一性。于是艺术实体倒无所谓了。当然,戏剧与电影都是几何学的直接表现(除非极少数情况下,它们会对声音、音响进行研究),而(值得阅读的)经典文学话语呢,它同样早已抛弃了诗律与音乐性,成为再现性、几何性话语,因为它剪切各个片段以便加以描绘。(古典主义者可能会说)侃侃而谈不过是在"描绘出心中的画面"。场景、画面、构图、分割出来的长方形,这些都是前提条件,使人得以思考戏剧、绘画、电影、文学,也就是音乐之外的所有"艺术",或可曰屈光艺术。(反之,乐谱中看不出任何画面,除非用它配合戏剧;乐谱上勾画不出任何图像,除非用老歌使它变了味。)

我们知道,整个狄德罗美学的基础在于,把戏剧场景与画面视为同一。完美的剧本是一连串画面,好似画廊或沙龙画展。场景向观众呈现"在画家最欣赏的瞬间发生的全部行动的真实画面"。(绘画、戏剧、文学的)画面剪切干脆利落,边缘清晰,不可逆转,不会变质,它周围无名的一切都化为乌有,而在它本身的界域内,将一切都奉为精华,倾力阐明、呈现;这种造物主式的厚此薄彼含有一种高深的思想:画面是有精神内涵的,它要透露某些(伦理、社会的)内容,但也透露出自己知道该如何表达;它意味深长又提前铺垫,使人难忘又长于反思,令人感动也清楚如何感动。布莱希特的史诗场景、爱森斯坦的镜头都是画面,那些是摆拍场景(就好像我们说:餐桌摆好了),它们完全符合狄德罗提出的戏剧统一性理论。分镜头极为讲究(别忘了,布莱希特对意大利式场景态度宽容,对边界模糊的剧场却不以为然:室外、圆形剧场),推崇某种意义,却又表达这种意义如何产生,使视觉剪辑与思想剪辑彼此重叠。爱森斯坦的镜头与格勒兹的绘画简直如出一辙(当然意图除外,前者关于社会,后者关于伦理);史诗场景与爱森斯坦的镜头简直难分彼此(除了一点,布莱希特作品的画面交给观众来批评,而非求得赞同)。

绘画(既然它是剪辑出来的)是否为恋物客体?从思想意识层面(善良、进步、动机、美好历史的到来)而言,它的确是;从构图层面看却未尽然。也许更确切地说,正是因为构图本身,人们得以避开恋物这个词,推迟剪辑中的恋物效果。关于这点,狄德罗再次成为这种欲望辩证法的理论建构者。他在《构图》一文中写道:"构图精妙的绘画封闭在单一视角中,各个部分目标一致,它们彼此呼应，构成一个整体，这个整体的真实性不亚于动物躯干四肢组成的整体；因而，倘若在一小幅绘画上，有许多偶得的形象，并未考虑比例、协调和统一性，那么它称不上真正的构图，就像散落在一张草图上的习作，其中的腿、鼻子和眼睛也构不成肖像或者人的形象。"这样一来，身体被明确引入了绘画概念，不过是整个身体；各个器官彼此组合，它们似乎因剪切而磁化，以超验性，也就是形象的超验性的名义发生作用。形象对恋物的差使照单全收，成为意义的崇高代用品：受到恋慕的正是这种意义。（在后布莱希特戏剧以及后爱森斯坦电影中，人们可以毫不费力地看出，部分导演手法受到画面分散、"构图"拆解、脸上"局部器官"移位的深刻影响，简单说就是阻止作品的形而上意义及政治意义——或至少将这种意义推向另一种政治。）

———◆———

布莱希特明确指出，在史诗剧中（它通过连续的画面推进），一切意味深长并且滑稽可笑的讽刺手法都针对单一场景，而不是针对整部戏。就剧本而言，不存在发展、成熟的过程，它当然（甚至每幅画面都）包含某种思想见解，但不具有终极意义，只有剪切，每次剪切都具备足够的指示能力。爱森斯坦的作品同样如此：电影是情节的毗连，每个情节都意味深长，美学上无可挑剔。这种电影有志于成为精选集，它以暗示的方式，把恋物者会剪下来带走享用的片段亲自交给对方（不是听说在几所电影资料馆，《战舰波将金号》[1]缺失了一段胶片——当然是婴儿车那一幕——不知被哪位恋物者剪下来，藏在女人的发辫、手套或内衣中偷走了？）。爱森斯坦早期的力量在于，没有任何图像会令人厌倦，观众无须等待下一帧图像出现，他们立刻就能看懂并获得享受。没有口若悬河（为了获得某种快感被迫耐心等待的时间），只有持续不断的欢愉，那是许多完美时刻相加形成的。

当然，狄德罗已经想到过（也思考过）这种完美时刻。如果画家要讲故事，他只能支配一个时刻：将要定格在画布上的时刻。因此他得精心挑选，得提前确认能否从中收获尽可能多的意义与快感。这个时刻务必全面，它将受到人为营造（非现实：这不是一种现实主义艺术），会成为一种象形文字，其中现在、过去与未来，即所再现姿态的历史意义，全都一目了然（如果我们去剧院、电影院，也会一望即知）。这个关键性时刻极为具体也极为抽象，也就是莱辛（在《拉奥孔》中）所说的意味深长的时刻。布莱希特的戏剧与爱森斯坦的电影都是一连串意味深长的时刻。在大胆妈妈用牙咬招募员中士递给她的钱币之时，在这个怀疑的瞬间，她的儿子跑了，她展现了充当小商贩的过去以及等待她的未来：所有孩子都因为她的唯利是图、无知糊涂而丧命。

---

[1]《战舰波将金号》(*Cuirassé Potemkine*)拍摄于1925年，由爱森斯坦执导，亚历山大·安东诺夫等人主演。影片是向俄国1905年革命20周年的献礼，以敖德萨海军波将金号战舰起义为主题。——译者注

（在《总路线》[1]中）当农妇让人撕掉她的衬裙，用布条来修理拖拉机之时，这个姿态包含了丰富的历史：它含义复杂，包括过去的战利品（利用官僚机构的疏忽而艰难获得的拖拉机）、当下的斗争以及团结合作的高效。所谓意味深长的时刻，就是缺席的一切（记忆、教训、承诺）全部呈现在当下，历史按照它们的节奏变得清晰易懂又令人神往。

在布莱希特作品中，社会姿态再次沿用了意味深长的时刻这一概念。什么是社会姿态（反动评论家肆意嘲笑布莱希特提出的这一概念，然而在戏剧创作思考中，这个概念却是前所未有地睿智清晰！）？这是一种姿态，或曰一整套姿态（但绝不是指手画脚），我们可以从中了解整个社会的状态。不是任何姿态都具有社会意义：一个人驱赶苍蝇的动作就没有任何社会意义；但是假如同样这个人，他衣着寒酸，在跟看门犬搏斗，这时姿态就具有了社会意义；随军女商贩验证别人递来的钱币真伪，这个动作就是社会姿态；《总路线》的办事员在一堆文件上写下夸张的签名，这就是社会姿态。社会姿态可以延伸至何处？延伸到很远：直至语言——布莱希特说——当语言表现了说话者对他人采取的某些态度时，它便具有了姿态性。"要是你眼睛疼，就抠出来"（Si ton œil te fait mal, arrache-le）比"把你感到疼的那只眼睛抠出来"（Arrache l'œil qui te fait mal）姿态更鲜明，因为句子

---

[1]《总路线》（*La Ligne générale*）是爱森斯坦拍摄于1929年的电影，表现苏联农村合作化主题。——译者注

的顺序，占据上风的连词省略，都接近一种预言式的复仇情境，因而有些修辞形式可以表达姿态。在此（就像批评布莱希特的艺术一样）批评爱森斯坦的艺术"形式化"或"审美化"是徒劳的，倘若形式、审美与修辞的运用都经过深思熟虑，它们就能够担起社会责任。演出（既然谈的就是它）不免也要重视社会姿态：人们一旦开始"表演"（一旦着手剪辑、包围画面，切断整体），就必须决定姿态是否具有社会意义（是否它反映的不是这个社会，而是人）。

演员在画面（场景、镜头）中做些什么？既然画面表达思想见解，演员就应当呈现见解本身包含的知识，因为见解如果不包含知识就不具备思想性；然而，通过额外地加戏，演员呈现在舞台上的知识并不是人情世故（他的哭泣不应仅仅反映不幸之人的心理状态），也不是演员的经验（他不应该表现得演技熟练）。演员应当证明自己并不受观众控制（涂抹上一层"现实"与"人性"），他要将意义引向理想状态。在布莱希特的作品中，演员是意义的掌控者，其主导权是显而易见的，而布莱希特对此进行了理论阐述，称之为"间离化"；在爱森斯坦（这里指《总路线》的导演，至少对他来说是这样）作品中，演员的主导权毫不逊色。为了做到这一点，导演没有通过仪式、典礼般的艺术制造效果——这是布莱希特的要求——而是通过对社会姿态持坚定态度，因此它不断在演员的各种行动中打下烙印（握紧的拳头、紧握生产工具的手、农民们来到官僚机构的办事窗口等）。不过，的确，爱森斯坦与格勒兹（狄德罗视之为画家的楷模）

一样,创作者有时采取极为悲情的表达方式,这种悲情感显得不够"间离化"。不过间离化是布莱希特专有的手法,对他而言自然不可或缺,因为他表演的画面必须承受观众批评。在其他两人的作品中,演员未必需要间离化,演员要表达的乃是一种理想价值。因此他只需"清楚地显示"该价值的产生过程,并且通过极其繁复的版本凸显它,使它可以为精神所感知,这便足矣。因此表达方式意味着一种观点——围绕这一观点有无数的表达法——却并不意味着本质。我们同"演员工作室"主张的表情仪态相去甚远,他们鼓吹的"节制感"并无其他意义,不过造就了演员的个人声誉(我参照的是《巴黎最后的探戈》中白兰度的表情仪态)。

———◆———

绘画有没有"主题"(英文:topic)?完全没有。绘画有意义,但没有主题。意义从(意味深长时刻的)社会姿态开始;在姿态之外,只有虚空、无意义。布莱希特曾言,"在某种程度上,主题总嫌幼稚,乏善可陈。它们很空洞,也可谓自足。只有社会姿态(批评、计谋、讽刺、宣传等)带来人情因素"。狄德罗补充说(姑且这么讲),画家或剧作家的创造不在于主题选择,而在于为画面选择意味深长的时刻。说到底,爱森斯坦没有"安分守己地"(今天审查者说的话)从社会主义建设现状(《总路线》除外)中,而是从俄国与革命的历史中汲取"主题",这其实无关紧要。是战舰还是沙皇也无关紧要,那些不过是虚浮空洞的"主题"。唯一重要的是姿态,是姿态的批判性展示,是把姿态输入当时某一具有明显社会企图的文本。主题不会做任何补充与删减,如今有多少部"关于"毒品、以"毒品"为主题的电影?这却是一个空洞的主题。倘若不具备社会姿态,毒品就表达不了任何意义,或者更准确地说,它表达的意义本质上是虚浮、空洞、永恒不变的:"毒品使人丧失能力"(《渣》[1]),"毒品使人企图自杀"(《屡次缺席》[2])。主题的选择毫无依据:为何选这个主题而不选那个?作品从画面处方才启动,意义则包含在姿态中,包含在姿态的配合中。以《大胆妈妈》为例,如果认为这部剧的"主题"是三十年战争,或者是对战争的泛泛揭露,那么一定会产生误读;该剧的姿态不在这里,而在于女商贩的盲目糊涂,她以为可以依靠战争生存,却饱受战争之痛;不仅如此,面对着她的盲目糊涂,身为观众的我,目光中亦包含姿态。

在戏剧、电影和传统文学中,事物总是从某处被看到,这是再现的几何学基础:总归得有一位恋物者来剪切画面。这个原点一直都是法则:社会法则、斗争法则、意义法则。故而一切战斗性的艺术只能是再现的、合法的。要想使再现真正摆脱原点,超越其几何学本质,同时仍然保持为再现,这就需要付出极大的代价:不亚于付出生命。一位朋友向我

---

[1]《渣》(*Trash*),美国电影,保罗·莫里斯(Paul Morrissey)导演,拍摄于1970年。——译者注
[2]《屡次缺席》(*Absences répétées*),法国电影,导演为 Guy Gilles,拍摄于1972年。——译者注

指出，在德莱叶[1]的电影《吸血鬼》（*Vampyr*）中，摄影机从住所跟至墓地，拍下了死者眼中所见。这里可谓临界点，再现在这里遭到重挫：观众无处立足，因为他不能把自己的眼睛认作死者紧闭的双眼。画面没有起点，无所依托，是张开的空洞。在这个区域发生的一切只能是合法的（布莱希特与爱森斯坦尽皆如此），说到底，对史诗场景与电影镜头进行剪辑的是党派法则，是这套法则在观看、取景、聚焦、说明。在这一点上，布莱希特与爱森斯坦再次跟狄德罗（资产阶级家庭悲剧的倡导者，两位后继者则是社会主义艺术的倡导者）不谋而合。事实上狄德罗将绘画划分为一流与二流两类，前者意在陶冶情操，追求意义的理想状态，后者纯粹是模仿，讲述逸事；前者的代表人物为格勒兹，后者则是夏尔丹[2]。换句话说，在上升阶段，任何艺术的具象（夏尔丹）都应该有形而上（格勒兹）加持。在布莱希特与爱森斯坦的作品中，夏尔丹与格勒兹并存（布莱希特更狡黠，他给观众看夏尔丹，叫他们自己来当格勒兹）：在一个尚未获得安宁的社会，艺术怎能停止形而上思考，怎能不再是表意的、易懂的、再现的？艺术怎能不恋物？音乐、**文本**还要横行到何时？

---

[1] 德莱叶（Carl Theodor Dreyer, 1889—1968），丹麦电影创始人之一。——译者注
[2] 夏尔丹（Jean Siméon Chardin, 1699—1779），法国18世纪最伟大的画家之一，其静物画和家庭风俗画尤为著名。——译者注

布莱希特似乎对狄德罗所知甚少（或许对《论演员的悖论》多少有所了解）。然而机缘巧合，刚才提及的三方结合得到了他本人首肯。1937年左右，布莱希特主动提出建立狄德罗协会，作为戏剧实验与研习的集结场地，也许因为在狄德罗身上，他不仅看到一位伟大的唯物主义哲学家形象，还看到了一个理论上主张寓教于乐的戏剧人形象。布莱希特为协会拟定了纲领，为此他还制作了一份宣传册。宣传册计划发给谁？发给皮斯卡托[1]、让·雷诺阿、爱森斯坦。

——刊于《美学杂志》（*REVUE D'ESTHÉTIQUE*），1973年

---

[1] 皮斯卡托（Erwin Piscator，1893—1966），德国电影导演和戏剧人，无产阶级戏剧的创始人。——译者注

布莱希特与话语:对话语性研究的贡献

第三种话语

《可怜的 B. B.》:这是 1921 年贝尔托·布莱希特创作的一首诗歌的标题(布莱希特时年 23 岁)。这里的首字母缩写并无赞颂之意,它意味着一个两头受困的人[1],两个字母(还互相重复)圈出一片虚空,这片虚空乃是魏玛时代德国的末日。布莱希特的马克思主义将从这片虚空中产生(1928—1930 年左右)。因此布莱希特作品中有两种话语:首先是宣告末日来临(无政府主义倾向)的话语,它宣告并制造毁灭,不想看到"之后"会发生什么,因为对"之后"的事同样无所期冀,布莱希特的早期剧本就属于这种话语(《巴尔》《夜半鼓声》《城市丛林》)。随后是一套末世学

---

[1] 原文为"C'est la personne réduite à deux bornes."作者玩了一个文字游戏,borne 的首写字母也是 B,意为"上下限,限度"。正好与布莱希特姓名的首字母 B. 构成"B.B."的暗指。——译者注

话语：建立一种批评，目的是阻止社会异化的宿命（或阻止对于该宿命的笃信），世上一切坏事（战争、剥削）都有药可医，痊愈的时间可以预知；《三毛钱歌剧》之后，布莱希特的全部作品皆属于第二种话语。

还缺少第三种话语：卫道式话语。布莱希特作品中绝对没有教理问答：没有任何套话，不引用拉丁文《圣经》。或许得益于戏剧形式，他避免了这一弊端。因为在戏剧中，与所有文本一样，话语的起源是无法补救的。主体以暴虐的方式与所指串通一气（这种串通会造就狂热话语），或是符号以弄虚作假的方式与所指对象串通一气（这种串通会造就教条话语），这两种情况都不可能出现。但是布莱希特在自己的文章中[1]从来不会为了图方便而标注出话语的源头：他的语言可不是铸币。在马克思主义内部，布莱希特是孜孜不倦的创造者。他对那些语录加以再造，进入互文："他在别人的头脑中思考，而他的头脑中也有别人在思考。这才是真正的思考。"真正的思考比（理想主义的）真理的思考更为重要。换句话说，在马克思主义的场域内，布莱希特的话语绝不是说教式的。

---

[1] 我在这里（并且在写作这篇文章的整个过程中）想到的是《论政治与社会》(*Ecrits sur la politique et la société*, Paris, L'Arche, 1970)。我认为这部作品至关重要，它却几乎不为人知。（罗兰·巴特原注）

震撼

我们阅读过、听说过的一切,仿佛一层东西将我们罩住,仿佛一种介质将我们围绕、包裹,这就是逻各斯域(logosphère)。逻各斯域是我们的时代、阶层、职业给予的,它是主体的"已知条件"。而只有受到震撼,已知条件才会发生转变。我们应当撼动话语的平衡整体,撕开那层覆盖物,打乱句子的衔接顺序,破坏语言结构(一切结构都是层层相叠的大厦)。布莱希特作品力求将震撼付诸实现(并非实现颠覆:震撼远比颠覆更"注重现实")。批评艺术是开启危机的艺术,它揭开并击碎覆盖物,使语言的外皮龟裂,将逻各斯域的涂层剥除、溶解。这是一种史诗般的艺术,它打破话语体系,与再现保持疏离,却并不将其废弃。

这种引起布莱希特式震撼的疏离与中断到底是什么?那仅仅是一种对符号及其功能进行拆分的解读。你们知道什么是日式别针吗?这是缝衣女工使用的一种别针,别针头部挂着个小铃铛,防止人们把它遗落在成衣上。布莱希特改造了逻各斯域,同时把带铃铛的别针留下来,那是些发出微弱叮当声的符号。因此,听到某种言语时,我们绝不会忘记它从哪儿来,是怎么产生的。震撼意味着再创作,并非一种模仿,而是进行拆卸与挪动的创作,过程会丁零作响。

因此,要向布莱希特汲取的是地震学,它比符号学更重要。从结构上讲什么是震撼?就是难以稳住的时刻(因此它与"结构"概念本身是对立的)。布莱希特不愿意人们又落入另一层覆盖物之下，掉进另一种语言"本质"的窠臼：没有正面英雄（正面英雄总是令人反感），不会歇斯底里地去震撼。震撼来得干脆、（双重意义上）低调而快速，需要时会反复，但绝不会落地生根（这不是颠覆性戏剧：并没有不满现状，没有暗藏重大图谋）。比方说，如果有一个场域，它隐藏在日常逻各斯域的覆盖物之下，这便是阶级关系场域。而布莱希特不去颠覆它（他并未指定自己的戏剧创作去扮演这种角色，再说一种话语又如何能颠覆这些关系？），而是撼动一下，给它别一枚带铃铛的别针。这就好比潘蒂拉[1]的醉态，作为短暂而反复出现的裂口，强行附着在大地主的社会方言[2]之上。和诸多戏剧以及资产阶级电影场景相反，布莱希特对醉态的处理绝非就事论事（令人腻烦的耍酒疯场景）：醉酒只是改变某种关系的因素，因此令其得到解读（在某个地方，某一点，遥远而微不足道的一点，关系发生了位移，只有这时，它才会在回顾中得到解读）。较之如此精确的处理方式（因为受到严格布局的制约），诸多有关"毒品"的电影都显得那么可笑！以 *underground*[3] 为借口，表现的却是毒品"本身"，它的效果、危害、迷醉、特征，总之表现它的"属性"而

---

[1] 布莱希特剧本《潘蒂拉老爷和他的男仆马狄》中的人物。——译者注
[2] 社会方言（sociolecte），在语言学中指某一社会团体，社会阶层或次文化群所使用的语言，区别于个人方言，即个人使用的特殊形式的语言。——译者注
[3] 原文为英文。此处应指围绕毒品形成的地下世界。——译者注

非功能：它是否允许以批判方式解读人际关系中的所谓"天然"形态？解读震撼在何处？

轻柔地重复

在《政治与社会论集》[1]中，布莱希特提供了一份解读训练：他在我们面前解读一份（赫斯[2]的）纳粹讲话，并且提出确切解读这类文字应当遵循哪些规则。

由此，布莱希特加入了**训练提供者**、**"调试者"**行列；这些人提供的并非规章条例，而是调试好的达到目标的方法。萨德同样提供了享乐准则（朱丽叶特强迫美丽的铎尼伯爵夫人[3]接受的是真正意义上的训练），傅里叶[4]提供的是幸福准则。罗耀拉[5]提供的是神修规则。而布莱希特传授的准则，目的则是恢复文字的真相，并非指形而上（或语文学）的真相，而是它的历史真相。一个法西斯国家

---

[1] 《政治与社会论集》，原文为 Ecrits sur la politique，应指1971年 L'Arche 出版社翻译出版的 Ecrits sur la politique et la société。——译者注
[2] 赫斯（Rudolf Walter Richard Hess, 1894—1987），纳粹德国政治人物，1933—1941年任纳粹党副元首。——译者注
[3] 萨德出版于1800年的小说《朱丽叶特，或放荡之好运》（Histoire de Juliette, ou les Prospérités du vice）中的人物。——译者注
[4] 傅里叶（Joseph Fourier, 1768—1830），法国数学家、物理学家。——译者注
[5] 罗耀拉（Ignace de Loyola, 1491—1556），西班牙贵族。1540年在教皇保罗三世的支持下创立了耶稣会并制定了"会规"。——译者注

政府公文的真相：真相-行为，是制造出的真相，非判定出的真相。

训练内容是扩充骗人的文字，在句子之间插入批判性补语，拆穿每句话的骗局。"理直气壮地为牺牲精神而骄傲"，赫斯一开始就打着"德国"旗号夸夸其谈；布莱希特则轻柔地补充道："有产者的慷慨令人骄傲，他们牺牲了一点儿无产者献给他们的东西……"，如此等等。每句话都添入补充成分，句子因此被扭转：批评并非删减，亦非缩写，而是扩充。

为了制造真正有效的补充成分，布莱希特嘱咐要轻柔地重复文字与练习。最初批评是偷偷形成的。被解读的是自为的（pour soi）文本，而非自在的（en soi）文本；低语声是与我有关的声音：自省（有时为情色的）之声，清晰可闻，解读的初始之声。重复练习（多次解读文字）意味着逐渐释放"补充成分"；因而俳句以重复来弥补至简的形式。短诗如回声般吟诵三遍，这种习俗已成常规定则，故而补充成分的幅度（"回声的长度"）被称作"迴響"[1]；通过重复而不断释放的连接部分被称作 outsouri。

极为吊诡的是，这种精致的习俗与文本的情色性关系密切，却被布莱希特用来解读面目可憎的文字，这着实令人惊奇。在情爱技巧的引导下，残暴的话语遭到解构，解构过

---

[1] 原文写作 hibiki，对应日文的迴響、餘音之意。（感谢周阅老师与徐克伟老师提供帮助）——译者注

程并未运用简化法或是揭穿法,反倒有示好之意,扩而充之、颇有文学权威祖传的精明,仿佛一方面没有马克思主义科学(它了解法西斯话语的真面目)复仇式的严厉,另一方面也没有文人式的殷勤多礼,倒好像反过来,很自然地从真相中获得愉悦感,仿佛人们拥有极简单的权利,那种不道德的权利,可使资产阶级文字经受一种批评,批评本身却是由过去资产阶级的解读技巧构成的。其实,如果不是来自资产阶级话语本身,对该话语的批评还能来自何处?直至目前,话语性是不可替代的。

连续性

布莱希特说,由于谬论连续不断,因而造成错觉,仿佛那便是真相。倘若赫斯的讲话延续下去,就会令人信服。布莱希特批判连续性及连续的话语(我们保留这个文字游戏);话语中的一切伪逻辑——联通、过渡、吞音,总之话语的连续体——具有某种力量,营造一种确凿无疑的错觉:连续不断的话语是坚不可摧,无往不胜的。因此批判刚开始就要将它打断,把谬论拆解成片段,这是一种辩术。"揭去面纱"未见得是摘掉面纱,更可能是将它撕碎。关于面纱,人们通常只评述作为掩盖物或遮蔽物的形象,然而形象还有一层意义同等重要:表饰、持久、连续。批判骗人的文字,就是把一连串谎言分隔开,将面纱折出断痕。

布莱希特始终在批评连贯性(此处针对的是话语)。许多评论者仍然认为他的早期作品《城市丛林》[1]难以理解，因为两个搭档进行了一场莫名其妙的竞赛，问题不在于一次次剧情突变，而在于整个剧本结构，即倘若按照连贯式解读，就很难理解它。从那时起，布莱希特戏剧就是断裂片段的序列（并非结果[2]），它们失去了音乐中所谓的蔡格尼克记忆效应[3]（该效应指一个音乐片段的结尾变化在追溯中赋予该片段意义）。话语的断裂阻碍了最终意义的"生成"：批评的产生却不会等待——它是瞬时的、重复的。在布莱希特看来，这便是史诗剧的定义。所谓史诗，就是割断（剪开）面纱，剥去谎言的涂层（参看《马哈哥尼城的兴衰》[4]序）。

箴言

赞美（自为的场景）断片并不意味着赞美箴言。箴言

---

[1]《城市丛林》(*Dans la jungle des villes*)是布莱希特创作于1921—1922年间的剧本，以芝加哥两个男人的斗争为主题，描写资本主义社会人与人之间充满敌意、无法沟通的困境。——译者注

[2] 序列一词原文为suite，这个词也有"结果"之意，因此作者在括号中注明，这里不能理解为结果。——译者注

[3] 蔡格尼克记忆效应（effet Zeigarnik）的意思是，人们投入一项任务时，会产生完成它的内在动力，假如任务中途被打断，则心理就会产生不满足感。在这种心理的影响下，对于被中断的任务的记忆要比顺利完成的任务的记忆更深刻。——译者注

[4]《马哈哥尼城的兴衰》(*Grandeur et décadence de la ville de Mahagonny*)是布莱希特与库尔特·魏尔（Kurt Weill）联手创作的音乐剧，1930年3月9日在莱布尼茨首演。——译者注

不是断片。首先因为箴言往往是隐含的推理的起始，是在互文中悄然延伸的连续体的发端，互文便是存在于读者心中的格言警句；其次因为布莱希特的断片不会"一概而论"，它既不"简明"也不"集中"；它可以相当松散、宽松，充满偶然情况、具体说明以及辩证性主题。箴言是**历史**所要摆脱的话轮：留下"**本质**"在那里虚张声势。

因此布莱希特对箴言始终保持警惕。我们可以说，英雄受到谴责，因为箴言是他"天生"的语言（"凡有高尚美德之处，必会见到有些事情走偏"）。公序良俗同样如此，因为它靠的是格言式真理："迈出第一步的人也要迈出第二步"，这是谁说的，为何这样讲？是文化常规，其中的伪逻辑令人瞠目，因为迈出第一步的人未必就要迈出第二步。打破惯例，首先就要打破箴言、套话：发现规则背后的流弊，箴言背后的连续性，**本质**背后的**历史**。

借代

赫斯在讲话中不断提到德国。他口中的德国无关其他，仅仅是德国资产者。整体被不恰当地看作了部分。提喻[1]是极权式的：它是一种铁腕行动。把借代定义为"整体替代部

---

[1] 提喻（synecdoque）是一种修辞，指用局部替代整体，或整体代替局部，用种代替属或者属代替种，用抽象代替具体或者具体代替抽象。——译者注

分",这意味着,一部分与另一部分对立,德国有产者与其他德国人对立。宾语("德国人")变成了主语("**所有德国人**"):一种逻辑上的暴动就此产生;借代成为阶级武器。

怎样同借代作斗争?怎样在话语层面上将总体还原为部分,怎样把不恰当的**名**(le Nom)打倒?这是典型的布莱希特式的问题。戏剧中很容易出现**名**不副实,因为在台上它只能通过个体来表现。要在戏中提到"**人民**"(因为这个词本身可为借代,会造成滥用),就得对这个概念做出区分:在《对卢库鲁斯的审判》[1]中,"**人民**"集中了一位农民、一位奴隶、一位小学老师、一位女鱼贩、一位面包师和一位交际花。布莱希特曾经说过,**理性**素来不过是全体理性者所思所想:概念(永远不恰当?)被归结为历史个体的总和。

然而,由于极具颠覆性,**去名**(dé-nomination)——或曰**除名**(ex-nomination)——很难维持。为证明一种事业的合理性,原谅支持者的错误与蠢行,同时将名之卓绝与人之愚蠢区别开,这颇令人神往。别尔嘉耶夫[2]写过一本小册子,题目是《论基督教的尊严与基督徒的卑贱》。啊,要是我们能如法炮制,把马克思主义者的教条主义从马克思主义话语中涤除,把革命者的歇斯底里从大革命中涤除,把

---

[1] 《对卢库鲁斯的审判》(*Das Verhör des Lukullus*),布莱希特创作的广播剧,1940年5月12日首播。——译者注
[2] 别尔嘉耶夫(Nicolas Berdiaev,1874—1948),20世纪颇具影响力的俄罗斯思想家,其理论体系庞杂,思想精深宏大,在西方世界享有盛名。——译者注

支持者的神经质从思想中涤除,那该多好!然而这是白费力气,政治话语在根本上是借代式的,因为它只能建立在语言暴力之上,而这种暴力正是借代本身。因此一种重要的宗教修辞又回到话语中,这是**蔓延**、**错误**、**恐怖**的修辞,就是说,在所有这些情况下,都迫使部分隶属于整体,个体隶属于**名**;宗教话语是一切政治话语的范本:没有哪种神学会承认,信仰不过就是全体信徒罢了。然而从马克思主义的"惯常"角度看,布莱希特是离经叛道之徒,他抵制一切借代。存在一种布莱希特式的个人主义:"**人民**"是聚集于舞台上的一群个体,"资产阶级"在这里指一个有产者,在那里指一个富人,如此等等。戏剧迫使人们打破**名**。我很可以想象有那么一位理论家,他对**名**厌恶已久,却又无意陷入对一切语言的抗拒之中,于是我想象这位布莱希特的追随者,他会抛弃曾经的话语,决心从此只写小说。

符号

是的,布莱希特戏剧是**符号**的戏剧。不过,若要想了解这种符号学如何能够在更深层意义上成为地震学(sismologie),就必须记起布莱希特符号的独到之处在于经过两次解读:布莱希特通过脱钩处理,让我们辨识的是一位阅读者的目光,而不是直接察知这位阅读者的解读对象。因为,只有通过已在台上的第一位阅读者的理解(异化的行为),其解读对象才能传到我们这里。吊诡的是,这种"迂回曲折"

的最佳个案并非出自布莱希特，而是来自我的个人经历（摹本比原作更容易成为范本；"布莱希特款"或许比"布莱希特"更像布莱希特）。

这是个"街头场景"，为我亲眼所见。夏季，丹吉尔港的宽阔沙滩看管得很严；那里禁止脱衣服，显然不是担心有伤风化，而是迫使游泳者使用步道旁边的付费更衣间——就是说，要使"穷人"（这类人在摩洛哥是存在的）无法享用沙滩，从而将沙滩留给资产阶级与游客。步道上，一位孤独、忧郁而贫寒的少年（我承认，我看到的这些符号属于初级解读，尚未达到布莱希特的层次）在闲逛；一位警察（几乎跟他一样邋遢）经过他身边，目光在他身上逡巡，我看到那种目光，看到它落在了鞋子上；于是那个条子勒令少年马上离开沙滩。

这个场景包含双重评述。第一重评述针对的是沙滩被征用，少年沮丧地服从，警察态度蛮横，贫富分化，摩洛哥体制，以上种种都激起我们的愤怒情绪；然而这不像布莱希特的评述（但他肯定会有这样的"反应"）。第二重评述建立起符号的镜像游戏。首先要了解，少年的衣着打扮带有某种特征，一个关键的贫穷符号：鞋子。社会符号在此赫然显现（不久前在我国，在还有"穷人"的年代，流传着关于敝屣的神话：如果说知识分子像鱼，从头部开始腐朽，穷人则从足部开始烂掉。为此傅里叶希望将文明的秩序颠倒，想象出一个杰出的鞋匠社团）。寒酸之至的鞋子莫过于破球鞋，鞋带杳无踪影，鞋帮趿拉到后跟下面，而这恰恰是那位少年的写照。但是，第二重评述强调的是条子本人看懂了这个符号:从头到脚打量对方的时候,他的目光瞥见了那双脏兮兮的破鞋子。通过真正意义上的范式突变,警察立刻就把那个穷鬼归为该驱逐的阶级:我们知道他懂了——也知道他为什么会懂。或许游戏不仅于此,要说邂逅,条子本人同他的牺牲品几乎不分伯仲:鞋子却恰好除外!它们就像每个条子的鞋那样,圆头、光亮、结实、老款式。自此我们解读了目光中的双重异化(萨特不太知名的剧本《涅克拉索夫》中有一场戏所刻画的情境)。我们的外在形象并不简单:它缔造出一种辩证的(而非善恶二元论的)批评。所谓"真相-行动",是要唤醒那位少年,也是要唤醒那位警察。

娱乐

戏剧应当娱乐人,布莱希特说过无数次:伟大的批判任务(清算、理论表述、质疑)并不排斥娱乐。

布莱希特的娱乐主要是一种感官主义,并无纵情声色之处,口头表述胜于情色挑逗,它讲究"过得快活"(甚于"过得宽裕")和"吃饱喝足",那不是法国式的,而是巴伐利亚守林人的乡下做派。在布莱希特的大多数作品中,都会有食物端上来(注意,食物处在**需要**与**欲望**的交汇点;因此它分别作为现实主义主题和乌托邦主题轮流出现);布莱希特作品中最复杂的英雄人物(所以根本算不上一位"英雄")伽利略是个感官主义者:放弃一切之后,他独自在舞台深处吃着烧鹅焖豆,而在我们眼前,在他周围,书籍胡乱地捆扎在一起,它们将穿越边界,传播科学精神,传播反神学精神。

布莱希特的感官主义与理智主义并不对立;二者彼此关联:"为了获得强大的思想,我可以付出任何一个女人,随便哪个都行。思想可比女人稀罕多了。思想足够丰富,政治才会清明。(过去的时代在这一点也相当乏善可陈!)"辩证是一桩乐事。因此用革命方法构思一种娱乐文化是完全可能的。"品位"的习得是渐进式的;保尔·弗拉索夫[1],《母亲》中那位当兵的儿子,(照他母亲所言)在这一点上与父亲有所不同:他读书,喝汤讲究口味。在《和平倡议》(1954)中,布莱希特草拟了一份美育学校计划:日常用品(工具)应当成为美之所在,恢复古老的风格是合法的("摩登"家具没有任何进步奖励)。换句话说,美学融入生活的艺术,"各门艺术都在协助达成最伟大的艺术——生活的艺术"。因此重要的不是绘画,而是制造家具、服装、餐具,它们应当撷取各种"纯"艺术的全部精髓;因此在社会主义未来,艺术不会是作品(除非以创造性游戏的名义),而是实用物品,其中能指的丰富是模棱两可的(半功能性,半趣味性)。雪茄是资本主义的标志,没错,但它是否令人愉悦呢?人们是否要戒掉雪茄,把它看作是社会**弊病**的借代品,拒绝被**符号**牵累呢?这种思考方式缺少辩证性,即以偏

---

[1] 保尔·弗拉索夫(Paul Vlassov),苏联作家高尔基的小说《母亲》中的人物。——译者注

概全，因噎废食。批评时代的任务之一正是将物变为复数，将娱乐与符号区分开；应当消除物品的语义（这并不意味着消除物品的象征意义），摇撼符号：让符号像死皮一样脱落吧。这种摇撼是辩证自由的结果：辩证自由根据现实判断一切，它将符号集中起来，是为分析操作者与游戏提供便利，绝不是为了某些法则。

——刊于《另一个舞台》(*L'Autre Scène*)，
1975年5月

论罗兰·巴特与戏剧的文章简目

Comment, Bernard, *Roland Barthes, vers le neutre*, Christian Bourgois éditeur, 1991, p. 246 à 254.
Consolini, Marco, *L'eccesso e la distanza. Roland Barthes e il teatro*, dans Roland Barthes, *Sul teatro*, Meltemi editore, Roma, 2002.
Consolini, Marco, *Roland Barthes e il teatro*, thèse inédite, Università degli studi di Bologna, 1989-1990.
Coste, Claude, *Roland Barthes moraliste*, Presses universitaires du septentrion, 1998, p. 68 à 81.
Dort, Bernard, « Le piège du théâtre », *Critique*, n° 423-424, août-septembre 1982.
Dort, Bernard, « Barthes : le corps du théâtre », *Art Press*, n° 184, octobre 1993, repris dans *Le Spectateur en dialogue*, P.O.L, 1995, p. 143.
Rivière, Jean-Loup, « La déception théâtrale », dans *Prétexte : Roland Barthes*, colloque du Centre culturel de Cerisy-la-Salle, direction : Antoine Compagnon, coll. « 10-18 », Union générale d'éditions, 1978.
Rivière, Jean-Loup, *Peut-être le théâtre, variations sur une coquille*, catalogue de l'exposition Roland Barthes, Centre Georges-Pompidou, 2002.
Roger, Philippe, « Barthes dans les années Marx », dans *Parcours de Barthes*, *Communications*, n° 63, Éd. du Seuil, 1996, p. 39 à 61.
Sarrazac, Jean-Pierre, « Le retour au théâtre », dans *Parcours de Barthes*, *Communications*, n° 63, Éd. du Seuil, 1996, p. 11 à 23.
Vajda, Sarah, *Au théâtre avec Roland Barthes*, dans *Parcours de Barthes*, *Communications*, n° 63, Éd. du Seuil, 1996, p. 23 à 38.

罗兰·巴特戏剧评论目录

标题注有星号的文章由罗兰·巴特选入计划于 1979 年发行的版本。

编号 30 和 31 的文章被编入 1957 年出版的巴特文集《神话学》。

编号 29、32、33、34、54、65、66、73 及 85 的文章均收录在 1964 年出版的《文艺批评文集》中。

1. « Culture et tragédie », *Cahiers de l'étudiant*, printemps 1942.
2. « Folies-Bergère », *Esprit*, février 1953.
3. *« *Le Prince de Hombourg* au TNP », *Lettres nouvelles*, mars 1953.
4. *« *Le Libertin* », *Théâtre populaire*, n° 1, mai-juin 1953.
5. « Pouvoirs de la tragédie antique », *Théâtre populaire*, n° 2, juillet-août 1953.
6. « Visages et figures », *Esprit*, juillet 1953.
7. « *Hamlet*, c'est beaucoup plus qu'*Hamlet* », *27 rue Jacob*, n° 7, septembre 1953.
8. « L'Arlésienne du catholicisme », *Lettres nouvelles*, novembre 1953.
9. « Le silence de Don Juan », *Lettres nouvelles*, février 1954.
10. Éditorial, *Théâtre populaire*, n° 5, janvier-février 1954.
11. *« *Dom Juan* », *Théâtre populaire*, n° 5, janvier-février 1954.
12. « Théâtre et collectivité », *Théâtre populaire*, n° 5, janvier-février 1954.
13. *« Fin de *Richard II* », *Lettres nouvelles*, mars 1954.
14. « Avignon, l'hiver », *France-Observateur*, 15 avril 1954.
15. *« *Ruy Blas* », *Théâtre populaire*, n° 6, mars-avril 1954.
16. *« M. Perrichon à Moscou », *France-Observateur*, 29 avril 1954.
17. *« Un bon petit théâtre », *France-Observateur*, 13 mai 1954.
18. « Une tragédienne sans public », *France-Observateur*, 27 mai 1954.

19. *« *Godot* adulte », *France-Observateur*, 10 juin 1954.
20. *« Théâtre capital », *France-Observateur*, 8 juillet 1954.
21. « *Egmont* », *Théâtre populaire*, n° 7, mai-juin 1954.
22. « Le comédien sans paradoxe », *France-Observateur*, 22 juillet 1954.
23. *« Pour une définition du théâtre populaire », *Publi 54*, n° 23, juillet 1954.
24. *« Comment s'en passer », *France-Observateur*, 7 octobre 1954.
25. Éditorial, *Théâtre populaire*, n° 9, septembre 1954.
26. « Le Grand Robert », *Lettres nouvelles*, octobre 1954.
27. *« Propos sur *La Cerisaie* », *Théâtre populaire*, n° 10, novembre-décembre 1954.
28. « Le théâtre populaire d'aujourd'hui », *Théâtre de France*, décembre 1954.
29. « Le théâtre de Baudelaire », 1954.
30. « Adamov et le langage », *Lettres nouvelles*, mai 1955.
31. « Deux mythes du Jeune Théâtre », *Lettres nouvelles*, juillet 1955.
32. « La révolution brechtienne », éditorial, *Théâtre populaire*, n° 11, janvier-février 1955.
33. « Les maladies du costume de théâtre », *Théâtre populaire*, n° 12, mars-avril 1955.
34. « Comment représenter l'antique », *Théâtre populaire*, n° 15, septembre-octobre 1955.
35. « La vaccine de l'avant-garde », *Lettres nouvelles*, mars 1955.
36. *« *Macbeth* », *Théâtre populaire*, n° 11, janvier-février 1955.
37. « Propos sur Claudel », *Théâtre populaire*, n° 11, janvier-février 1955.
38. *« Pourquoi Brecht ? », *Tribune étudiante*, n° 6, avril 1955.
39. Éditorial, *Théâtre populaire*, n° 12, mars-avril 1955.
40. « Homme pour homme », *Théâtre populaire*, n° 12, mars-avril 1955.
41. « Dialogue à propos de Jean-Louis Barrault », *Théâtre populaire*, n° 12, mars-avril 1955.
42. Éditorial, *Théâtre populaire*, n° 13, mai-juin 1955.
43. « Brecht » (notice de couverture du tome I du théâtre complet), Éd. de L'Arche, 1955.
44. *« *Œdipe roi* », *Théâtre populaire*, n° 13, mai-juin 1955.
45. Éditorial, *Théâtre populaire*, n° 14, juillet-août 1955.
46. *« *Nekrassov* juge de sa critique », *Théâtre populaire*, n° 14, juillet-août 1955.
47. *« *Jules César* et *Coriolan* », *Théâtre populaire*, n° 14, juillet-août 1955.

48. « Œdipe roi », *Théâtre populaire*, n° 14, juillet-août 1955.
49. « Dialogue » (avec D. Bablet), *Théâtre populaire*, n° 14, juillet-août 1955.
50. *« *Le Cercle de craie caucasien* », *Europe*, août-septembre 1955.
51. « La querelle du rideau », *France-Observateur*, 3 novembre 1955.
52. *« *Ubu-Roi* », *Théâtre populaire*, n° 15, septembre-octobre 1955.
53. *« *L'Étourdi* ou le nouveau contretemps », *France-Observateur*, 2 décembre 1955.
54. « Mère Courage aveugle », *Théâtre populaire*, n° 8, juillet-août 1955.
55. « Espoirs du théâtre populaire », *France-Observateur*, 5 janvier 1956.
56. *« Marivaux au TNP », *France-Observateur*, 2 février 1956.
57. « Sur *Marée basse* de Jean Duvignaud », *Théâtre populaire*, n° 17, mars 1956.
58. *« Note sur *Aujourd'hui* » (texte daté du 9 avril 1956, resté inédit, retrouvé en 1977, et publié pour la première fois dans *Travail théâtral*, n° 30, janvier-mars 1978).
59. « Cinq peintres de théâtre », *Bref*, n° 13, 15 avril 1956.
60. « Le théâtre est toujours engagé », *Arts*, n° 564, 18-24 avril 1956.
61. « Bertolt Brecht à Lyon », *France-Observateur*, 10 mai 1956.
62. *« *Le Plus Heureux des trois* », *Théâtre populaire*, n° 19, juillet 1956.
63. *« *La Locandiera* », *Théâtre populaire*, n° 20, septembre 1956.
64. *« *Aujourd'hui ou les Coréens* », *France-Observateur*, 1er novembre 1956.
65. « À l'avant-garde de quel théâtre ? », *Théâtre populaire*, mai 1956.
66. « Les tâches de la critique brechtienne », *Arguments*, décembre 1956.
67. « La rencontre est aussi un combat », *Rendez-vous des théâtres du monde*, n° 1, avril 1957.
68. « Vouloir nous brûle... », *Bref*, février 1957.
69. « *Brecht "traduit" » (avec B. Dort), *Théâtre populaire*, n° 23, mars 1957.
70. *« *Le Mariage de Figaro* », *Théâtre populaire*, n° 23, mars 1957.
71. *« À propos des *Coréens* », *Théâtre populaire*, n° 23, mars 1957.

72. *« Le Faiseur », Théâtre populaire, n° 24, mai 1957.
73. « Brecht, Marx et l'Histoire », Cahiers Renaud-Barrault, décembre 1957.
74. « Brecht et notre temps », L'Action laïque, n° 192, mars 1958.
75. « Le mythe de l'acteur possédé », Théâtre d'aujourd'hui, mars-avril 1958.
76. « Situation de Roger Planchon », Spectacles, n° 1, mars 1958.
77. « Ubu », Théâtre populaire, n° 30, mai 1958.
78. « Tragédie et hauteur », Lettres nouvelles, n° 8, 22 avril 1959.
79. *« Le Soulier de satin », Théâtre populaire, n° 33, 1er trimestre 1959.
80. *« La Fête du cordonnier », Théâtre populaire, n° 34, 2e trimestre 1959.
81. « Sept photos modèles de Mère Courage », Théâtre populaire, n° 35, 3e trimestre 1959.
82. « Les Trois Mousquetaires », Théâtre populaire, n° 36, 4e trimestre 1959.
83. *« Le Balcon », Théâtre populaire, n° 38, 2e trimestre 1960.
84. Commentaire : Préface à Brecht, Mère Courage et ses enfants, Éd. de L'Arche, 1960.
85. « Sur La Mère de Brecht », Théâtre populaire, 3e trimestre 1960.
86. « Le théâtre français d'avant-garde », Le Français dans le monde, n° 2, juin-juillet 1961.
87. « Lettre au sujet du Groupe de théâtre antique », Éd. de L'Arche, 1962.
88. « Trois fragments », Menabo, n° 7, 1964.
89. *« Témoignage sur le théâtre », Esprit, mai 1965.
90. Le théâtre grec. Histoire des spectacles, Gallimard, coll. « La Pléiade », 1965.
91. « Sur le théâtre lyrique », Teatro comunale de Bologne, février 1967.
92. « L'Éblouissement », Le Monde, 11 mars 1971.
93. « Diderot, Brecht, Eisenstein », Revue d'esthétique, 1973.
94. « Brecht et le discours », L'Autre Scène, n° 8-9, mai 1975.

À cet ensemble d'articles, il faut ajouter le livre Sur Racine, Éd. du Seuil, 1963.

作者简介：

罗兰·巴特（1915—1980），法国当代著名思想家，文学批评家。在语言及图像符号学、后结构主义理论研究领域建树卓绝。主要作品包括《神话学》《论拉辛》《写作的零度》《S/Z》《恋人絮语》等。

译者简介：

罗湉，巴黎第四大学法国文学与比较文学博士，北京大学法语系副教授，研究领域包括中法文化关系与戏剧学。曾出版专著《十八世纪法国戏剧中的中国形象研究》，译著包括《纪德评传》《爱情评说》等。

法兰西思想文化丛书

《内在经验》
［法］乔治·巴塔耶 著 程小牧 译

《文艺杂谈》
［法］保罗·瓦莱里 著 段映虹 译

《梦想的诗学》
［法］加斯东·巴什拉 著 刘自强 译

《成人之年》
［法］米歇尔·莱里斯 著 东门杨 译

《异域的考验：德国浪漫主义时期的文化与翻译》
［法］安托万·贝尔曼 著 章文 译

《罗兰·巴特论戏剧》
［法］罗兰·巴特 著 罗湉 译

《浪漫的谎言与小说的真实》（待出）
［法］勒内·基拉尔 著 罗芃 译

《1863，现代绘画的诞生》（待出）
［法］加埃坦·皮康 著 周皓 译

《暴力与神圣》（待出）
［法］勒内·基拉尔 著 周莽 译

《文学第三共和国》（待出）
［法］安托万·贡巴尼翁 著 龚觅 译

《细节:一部离作品更近的绘画史》(待出)
[法国]达尼埃尔·阿拉斯 著 东门杨 译

《犹太精神的回归》(待出)
[法]伊丽莎白·卢迪奈斯库 著 张祖建 译

《人与神圣》(待出)
[法]罗杰·卡卢瓦 著 赵天舒 译

《入眠之力》(待出)
[法]皮埃尔·帕谢 著 苑宁 译